KB142786

달콤한 픽션

달콤한
픽션

차례

선인장 화분 죽이기

헤어보톡스를 집어 들고 분무기로 물을 뿌렸다. 공중으로 퍼지는 미세한 물방울에 머리카락이 젖어들었다. 힘없이 늘어진 머리카락을 가지런히 한 뒤, 뜨겁게 달궈진 롤을 차례로 말아 집게로 고정했다. 묵직하게 매달린 헤어롤이 열댓 개가 넘었다. 헤어보톡스는 머리숱이 없는 곳을 감춰 주는 부분가발이었다. 진짜 머리는 서너 달에 한 번 파마를 하면 되지만, 헤어보톡스는 매번 빨 때마다 컬을 새로 만들어야 했다.

손이 많이 가 귀찮았지만 정성을 다했다. 그래야 머리에 썼을 때 원래 파마머리와 자연스럽게 섞여 어색하지 않았다. 일본어 수업이 있는 날은 다른 날보다 몇 배는 공을 들였다. 더구나 오늘은 수업을 마친 뒤 손자를 데리고 딸 정인이 일하는 사무실 근처로 가야 했다. 셋이 어린이 캐릭터 체험전을 보고 저녁을 먹기로 했다. 회사 일로 바쁜 정인이 어렵게 시간을 냈다. 얼마 만에 딸과 하는 외출인지, 말하지는 않았지만 내심 설레기까지 했다.

화장대 거울 앞으로 바싹 다가가 앉았다. 얼굴 곳곳 깊게 팬 주름이 얼기설기 그물을 친 듯했다. 티슈를 뽑아 지저분하게 번진 립스틱을 닦았다. 혈색을 잃어 허

옇게 메마른 본래 입술이 드러났다. 거울 속에는 푸석한 얼굴을 가진 중년 여성이 있었다. 중년이라니, 예순을 훌쩍 넘긴 나를 아직 중년이라고 말해도 되는 건지. 폐경이 된 지도 이미 십여 년, 오십견조차 육십견이라고 농을 칠 만큼 나는 늙은 여자였다.

머리카락이 빈 곳을 살폈다. 더 빠지지는 않았는지 머리카락이 더 얇아진 건 아닌지 세심하게 들춰 보았다. 돌아앉아 머리를 뒤로 젖히고 손거울로 정수리를 비췄다. 형광등 불빛 아래 헝클어진 머리카락 사이로 반들거리는 두피가 반사되어 보였다. 약초 달인 물을 발랐지만 사막 같은 두피에서는 아직 머리카락이 돋아나지 않았다.

얼마 전에는 숱이 많아 보일 거라는 미용실 원장 말에 오만 원이나 주고 파마도 했었다. 비싼 가격 때문에 망설이는 내게, 원장은 자기만 믿으라고 큰소리쳤다. 하지만 고개를 깊이 숙이지 않아도 정수리 부근이 휑하게 드러났다. 듬성듬성한 머리카락을 보고 있자니 기운이 빠졌다.

헤어보톡스에서 롤을 조심스럽게 떼어내고 머리에 뒤집어썼다. 눈 감고도 할 만큼 익숙했지만 손길은 신중했다. 앞쪽 핀을 꽂아 손으로 눌러 고정한 뒤, 뒤쪽으로 너무 팽팽하지 않게 당겼다. 뒤쪽 핀을 모두 꽂아 위치를 잡고, 가발 사이사이로 내 머리카락이 섞이도록 빗으로 매만졌다. 휑한 곳이 없는 걸 확인하고 스프레이를 뿌려 고정시켰다. 푹 꺼진 정수리가 언제 그랬냐는 듯 봉긋하게 솟아올랐다.

헤어롤 여러 개를 단단하게 고정한 덕분인지 오늘따라 스타일이 제법 근사했다. 일정한 간격으로 탱글탱글하게 말려 올라간 컬에서 전문가 솜씨가 느껴지는 것 같았다. 머리숱이 풍성해지자 얼굴이 그나마 나아 보였다. 이제는 정말이지 헤어보톡스 없는 생활은 상상할 수 없었다. 헤어보톡스를 처음 알게 된 순간이 아직도 생생하기만 했다.

그날도 여느 때와 다름없이 늦은 아침상을 물리고 거실 소파에 누웠다. 오전 열한 시에서 열두 시 사이, 남편이 아파트 단지를 산책하고 들어오는 그 시간이 내게 주어지는 유일한 휴식이었다. 이 시간만큼은 누구에게도 방해받고 싶지 않았다. 오후에 네 살배기 손자 녀석이 어린이집에서 돌아오면 그때부터는 아무것도 할 수 없었다. 아이 뒤를 따라다니다 보면 하루가 어떻게 지나는지 모를 지경이었다. 딸 정인은 퇴근이 늦었고 지방에서 근무하는 사위는 주말에만 집에 왔다.

몸을 일으켜 베란다로 나갔다. 맨발로 바닥을 디디자 타일의 찬 기운이 온몸에 전해졌다. 창밖을 내려다보면 어김없이 남편이 있을 터였다. 남편은 집에서 나가 아파트 단지를 돌고 들어오는 데 거의 한 시간이나 걸렸다. 뇌출혈로 쓰러져 거동하지 못했던 때를 생각하면 다행한 일이었다. 문제는 나였다. 마음에도 없는 병간호 때문에 남편 곁에 있어야 했다. 평생 집 밖으로 나돌던 사람을 간호하는 일은 저주에 가까웠다.

남편이 아파트 출입구에서 나와 이제 막 모퉁이를 돌아 옆집 베란다 밑을 지날 순간, 나는 재빨리 베란다에 놓인 화분을 훑어보았다. 오늘은 어떤 화분이 좋을까. 금호, 마블, 부채선인장과 백단, 황금사, 흑목단, 귀면각이 좁은 베란다를 가득 채우고 있었다. 전부 물을 자주 주지 않아도 되는 다육식물이었다. 몸을 숙여 발밑에 놓인 멜로칵투스 화분을 집었다. 가시가 달린 뭉툭한 몸체 위에 빨간 고추를 세로로 심어 놓은 듯 씨앗이 네댓 개 꽂혀 있었다. 일정한 나이에 도달해야 꽃을 피우는 멜로칵투스는 아직 한 번도 꽃을 피우지 못했다.

베란다 창을 열고 밖으로 고개를 내밀었다. 남편 정수리가 눈에 들어왔다. 남편은 지팡이에 몸을 기댄 채 다리를 조금씩 끌며 앞으로 나아가고 있었다. 창밖으로 팔을 뻗었다. 머리 위로 화분을 조준했다. 손을 놓으면 화분은 그대로 남편 머리로 떨어질 터였다. 남편의 움직임에 따라 화분을 든 손도 조금씩 앞으로 움직였다. 화면을 느리게 재생한 것처럼 남편이 움직이는 속도는 더뎠다.

지금 이 순간 자칫 화분이 손에서 미끄러진다면? 아니 화분을 남편 머리 위로 떨어뜨린다면? 실수와 실행은 동시에 가능하는 사이, 나는 상상만으로도 심장이 저릿해지는 걸 느꼈다. 그렇게 매일 같은 시간 같은 장소를 지나가는 남편의 머리 위로 화분을 낙하할 결심을 새로이 했다. 과연 내일은 할 수 있을까. 제발 내일은…, 하고.

선인장 화분을 계속 들고 있자 팔이 아파 왔다. 문득 화분에 한 달 가까이 물을 주지 않았다는 사실이 떠올랐다. 그래도 멜로칵투스는 여전히 살아 있었다. 선인장은 죽기도 죽이기도 어려운 식물이었다. 메마르고 질긴 게 꼭 남편 같기도 나 같기도 했다. 그런 주제에 꽃말이 열정이라니 끔찍해. 나는 혼잣말을 하며 화분을 든 손을 창안으로 거뒀다.

다시 소파로 돌아와 텔레비전을 켰다. TV는 홈쇼핑 채널에 맞춰져 있었다. 처음 보는 홈쇼핑 광고가 눈에 들어왔다. 헤어보톡스? 쇼호스트들이 제품 설명을 주고받는 사이, 스튜디오에 나와 있는 중년 여성들이 테이블에 놓인 거울을 보며 부분가발을 뒤집어썼다. 그들은 순식간에 풍성한 헤어스타일을 연출하고 자신감 가득한 얼굴로 카메라를 향해 웃었다. 여러분 죄송합니다. 흑갈색 매진 임박입니다. 더 늦기 전에 자동주문 전화 부탁드립니다. 쇼호스트의 호들갑스러운 목소리가 나를 조급하게 만들었다.

이틀 뒤 집으로 배송된 상자를 푸는데, 뭔가 대단한 걸 발견한 것처럼 뿌듯했다. 그때부터 헤어보톡스는 내 삶의 비밀스러운 동반자가 되었다. 실제로도 내가 헤어보톡스를 사용하는 걸 아는 사람은 미용실 원장과 딸 정인뿐이다. 정인은 거울 앞에서 부분가발과 씨름하는 나를 볼 때마다 정성이 뻗쳤다고 핀잔을 주었

다. 차라리 제대로 된 가발을 사 쓰든지 아니면 병원에
가서 모근을 심으라고. 하지만 가발을 전체적으로 쓰
는 건 어쩐지 마뜩하지 않았다. 병원에 가는 일도 엄두
가 나지 않는 건 마찬가지였다. 내게는 헤어보톡스가
적합했다. 아직 주변에서 눈치를 챈 사람이 없다는 사
실이 자랑스럽기까지 했다.

백화점 문화센터에 도착하자 수업 시간 십 분 전이
었다. 다른 날보다 준비가 늦어 급한 마음으로 달려왔
다. 걸을 때마다 가방 안에서 음료병 부딪치는 소리가
났다. 나는 가방에서 홍삼 음료를 꺼내 교탁에 올려 두
고 지정석인 맨 앞줄에 앉았다. 돋보기안경을 쓰고 책
과 **노트**를 펼쳐 지난 수업 때 필기한 내용을 살펴보았
다. 이번 학기 역시 학생은 나와 김상뿐이어서 센세의
질문에 제대로 답하려면 복습을 해야 했다. 학기 초에
는 수강생이 네댓 명 더 있었지만 어느 날부터 수업에
나오지 않았다.

일본어 센세는 칠십이 넘었다. 고등학교 수학 선생
님이었는데, 정년퇴임한 뒤로 백화점 문화센터에서
일본어 강의를 했다. 센세는 문법을 정석으로 가르치

고 매시간 숙제 검사를 하고 한 명씩 일으켜 세워 질문을 했다. 이 때문에 주부들 사이에서 엄격하고 재미없는 선생님으로 입소문이 나서 수업은 매 학기 폐강 위기였다. 하지만 나는 벌써 일 년 넘게 일본어 센세 수업을 듣고 있었다.

처음부터 일본어 공부를 열심히 한 건 아니었다. 애초에 문화센터에 다닌 건 손자 때문이었다. 아이를 집에만 두는 게 마음에 걸렸는지 정인이 미술 수업에 데려가 달라고 부탁했다. 평소 근처에도 가지 않던 백화점을 아이 때문에 일주일에 한 번씩 드나들게 된 셈이었다. 시간 맞춰 아이를 데려가고 집에 데려오는 건 어렵지 않았다. 그보다는 한 시간 반을 꼬박 기다리는 게 곤욕스러웠다. 주변이 시끄러워 책도 눈에 들어오지 않았고, 그 시간 동안 소파 자리를 지키고 있자니 괜히 데스크 직원 눈치도 보였다.

그러던 중 아이와 학부모가 수업을 함께 신청하면 한 사람 금액을 오십 퍼센트 감액해 주는 이벤트가 생겼다. 용기를 내서 할머니인 나도 할인이 되느냐고 물었더니 가능하다고 했다. 아이의 수업과 같은 시간대에 이루어지는 건 일본어 초급뿐이었다. 그렇게 아무

것도 모르고 일본어 공부를 시작했다. 결석도 지각도 한 번 하지 않았다. 공부에 재미가 붙자 그동안 왜 공부할 생각을 하지 못했을까 후회스러웠다. 평생 집에만 있으면서 그 긴 세월 동안 뭘 하며 살아온 건지 한숨이 나왔다.

결혼하고 얼마 지나지 않아 남편에게 다른 여자가 생겼다. 그리고 정인이 초등학교를 졸업할 무렵 아예 집을 나갔다. 남편은 책임감 때문인지 월급만은 거르지 않고 꼬박꼬박 보내왔다. 통장에 규칙적으로 찍히는 그 돈 때문에 나는 이혼하지 못했다. 정인을 키우며 죽은 듯 집에 틀어박혀 살았다. 지금껏 누구에게도 남편의 외도 사실을 말한 적이 없었다. 이 모든 사실을 알고 있는 유일한 사람은 정인뿐이었다.

정인은 자라면서 단 한 번도 이에 관한 이야기를 묻지 않았다. 우리는 원래 서로가 묻기 전에는 답하지 않았고, 어려운 답이 나올 만한 질문은 가급적 피했다. 어쩌면 이것은 듣고 싶지 않은 이야기를 원천봉쇄하려는 의도일지 몰랐다. 알아서 잘하겠지, 하는 마음으로 멀찍이 거리를 두고 서로를 지켜볼 뿐이었다. 그게 정인과 내가 대화하는 방식이었다. 정인이 결혼을 결심할 때도 그랬다. 정인은 선을 보고 삼 개월 만에 결혼했다.

정인을 마음에 들어 한 사위 집안에서 그해 결혼해야 둘에게 좋다고 재촉했다. 나도 서글서글한 인상에 좋은 대학을 나온 사위가 마음에 들었다. 하지만 정인이 선을 봤다는 사실이 이상하게 생각되던 차였다. 정인에게 만나는 사람이 있다는 것은 어느 정도 눈치채고 있었다. 그런데 새로운 사람을 만나 곧바로 결혼이라니. 뭔가에 쫓기듯 아니 어딘가로 도망이라도 치듯 급히 서두르는 정인이 불안해 보였다. 나의 염려와는 달리 정인은 완강했다. 지금이 아니면 결혼 따위 하지 않고 평생 혼자 살 거라고 했다. 그런 정인을 위해 나는 처음이자 마지막으로 남편에게 아버지 노릇을 부탁했다. 남편은 정인이 결혼을 준비하는 동안 순순히 집으로 짐을 옮겨 왔다.

결혼식 날, 정인은 누구보다 아름다웠다. 딸 가진 엄마 마음이 모두 그럴 테지만 내 딸이 세상에서 제일 예쁜 것만 같았다. 신부 대기실에 앉아 손님을 맞이하는 얌전한 모습이 사랑스러웠다. 그 모습을 보느라 주책없이 문가를 서성이던 나와 눈이 마주치자 정인이 미소를 보였다. 괜히 눈물이 나올 것 같아 서둘러 밖으로 나가려는데 정인의 회사 동료들이 대기실로 들어왔다. 신부 엄마로서 와 줘서 고맙다고 인사하고 돌아서는데 한순간 울상이 된 정인의 얼굴이 눈에 들어왔다.

정인의 눈시울이 붉어졌다. 곁으로 가지도, 나가지도 못한 채 문가에 서서 정인의 안색을 살폈다. 한눈에도 눈물을 참으려 안간힘을 쓰는 게 읽혔다. 또래 여자 동료들이 울지 말라고 정인을 달랬다. 괜히 자기도 눈물이 난다고 웃어넘기는 친구도 있었고, 자기는 시집갈 때 훨씬 더 많이 울었다고 말하는 친구도 있었다. 동료들이 대기실을 나서자 멀찍이 서 있던 남자가 정인에게로 다가갔다.

남자가 손을 뻗어 정인이 어깨를 토닥였다. 정인이 흰 장갑을 낀 자신의 손으로 그의 손을 포개 잡고는 고개를 숙였다. 나는 사람들을 서둘러 내보내고 대기실 문을 잠갔다. 문고리를 잡은 손이 덜덜 떨렸다. 예전에 술 취한 정인을 데려다주던 남자와 집 앞에서 마주친 적이 있었다. 그때 정인은 그를 회사 상사라고 내게 소개했다. 자기를 잘 챙겨 주는 좋은 분이라고. 남자의 목소리가 좁은 신부 대기실 안에서 나지막하게 울렸다.

예쁘다 정인아, 잘 살아.

결혼식을 끝내고 현관에 들어서자 텅 빈 집이 배로 넓어진 것만 같았다. 한복을 벗어 침대에 던져두고 차가운 바닥에 몸을 뉘었다. 땅속으로 가라앉는 듯 온몸에 힘이 빠졌다. 정인이 탄 비행기는 지금쯤 어느 하늘을 지나치고 있을까. 우리 정인이 높은 데 올라가는 거 무서워하는데. 고단한 하루의 끝에 매달려 있던 기억이 어제로 그제로 그보다 더 예전으로 거슬러 올라갔다. 자꾸만 어른이 된 정인이 품 안에서 잠들던 어린 정인으로 변해 마음에 안겼다. 심란한 생각을 쫓으려 여러 번 머리를 내흔들었다.

서랍장에 넣어 두었던 이혼 서류를 떠올렸다. 혹시라도 책잡히지 않을까, 하는 생각에 정인만 시집보내면 이혼하겠다고 마음먹었다. 남편이 집에 들어와 생활하자 오히려 안 보고 살았을 때보다 증오심이 늘어 갔다. 마치 원래 이 집에서 생활하던 사람처럼 아무렇지 않게 남편처럼, 아버지처럼 행동하는 그가 끔찍하게 여겨졌다. 아무도 모르게 이혼 서류에 도장을 찍으며 앞으로 일 년 안에 기필코 이혼하리라 마음먹었다.

이름 옆에 선명히 찍힌 도장을 보며 한 번 더 마음

을 가다듬었다. 일 년이면 정인이 결혼하고 안정된 삶을 꾸리게 될 터였다. 일 년이면 지난 세월을 모두 뒤로 하고 나도 내 삶을 꾸릴 준비를 할 수 있을 터였다. 도장을 찍은 이혼 서류를 한복과 함께 상자에 넣어 장롱 위로 올리며 나는 다짐하고 또 다짐했었다. 그때는 그 일 년 사이에 남편이 쓰러질 거라고는 꿈에도 생각지 못했다.

수업 시간이 지나서야 센세와 김상이 나란히 들어왔다. 손에는 같은 로고의 테이크아웃 컵이 들려 있었다. 김상이 나를 발견하고 안녕하세요 신상, 하고 웃으며 인사를 건넸다. 나는 고개를 숙이는 걸로 인사를 대신했다. 지난 학기에 들어온 김상은 나와 비슷한 연배였다. 첫날, 대학에서 일본어를 전공했지만 오랜만에 다시 시작한다고 부끄러운 듯 이야기하는 김상의 얼굴은 고왔다. 부족함 없이 살아온 모습이었다. 주름 없는 얼굴도 그랬지만 그보다 나이에 맞지 않게 어깨를 덮은 풍성한 머리카락이 온화한 분위기에 한몫했다. 내가 김상에게 반감을 품은 건 어쩌면 그 때문일지 몰랐다.

신상, 무슨 일이 있습니까? 센세가 걱정스러운 말투로 물었지만 나는 온통 딴 데 정신이 팔린 사람처럼 멍하게 굴었다. 둘이 어떻게 같이 왔을까. 자꾸만 신경이 쓰였다. 옆자리에 앉은 김상의 얼굴은 앞으로 쏠린 머리카락 때문에 보이지 않았다. 흑갈색 머리카락은 탐스럽게 빛나 손을 뻗고 싶은 마음이 들 정도였다. 뭔가 가슴에서 뜨거운 것이 치미는 듯했다. 갱년기 증후군처럼 주체할 수 없이 얼굴이 화끈댔다. 애써 표정 관리를 하며 센세의 시선을 피했다. 교재 옆에 놓인 손때 탄 한일사전만 애꿎게 만지작거렸다. 사전은 지난 학기 마지막 수업을 마치고 함께 식사한 자리에서 센세가 내게 선물한 것이었다.

좀처럼 자신에 대해 말하는 법이 없던 센세는 한정식집에서 약주 한 병을 비우며, 자식들 출가시키고 부인과 사별한 채 혼자 산다고 말했다. 같은 아파트 단지에 사는 딸이 살림을 돌봐 줘 별 불편은 모르고 산다고. 연금 덕분에 경제적으로 힘들진 않지만 문화센터 수업만은 돈벌이와 상관없이 계속하고 싶다고. 자신은 가르치는 일을 천직으로 갖고 태어난 사람 같다고.

그렇게 말하며 조용히 술잔을 비우는 센세에게 나

는 나 역시 일찍 사별하고 혼자 살고 있다고 거짓말했다. 젊었을 때 남편을 병으로 잃고 딸아이 하나만 키우다가 몇 해 전 결혼시켜 이제 홀가분한 마음이라고. 뒤늦게 센세를 만나 일본어 공부를 하게 되어 정말 살맛이 난다고. 다만 센세의 꼿꼿한 자세와 반듯한 걸음걸이를 보면 나도 모르게 가슴이 두근거린다는 말은 차마 하지 못했다.

그날 밤, 집에 돌아온 나는 장롱 위에서 한복 상자를 내렸다. 먼지가 뽀얗게 내려앉은 상자 안에는 사 년 전 정인이 결혼할 때 맞춰 준 한복과 이혼 서류가 들어 있었다. 나는 협의이혼의사확인서를 꺼내 가만히 들여다보았다. 내 이름과 남편 이름이 한 장의 종이 위에 나란히 쓰인 게 낯설었다. 남편 이름보다도 내 이름 석 자가 더 생경했다. 병원이나 동사무소 직원을 제외하곤 이제는 누구도 이름을 불러 주지 않았다. 유효 기간이 지나 버린 이름. 소용을 잃고 폐기 처분된 이름. 그 이름 옆에는 이미 인감도장이 찍혀 있었다.

손에 쥐고 있던 이혼 서류와 인주를 가지고 남편 가까이 다가갔다. 입을 반쯤 벌리고 잠들어 있는 얼굴을 내려다보았다. 젊은 시절 내내 원 없이 자신이 살고 싶은 대로 살아온 사람이었다. 그런 남편에게도 지금쯤 후회스러운 게 있을까. 남편 얼굴 위로 일본어 센세 얼굴이 겹쳤다.

이불을 젖히고 남편 팔을 잡아끌었다. 툭 불거진 힘줄과 뻣뻣한 살결이 만져졌다. 이십여 년 만에 잡아 보는 남편 손이었다. 앙상한 손마디를 두 손으로 잡고 엄지손가락을 세워 인주를 묻혔다. 그러고 나서 이혼 서류에 적힌 남편의 이름 옆에 지장을 찍었다. 잠든 남편은 아무런 기척이 없었다.

어떻게 수업이 끝났는지 모를 정도로 정신이 멍했다. 센세와 김상이 문 앞에서 나를 기다리고 있었지만 일부러 짐을 천천히 꾸렸다. 먼저들 가세요, 알아서 갈 테니까. 입을 열자 퉁명스러운 말이 쏟아졌다. 그럼, 복습 꼭 하시고 다음 주에 만납시다. 센세가 먼저 교실을 나섰다. 갈게요, 신상. 김상이 센세의 뒤를 따랐다. 가방에 책을 욱여넣고 더디게 몸을 일으켰다. 정말 왜 이러는지 나 자신에게 짜증이 일었다. 칠판을 지우려고 교탁 앞에 섰는데 괜히 목울대가 시큰해졌다. 외모만큼이나 정갈한 센세의 필체가 눈에 들어왔다.

복도는 한산했다. 기분도 그렇고 집에 가서 쉬고 싶은 마음이 간절했다. 하지만 손자 녀석을 데리러 어린이집으로 가야했다. 늦장을 부린 탓에 걸음을 재촉했다. 다행히 어린이집은 백화점과 그리 멀지 않았다. 서둘러 엘리베이터로 향하는데 나란히 선 두 사람의 뒷모습이 보였다. 짙은 남색 재킷에 베이지색 면바지를 입고 서류 가방을 든 센세와 니트 투피스에 얌전한 민무늬 갈색 구두를 신은 김상. 마치 백화점 식당가로 점심을 먹으러 온 사이좋은 노부부 같아 보였다. 엘리베이터 문이 열리자 먼저 타세요, 하고 센세가 김상에게 말하며 문을 잡아 주었다. 나는 가만히 서서 그 모습을 바라보았다. 곧 엘리베이터 문이 닫히고 둘은 시야에서 사라졌다.

회사 앞에서 만나기로 한 정인은 약속 시각을 한참 넘기고도 오지 않았다. 손에 쥐여 준 막대사탕 덕분에 아이는 보채지 않았다. 사탕 먹는 꼴을 보면 정인이 잔소리할 테지만 어쩔 수 없었다. 고개를 들어 고층 빌딩 층수를 눈으로 헤아렸다. 저기 어디에 우리 정인이 있는 걸까. 빽빽한 창문 때문에 건물 전면이 통유리처럼 보였다. 간혹 한두 군데 바깥으로 젖혀진 창문이 숨구

멍 노릇을 할 것 같았다. 저 정도 높이에서 화분을 떨어뜨리면 어떻게 될까. 고작 구 층밖에 안 되는 집 베란다에서 화분을 떨어뜨리는 것과는 차원이 다르겠지.

카디건만 대충 걸친 정인이 건물 밖으로 뛰어나왔다. 반가움도 잠시, 정인이 다짜고짜 물었다. 전화는 왜 안 받아? 내가 얼마나 많이 전화했는지 알아? 가방 안에 손을 넣어 휴대전화를 찾았다. 그러고 보니 충전기에 꽂아 둔 전화기를 가지고 나온 기억이 없었다. 그러네. 안 가져왔나 봐. 정인의 핀잔에 무안한 마음이 들었다. 엄마, 나 급하게 처리할 일 때문에 같이 못 가. 정인은 표 두 장만 건네며 말을 이었다. 퇴근 늦으니까, 저녁 맛있는 거 사 먹고 들어가. 내 정신 좀 봐. 지갑도 안 가지고 나왔어. 정인의 얼굴에 낭패감이 스쳤다. 나는 아무 말 없이 아이가 먹다 말고 건넨 사탕을 받아 휴지에 감쌌다.

폐막이 일주일도 남지 않은 전시장은 평일인데도 발 디딜 틈 없이 붐볐다. 엄마와 떨어지기 싫어 울고불고하던 게 불과 몇십 분 전이었는데, 아이는 캐릭터에 둘러싸여 이리저리 뛰어다니느라 정신없었다. 아이를 달래 지하철역으로 들어설 때, 정인은 그 자리 그대로 서 있었다. 들어가라고 손짓하자 정인이 양손을 흔들어 보였다. 우리를 그렇게 돌려보낸 정인도 속이 좋을 리 없었다. 그런 걸 생각하면 엄마 몫까지 더 신나게 놀아 줘야 했지만, 아이를 따라다니기만 했는데도 온통 땀에 젖었다.

아이를 간신히 잡아채 겉옷을 벗겼다. 양말은 또 언제 벗어 던졌는지 한쪽 발이 맨발이었다. 자기가 좋아하는 공룡 캐릭터를 따라 볼풀을 몇 바퀴째 돌던 중이었다. 동동아, 우유 먹을까? 하고 내가 묻자 또래보다 말이 늦된 아이는 캐릭터 인형을 찾아 두리번대면서 고개를 끄덕였다. 나는 아이 손목을 잡고 간식거리를 파는 곳으로 갔다.

오래 기다려 카운터가 코앞이 돼서야 현금 계산만 된다는 안내문이 보였다. 이제 와서 돈을 인출하러 가긴 늦었다. 뒤로 긴 줄이 이어지고 있었다. 점퍼와 바지 주머니에서 천 원짜리 지폐 몇 장, 시장 가방 속주머니에서 짤랑대는 동전까지 긁어모아 아이가 먹을 흰 우유와 추로스 하나를 샀다. 목이 말랐지만 생수 한 병을 사기엔 돈이 모자랐다.

아이는 흰 우유를 양손으로 꼭 쥐고 빨대를 빨았다. 그러면서도 눈으로 계속 주변을 살폈다. 더 재미있고 신기한 걸 찾으려는 호기심 가득한 눈빛이었다. 목석같이 누워 있는 할아버지 몸을 타고 넘으며 무료한 오후를 보내던 아이에게서 평소 볼 수 없던 생기였다. 추로스를 입 가까이 가져다 대면 설탕을 묻힌 채 오물거리며 한 입씩 잘도 베어 먹었다.

동동아, 여기 오니까 좋아? 아이는 제 아빠가 주말마다 만나 가르쳐 준 대로 엄지를 치켜세웠다. 제일 좋을 때 어떻게 하라고 했지, 하면 자동반사로 엄지를 내세우는 녀석이었다. 그 모습을 보고 있자니 웃음이 나왔다. 확실히 정인을 키울 때와는 다른 느낌이었다. 정인에게는 미안하지만 그때는 아이를 키우는 데 행복을 느낀 적이 없었다. 하는 짓이 예쁘고 귀엽긴 했지만 절절하게 사랑한다는 느낌을 가지지 못했다. 빨래해주고 밥해 준 것 말고는 아무것도 해 준 게 없었다. 지금껏 정인은 혼자 컸고 나는 혼자 늙어 갔다.

결혼하고 바로 임신한 정인은 열 달을 다 채우지 못하고 두 달이나 일찍 아이를 낳았다. 나는 그저 이 아이가 사위의 자식이기만을 바랐다. 차마 내 입으로 직접 확인할 엄두도 나지 않는 일이었다. 하지만 분명한 건 누구의 자식이건 나의 손자라는 사실이었다. 정인이 낳은 아이이니 당연했다. 제 부모 대신 내가 업고 키운 아이. 내 쪼그라든 젖가슴을 만지며 잠자리에 드는 아이. 등에 업혀 양발을 내 바지 주머니 안에 넣어 두고 발이 없어졌다며 좋아하는 아이. 아이가 양팔로 목을 감싸 안을 때 순간 어질어질한 느낌을 받곤 했었다. 그 따뜻한 무게감에 왈칵 눈물이 쏟아지던 날도 있었다.

아이는 양말을 마저 벗어 내 손에 쥐여 주고 행사장 가운데 설치된 대형 튜브 미끄럼틀로 뛰어갔다. 짧은 다리로 힘겹게 계단을 올라가지만 내려올 때는 금방이었다. 오래 올라가 순간 내려오는, 억울할 법도 한 일을 아이는 몇 번이고 반복하며 신나 했다. 그러다 한 번씩 내 쪽을 살폈다. 익숙한 얼굴을 발견하고 씩 웃어 보였다. 보는 사람도 절로 미소 짓게 하는 웃음이었다. 아이가 나를 향해 가까이 오라고 손짓했다. 나는 몸을 일으키는 대신 손을 흔들어 줬다. 할머니가 그 자리에 있다는 걸 확인하고서야 아이는 또래들 사이로 섞여들었다.

집으로 돌아오는 버스에는 앉을 자리가 없었다. 교복 입은 남학생이 아이 손을 잡고 서 있는 내게 좌석을 양보했다. 다리가 끊어질 듯 아파 사양도 않고 염치없이 앉아 버렸다. 아이는 앉자마자 품 안에서 잠이 들었다. 피곤했는지 코까지 낮게 골았다.

캐릭터들이 손을 흔들며 마지막 인사를 하는데도 아이는 아쉬움이 남아 발을 움직이지 못했다. 엄마가 기다려. 집에서 동동이 보고 싶어서 울고 있대. 얼른 가자. 응? 아무리 사탕발림해도 소용없었다. 모르겠다. 할머니는 집에 간다. 동동이는 여기서 살아. 일부러 뒤돌아 발 옮기는 시늉을 했다. 아이는 어쩔 줄 몰라 했다. 얼굴이 잔뜩 찌그러지더니 결국 울음이 터졌다. 어쨌든 한 번은 눈물을 보여야 끝날 일이었다.

아무리 깨워도 눈을 뜨지 않는 아이를 옆자리에 앉은 이의 도움을 받아 등에 업었다. 버스에서 내리자 익숙한 골목길이 눈에 들어왔다. 우리 집이구나 싶어 마음이 한결 편해졌다. 아파트 초입이 멀지 않았다. 오늘따라 아이의 무게가 크게 느껴졌다. 네 살쯤 되니 확실히 하루가 다르게 묵직해졌다. 배도 고프고 목도 말라 걷기가 힘들었다. 아이를 계속 업고 있어 등에서도 땀이 식을 줄 몰랐다. 헤어보톡스를 쓰고 있는 머리도 마찬가지였다.

아파트 노인정 앞에 놓인 정자에 수그려 앉았다. 왼손으로 아이 엉덩이를 받치고 오른손으로 헤어보톡스를 떼어냈다. 핀이 꽂힌 머리카락이 딸려 와 아팠지만 어쩔 수 없었다. 스프레이를 뿌려 딱딱해진 헤어보톡스를 옆에 내려놓고 손톱을 세워 두피를 긁었다. 바람이 통하니 이제 좀 살 것 같았다. 아마도 머리는 폐허가 된 듯 납작하게 눌렸을 테지. 달빛 아래 훤한 정수리가 드러났을 테고. 정면에 세워진 은색 철제 시계탑이 아홉 시를 가리키고 있었다. 하루가 길다는 생각이 들었다. 벚나무 꽃은 이미 다 지고 없었다.

아이가 몸을 뒤척였다 서서 업는 걸 편안해하는 아이는 자면서도 앉은 걸 용케 알아챘다. 나는 자리에서 일어나 몇 발짝 제자리걸음하며 아이가 깨지 않게 토닥였다. 아파트를 올려다보니 거실 불이 꺼져 있었다. 정인이 아직 들어오지 않은 모양이었다. 올 때가 되었으니 기다렸다 같이 들어가야겠다고 생각했다. 선선한 봄바람이 불어왔다. 또다시 아이가 잠기운에 몸을 뒤척였다. 엄마가 섬 그늘에 굴 따러 가면. 매일 밤, 아

이가 잠들 때까지 곁에서 불러 주던 자장가를 낮게 읊
조렸다. 그건 내가 정인에게 불러 주던 노래였다.

내 어머니도 자장가를 불러 주곤 했었다. 학교 다닐
만큼 제법 컸을 때까지도 어머니는 자장가를 빼먹지
않았다. 무명인의 곡이었을까. 노랫말도 없는 곡조를
그저 생각나는 대로 흥얼거렸다. 설핏 잠들 무렵까지
귓가에 맴돌던 나지막한 콧노래가 하루의 소란스러움
을 멀리 달아나게 했었다. 때론 나보다 먼저 잠든 어머
니를 위해, 내가 곡을 이어 가기도 했다. 아무리 떠올리
려 해도 지금은 기억 속에서 영영 잊힌 노래였다. 다만
가슴께를 다독이던 그 투박한 손의 무게감만은 마치
어젯밤처럼 생생했다.

아파트 모퉁이에서 인기척이 일었다. 형체가 잘 보
이지 않았지만 사람이 더디게 몸을 움직이고 있었다.
쉽게 다가오지 못하는 발걸음과 아스팔트에 질질 끌
리는 지팡이 소리. 굳이 보지 않아도 귓가에 전해지는
소리만으로도 익숙한 기척이었다. 남편이 언제부터
밤 산책을 시작한 걸까. 저 어둠 속에서 망가진 몸을 이
끌고 무슨 생각을 하고 있는 걸까. 살겠다고 아침저녁
몸을 움직이는 남편에게 화가 치밀었다. 하지만 나는

알고 있었다. 한 번도 꽃 피우지 못한 멜로칵투스 화분이 끝내 제자리에 놓여 있을 거라는 걸.

점차 지팡이 끄는 소리가 가까워지고 있었다. 남편의 실루엣도 서서히 눈에 들어왔다. 순간적으로 고민했다. 이내 남편을 피해 몸을 돌렸다. 뒤돌아서서 오던 길을 향해 걸음을 옮겼다. 아무 일도 없던 것처럼, 아무것도 못 본 것처럼 아이의 엉덩이를 토닥이며 노래를 흥얼거렸다. 엄마가 섬 그늘에 굴 따러 가면. 아이의 시큼한 땀내가 바람에 실려 코끝에 전해졌다. 아기가 혼자 남아 집을 보다가. 정인이 올 때쯤 마중 나가서 저기 엄마 오네, 하고 말한 걸 훗날 이 아이는 기억할까.

예전엔 딸아이를 업고 올 리 없는 남편을 무작정 기다리며 집 앞을 서성였었다. 딸아이가 잠들면 아무도 없는 무덤 같은 집으로 돌아와 현관에 폭삭 주저앉아 울기도 했었다. 아! 그러나 노래가 끝나기도 전에 하필이면 정인이 양손 가득 마트 봉지를 들고 저만치서 걸어왔다. 나는 정인을 부르지도, 차마 남편이 있는 뒤를 돌아보지도 못하고 우두커니 서 있었다.

팩토리 걸

백 위안 지폐 한 장, 이십 홍콩달러 한 장, 십 달러 세 장, 일 달러 네 장, 십 파운드 두 장. 책상 위에 아무렇게나 놓인 지폐를 눈으로 헤아렸다. 이게 다 뭐지? 한 번에 합산조차 할 수 없는 네 가지 종류의 통화였다. 그중 구깃구깃한 홍콩달러는 난생처음 보았다. 오늘 아침 사무실 현관에 들어서는 나를 보자마자 세금을 내라던 대표가 떠올랐다. 매월 10일까지 납부해야 하는 명세서를 눈앞에 들이밀며 말했다.

"내가 지금 현금이 없어서 그러는데, 네가 먼저 해결할래?"

대표는 매번 그런 식으로 부탁하고 돈을 제대로 주지 않았다. 돈 달라는 소리를 두세 번 해야 비로소 지갑을 열었고 그러고서도 이것밖에 없다는 식으로 잔돈을 덜 주었다. 더는 쓸데없는 불편을 감수하고 싶지 않았다. 나는 대표를 향해 안타까운 표정을 지으며 말했다.

"죄송한데, 저도 지금 현금이 없어서요."

알겠다고 무심히 대답하면서도 대표는 쾅, 소리 나게 문을 닫고 자신의 방으로 들어갔다.

손끝으로 지폐를 집어 책상 한 귀퉁이로 밀어 두었다. 화장실에 다녀온 뒤라 손에는 아직 물기가 배어 있

었다. 그냥 현금 있다고 할걸. 한숨이 입 밖으로 새어 나
왔다. 소득세 24,610원과 지방세 2,440원 합계 27,050원
을 납부하기 위해 나는 땅도 밟아 본 적 없는 사 개국의
통화를 들고 환전하러 다녀야 했다.

아무리 그래도 이건 아니지. 슬그머니 고개를 쳐드
는 짜증 또한 어쩔 수 없었다. 부탁을 들어주지 않아 일
부러 골탕 먹이는 게 아닐까, 하는 의혹이 들었다. 이놈
의 회사, 이제 정말 그만두든지 해야지! 나의 인내심과
대표의 인간성이 바닥을 드러내고 있었다. 말도 마음
도 통하지 않는 작은 오피스텔 안에서 대표와 나 사이
에는 파티션보다 더 높은 벽이 세워졌다.

이름만 번지르르한 문화기획사 '컬처팩토리'의 유
일한 사원으로 일한 지 벌써 이 년 차였다. 한 달 된 신
생 회사에 대리로 입사해 올 초에는 팀장으로 승진도
했다. 명함이 떨어져 인쇄소에 주문하는 차에 대표가
너 그냥 팀장 해라, 하고 말했다. 말만 팀장이지 팀원 한
명 없는 허울뿐인 직함이었다. 그러니 월급을 올려 주
거나 직함에 어울리는 대우를 해 줄 리 없었다. 여전히
영수증 정리, 세금계산서 발행, 은행과 우체국 심부름,
오피스텔 주방과 화장실 청소까지 도맡는 신세였다.

왜 그렇게 많은 일을 혼자 감당하느냐고? 하늘 아래 대표 한 명 사원 한 명뿐인 회사이니 별수 없었다.

상식적으로 생각할 때 단 두 명으로 이루어진 회사라면 가족적인 분위기에 서로를 알뜰살뜰 챙기는 인간미가 존재해야 했다. 회사의 창립일과 사원의 생일을, 회사의 미래 비전과 개인의 일상적 고충을, 둘은 함께 나누고 같이 힘을 모으자고 손을 맞잡아야 했다. 당연히 사원의 점심 식대가 마련되어야 했고 야근할 때면 그에 걸맞은 택시비가 지급되어야 했다. 응당 연차와 휴무를 챙겨 쓸 때도 눈치 보지 않아야 하며, 행사든 미팅이든 빈번한 외근에도 넉넉한 진행비가 주어져야 했다.

처음에는 이럴 줄 몰랐다. 허구기 멀디고 야근할지도, 식대로 오피스텔 구내식당의 육천 원 백반 식권을 줄지도, 외근 때 버스 단말기에 내 교통카드를 꼬박꼬박 찍고 다닐지도, 연차는 물론이고 일 년에 며칠 없는 휴무 때 업무 전화를 받게 될지도 몰랐다. 내 밑으로 직원이든 아르바이트생이든 뽑을 테니 기다리라는 말을 믿고 이 년을 보내며 온갖 잡다한 일을 감당해야 할지도 몰랐다. 애초에 이럴 줄 알았다면 이곳에서 일하지 않았을 것이었다. 취업이 힘든 시기였지만 비루한 나의 노동력을 필요로 하는 곳은 어디든 있을 터였다. 비운의 백수 시절, 당시의 나에게도 그 정도 희망과 믿음은 있었다.

아무튼 입사한 지 이 개월 뒤쯤부터 나는 그만두겠다는 소리를 입버릇처럼 달고 살았다. 처음에는 나의 넋두리를 듣고 힘내라고, 인생이 다 그런 거 아니겠냐고 위로와 격려를 아끼지 않던 친구들도 이제 지겨우니 그만하라고 했다. 그만둔다는 말 믿지도 않는다며, 이러다가 그 회사에서 정년퇴임하는 거 아니냐고 비아냥거렸다. 하지만 컬처팩토리에는 인수인계는커녕 당장 전화 받을 사람도 없었다. 이게 다 나의 넘치는 의리, 아니 의리로 포장된 나태, 나태로 변명된 무능에 기인한 걸 나도 모르지 않았다.

구직도 퇴직도 이직도, 이느 것 하나 쉽지 않았다. 일단 회사를 그만두면 포기할 게 많아졌다. 한 달에 한 번 피부 관리, 석 달에 한 번 뮤지컬 관람, 여섯 달에 한 번 중고 명품 쇼핑, 일 년에 한 번 동남아 해외여행 등 기초생활보장 수준의 품위를 유지할 수 없었다. 솔직히 멋지게 회사 문을 박차고 나와도 정작 그다음이 막

막했다. 비슷한 규모의 다른 회사도 복리후생이나 연봉은 별반 다르지 않았다. 거기에 당장 갚아야 할 카드 할부금이나 다달이 나갈 월세와 생활비를 생각하면 단 하루도 일하지 않고는 두 다리 펴고 잠들 수 없었다.

할 일도 많은데 은행은 또 언제 갔다 오냐고. 서류 더미에서 뭔가를 찾는 동안에도 나는 혼잣말을 하고 있었다. 듣는 상대가 없는데도 말이 쏟아져 나왔다. 때로는 창밖을 보며 때로는 허공에 대고, 또 때로는 오늘같이 서류를 뒤적이며. 언제부터 시작된 건지는 알 수 없었다. 한동안은 그러지 않으려고 의식적으로 노력했다. 모니터 귀퉁이에 포스트잇을 붙여 두고 하루에 몇 번 하는지 바를 정(正)을 표시한 적도 있었다. 지금은 그냥 내비려 두기로 했다. 어차피 사무실에서도 집에서도 종일 혼자였고, 딱히 누군가에게 피해를 주는 일 같지 않았다.

됐다, 고민해 봐야 머리만 아프지. 고개를 흔들어 머릿속 생각을 지웠다. 당장 해결할 수 있는 일은 아무것도 없었다. 스트레스 때문에 위장 장애나 피부 트러블이 생기는 건 더 최악이었다. 연필꽂이에 꽂혀 있던 손거울을 집어 들어 안색을 살폈다. 어느덧 이십 대 후반, 눈에 띄게 피부 재생력이 떨어지고 있었다. 자랑스러운 날렵한 V라인 턱선도 자취를 감춘 지 오래였다. 피곤함에 절어 충혈된 눈, 그 밑으로 깊게 자리한 다크서클을 보니 우울해졌다. 더한 자괴감이 차오르기 전에 은행에나 가야겠다고 마음을 고쳐먹었다.

이대로는 안 되겠어. 혼잣말하며 화장품 파우치에서 아이라이너 펜슬을 꺼냈다. 그러고는 흑갈색 심을 꾹 눌러 오른쪽 뺨에 점을 그려 넣었다. 너무 크지도 너무 작지도 않게, 딱 매력적인 에디 세즈윅의 것처럼. 기분이 나쁠 때마다 늘 하는 짓이었다. 탈색한 쇼트커트도, 샹들리에 귀걸이도 하물며 그녀 같은 깡마른 몸매가 아니라서 미니스커트 입는 것도 따라 할 수 없었지만 그녀와 같은 위치에 점을 그려 넣는 건 가능했다. 그리고 불안한 표정을 지으며 네 번째 손톱을 잘근 깨물고는 그녀를 주인공으로 그린 영화 속 대사를 따라 했다. 덕분에 혼자라는 생각은 들지 않아, 라거나 내 인생에서 가장 행복한 시간이었어, 따위의 맥락 없이 마음에 드는 구절을.

작은 손가방 안에 크기가 제각각인 지폐를 몽땅 욱여넣고 현관으로 향했다. 대표에게 들리도록 큰 소리로 외쳤다.

"은행 다녀올게요."

"오는 길에 스타벅스에서 커피 사 와."

현관문이 닫히며 대표의 목소리가 멀어졌다.

상수역에서 제일 가까운 하나은행과 우리은행을 거쳐 합정역 근처 국민은행까지 가서야 환전을 마칠 수 있었다. 환전한 금액 93,900원에서 27,050원을 세금으로 납부하자 66,850원이 남았다. 대표가 마실 아메리카노를 사러 가며 잔액이 든 은행 봉투에서 내 몫의 커피값 5,900원을 뺐다. 나는 대표가 사 줄 때만 비싼 캐러멜마키아토를 마셨다. 오늘은 별로 달달한 커피가 당기지 않아 현금으로 챙겼다.

일부러 사무실에서 가까운 곳이 아닌 윤이 일하는 근처 지점으로 갔다. 윤에게 카페로 올 수 있느냐고 문자를 보냈다. 어떤 상황인지 알 수 없어 무턱대고 전화하기가 조심스러웠다. 그럼에도 평소였다면 내가 알게 뭐람, 생각하며 곧바로 통화 버튼을 눌렀을 테지만 지난 다툼 이후 어딘가 서먹했다. 최근 통화 목록에서도 윤은 한참 아래에 있었다. 다행히 윤은 '볼일이 있어 잠깐 들렀다'는 핑계가 통하는 거리에 있었다.

회사 가까이에 누군가 있다는 건 그 자체로 위로가 되었다. 편의점이나 다이소에 심부름 가면서, 내가 이런 것까지 해야 해? 생각하다가도 누구 볼 겸 갔다 오지 뭐, 하며 잠깐은 정신 승리할 수 있었다. 마음만 먹으면 금방이라도 달려가 얼굴을 보고 한숨을 돌릴 수 있을 거라는 상상이 당장을 견디게 했다. 사실 어려운 건 그 마음먹기였지만 말이다.

윤도 같은 이유로 나를 컬처팩토리에 소개했을 거였다. 시간을 쪼개 틈틈이 볼 수 있으니까. 윤은 늘 자기의 반경 안에, 손이 닿는 곳에 나를 두고 싶어 했다. 그렇다고 지금의 윤이 나를 대단히 사랑하는 건 아니었다. 그저 곁에 두고 떠나지 못하게 하는 것일 뿐. 원한다기보다는 필요하다는 표현이 더 적합했다. 알면서도 여전한 걸 보면 우리는 서로에게 습관이 된 걸지도 몰랐다. 물론 나로서도 손해는 아니었다. 한 달에 평균 십오 일은 윤에게 점심이나 저녁을 얻어먹으니까. 팔천 원짜리 찌개나 백반을 기준으로 하면 십이만 원이나 절약하는 셈이었다.

스타벅스에는 늘 사람이 많았다. 오전인데도 빈자

리를 찾을 수 없었다. 이리저리 둘러보는데 때마침 자리에서 일어서는 여자가 보였다. 얼른 가서 테이블 위에 손가방을 내려놓았다. 여자는 나의 재빠른 행동에 기분이 상했는지 내 쪽을 흘깃 보고는 몸을 홱 돌려 문을 향해 걸어갔다. 한 손에는 영어 학원 파일 다른 한 손에는 테이크아웃 커피를 들고 짧은 청치마에 플랫슈즈를 신은 차림이었다.

신입생인가? 진짜 어려 보이네. 나도 모르게 또 혼잣말이 나왔다. 분명 나도 저런 때가 있었는데. 불과 몇 년 전이었는데도 신기하게 하나도 기억나지 않았다. 맞아, 영화 속에서 옛 친구인 시드가 에디에게 그녀의 사진을 보여 주며 물었었다. 이 여자 기억해? 그때의 그녀를 기억해? 사진에는 수줍게 웃고 있는 에디가 있었다. 대학 시절의 모습이었다. 에디는 울먹이며 말했었다. 아니, 기억나지 않아.

취업을 준비할 무렵, 취업 한파에 관한 보도가 연일 사회면을 가득 채웠다. 청년 네 명 중 한 명이 실업자라는 헤드라인, 전 세계 청년실업자가 칠천삼백만 명이라는 기시감 없는 기사들까지. 어느 때고 취업난이 있었고 매해 청년실업을 나타내는 신조어가 탄생했다.

청년이며 실업자였던 나 역시 이십 대 구십 퍼센트가 백수라는 뜻의 '이구백'이었다. 취업할 때까지 졸업을 늦춘 'NG족'이었고, 졸업한 뒤 일 년까지는 혼자 공부하고 혼자 밥 먹는 '나홀로족'이었다. 주변에는 부모에게 의존해 사는 '캥거루족'이나 구직 활동을 아예 포기한 '니트족'도 있었지만 그건 집에 기댈 수 있는 친구들에게나 해당하는 타이틀이었다.

엄마는 소도시에서 조그만 식당을 하며 혼자 몸으로 나를 키웠다. 고된 생활을 알았기에 나는 취업을 하면 바로 독립할 작정이었다. 더는 엄마에게 손을 벌릴 수 없었다. 평범한 월급쟁이 아버지라도 있었다면 형편이 조금은 나았겠지? 하는 생각을 막연히 해 본 적 있지만, 내 기억 속에 아버지는 처음부터 존재하지 않았다. 그러니 특별히 밉거나 원망스럽지도 않았다.

졸업만 하면 어디든 취직할 수 있을 거라는 예상과 달리 현실은 녹록하지 않았다. 결국 백수로 지내면서 시간 낭비 하기보다는 가방끈이라도 늘려야겠다는 생각으로 서울에 있는 대학원에 진학했다. 학자금대출을 받아 등록금을 내고 근처 고시텔에 창문 없는 방을 얻었다. 구직이라는 나름의 소박한 꿈을 찾아 상경했

지만 앞방에도 옆방에도 취업을 못 해 신용불량자가
된 청년실신이나 고시에 연거푸 실패한 고시낭인 천
지였다.

평일에는 보습 학원에서 아이들을 가르쳤고 주말
에는 백화점에서 물건을 팔았다. 행사 가판의 품목은
그때그때 달랐다. 타임세일을 하는 스카프와 우산 같
은 잡화류, 특가 행사를 하는 햇반이나 스팸 따위의 식
료품이 주를 이뤘다. 그것들을 아무렇게나 쌓아 둔 매
대로 사람들이 몰려들었다. 하루에 꼬박 열두 시간을
서서 그들을 상대했다. 대학원 등록금 때문에 돈을 버
는 건데, 아이러니하게 돈을 버느라 학교생활에 충실
할 수 없었다. 시간이 없어 수업만 간신히 듣고, 모임이
나 세미나에는 참석하지 못했다. 밤늦게 대학원 열람
실에서 책을 뒤적이는 게 고작이었다. 그즈음이었다.
윤을 처음 만났던 게.

열람실에서 책을 읽던 내게 윤이 자판기 커피를 내
밀었다. 의아해하며 책상에 놓인 종이컵과 낯선 윤의
얼굴을 번갈아 쳐다보았다. 윤은 잠깐 나가자고 했다.
의자에 양반다리로 앉아 있던 나는 신발을 신고 따라

나섰다. 윤은 자신을 박사 과정을 수료한 강사라고 소개했다. 그래서요? 나는 되물었다. 윤은 내가 읽는 책을 보고 같은 과인 것을 알았다며, 그래서 선배로서 아는 척했다고 말했다. 나는 다시 물었다. 아하, 그러니까 그래서요? 정말 그래서 어쩌자는 건지 싶었다.

처음 윤을 봤을 때는 나이도 많아 보였고 스타일도 올드해 별 감흥이 없었다. 반대로 윤은 그때 내게 뭔가 톡 쏘는, 당당한 매력을 발견했다고 했다. 일상에 찌든 또래와 비슷해 보이다가도 솔직하게 표현하며 환하게 웃는 그 순간만은 달라 보였다고. 세련되지도 감각적이지도 않았지만 꾸며내지 않은 싱싱한 자유로움이 느껴졌다고. 마치 뉴욕에 갓 도착한 에디를 본 앤디 워홀의 심정처럼.

그 뒤로도 윤은 나에게 말을 걸어왔고 곧잘 어려운 일들을 해결해 주었다. 밤을 새워야 하는 리포트를 대신 써 주거나 찾기 어려운 자료를 구해 주거나, 하다못해 야식을 사 오거나 커피 심부름을 해 주었다. 월세나 생활비 일부를 보조해 주고 규칙적으로 장을 봐 줬다. 나는 윤이 내게 보인 물질적인 성의를 진심이라 여겼고 굳이 밀어내지 않았다. 그가 베푸는 안락한 상황에 점차 익숙해졌고 과하지 않은 적당함이 더없이 마음에 들었다.

우리는 가까워졌지만 사랑한다고 말하지 않았다. 사귀자고도 하지 않았다. 동의할 수도 거절할 수도 없는 말을 꺼내지 않아서 나는 윤이 좋았다. 그런 말은 떠올리기만 해도 무거운 기분이 들었다. 나는 내 곁에 없을 때의 윤을 궁금해하지 않았다. 걱정도 의심도 하지 않았다. 아무런 노력을 하지 않아도 유지되는 관계인 게 편했다. 가끔은 암묵적인 동의하에 섹스하는 우리가 대체 뭘까, 하고 생각했다. 하지만 당장은 혼자가 아니라는 사실로 족했다.

두 번의 휴학 끝에 간신히 졸업했지만 현실은 달라지지 않았다. 학위 취득이 자랑스러움을 만끽하기 전에 왜 석사를 '석사나부랭이'라고 표현하는지 깨달았다. 얄팍하고 가벼운 졸업장과 학사모를 쓰고 찍은 몇 장의 사진이 학자금대출 상환고지서로 되돌아왔다. 졸업장으로 말미암아 빛날 줄 알았던 청춘은 그야말로 빚낼 일로 가득했다. 고생해 만든 학벌을 가지니 오히려 한 단계 업그레이드된, 빚 있는 고학벌 백수가 되었다. 이런저런 아르바이트로 점철된 생활은 백수가

과로사한다는 우스갯소리를 증명하는 나날로 이어졌다. 결국 엄마가 있는 집으로 가야 하나 심각하게 고민하고 있을 때 윤이 직장을 소개해 줬다.

윤의 소개로 만난 대표는 선명하고 명쾌한 사람이었다. 말투와 목소리, 행동까지 자로 잰 듯 정확하고 빈틈없었다. 대표는 나를 보자마자 윤이 소개하는 사람이라면 무조건 좋다고 했다. 평소에도 윤에게 조언을 많이 구한다고도 했다. 윤에게는 한 번도 듣지 못한 이야기였다. 마땅히 대꾸할 말이 떠오르지 않아 나는 그저 조용히 웃으며 고개를 끄덕였다. 대표는 내게 내일당장 출근할 수 있느냐 물었다.

대표는 수다 떨 때 무심코 하는 낙서처럼 자신이 하는 말을 앞에 놓인 경제 신문에 썼다. 이름이 새겨진 빨간색 라미 만년필을 손에 쥔 채였다. 자신이 회사를 차린 경위, 지금 하는 주요한 프로젝트 그리고 앞으로 자신을 도와 내가 해야 할 일 등. 본인이 힘주어 말하는 중요한 단어에는 꼭 두 번씩 동그라미를 쳤다. 오른손이 움직일 때마다 손가락에 끼워진 불가리 반지가 반짝거렸다. 성공한 골드미스를 상징하는 듯했다. 대표는 윤보다 두 살 나보다 열두 살 많았다.

대표의 말에 예스를 한 뒤, 입사한 컬처팩토리에서의 생활은 고난과 역경의 연속이었다. 대표는 처음 만났을 때와 전혀 딴판이었다. 흔히들 첫인상과 본모습이 다르다고 하지만, 대표는 정말이지 태어날 때부터 대표로 태어난 사람 같았다. 모든 일을 지시와 명령으로 일관했다. 대답은 들으려 하지 않고 자기 말만 옳다고 믿었다. 사용한 종이컵 하나 티슈 하나도 제 손으로 버리는 법이 없었다. 시간이 지나면 지날수록 옆에서 겪으면 겪을수록 대표에게 실망만 늘었다.

특히 불만인 건 윤이 회사에 올 때마다 유난스럽게 군다는 데 있었다. 별것 아닌 일로 트집을 잡거나 면박을 주었고 쓸데없는 잔소리를 길게 했다. 또 당장 하지 않아도 되는 외부 심부름을 시키기도 했다. 하지만 나도 그렇게 호락호락하지는 않았다. 대표 앞에서는 아무 말도 못 하고 싫은 티도 못 냈지만, 변혁과 쇄신을 꿈꾸며 나름의 방식으로 미시적 차원에서 소심한 복수를 감행하곤 했다.

나는 대표처럼 감정적이거나 개인적으로 보복성 대처를 하는 그런 치졸한 성품의 소유자가 아니었다. 내가 하는 실천적 행동은 소위 회사의 복지후생 정책화

와 사원의 인권 보장 제도화를 위한, 이른바 일인 사원의 묵언시위에 해당하는 일이었다. 매일 반복되는 짧은 점심시간과 과한 업무 시간 사이에서 일종의 자기효능감을 유지하기 위한 합리적인 해결책이기도 했다.

일단 회사의 소모품을 가급적 많이 소모하는 방향으로 살아 숨 쉬는 자존감을 입증했다. 예를 들면 대표 앞에서만 양면인쇄와 모아찍기를 하고 다른 때는 마음껏 A4용지를 사용했다. 단면 풀 컬러 출력을 다량으로 했고 사소한 미팅에도 꼬박꼬박 인원수만큼 투명 파일을 준비해 출력물을 담아 나갔다. 출근과 동시에 냉난방기를 가동했고 에스프레소 머신에서 하루에 두 번씩 커피를 내려 마셨다.

1.5리터 생수, 갑 티슈나 치약, 비누, 변기에 넣으면 물이 파랗게 변하는 청소 세제 등 각종 생필품을 한 달에 딱 한 개씩 집에 가져갔다. 회사의 비품이므로 엄연히 내게도 소모할 할당량이라는 게 존재했다. 매주 금요일 퇴근할 때는 작은 양념통에 분쇄한 원두를 챙겼다. 주말에 집에서 드립커피를 내려 마실 분량이었다. 조그만 구멍에도 거대한 둑이 무너져 세상이 물에 잠긴다는 신념으로, 아무도 눈치채지 못할 소심한 방법

으로 나는 회사의 몰락을 기도했다.

윤은 오지 않았다. 카페 창밖을 기웃거렸지만 소용없었다. 버튼을 눌러 휴대전화 화면을 확인했다. 엄마에게서 온 부재중 전화밖에 없었다. 밥은 잘 먹는지 힘들거나 어디 아픈 데는 없는지 묻고 아니, 없어, 괜찮아 하고 답할 게 빤한 통화가 오늘따라 지겹게 느껴져 받지 않았다. 그보다는 계속되는 윤의 무성의에 마음이 쓰였다. 강사를 그만두고 일을 시작한 윤은 틈만 나면 바쁘다는 핑계였다. 윤의 행동을 보면서 감정의 유효기간이 머지않았다는 걸 실감했다.

시간이 지날수록 조바심이 났다. 감정을 컨트롤하는 게 어려웠다. 혼잣말이 부쩍 늘어난 것도 어쩌면 윤과 보내는 시간이 줄어든 탓일지 몰랐다. 막상 헤어질 생각을 하면 내가 더 아쉬운 게 많았다. 못 오면 못 온다고 문자라도 보내지. 윤을 기다린 지 이십 분이나 지난 시간, 커피 때문이라도 대표가 나를 찾을 거였다. 안되겠다 싶어 아메리카노만 테이크아웃해 사무실로 향했다.

대표는 나가고 없었다. 지금 기분 같아서는 혼자 있

는 편이 나았다. 마우스를 건드리자 절전 모드가 풀리고 모니터가 켜졌다. 화면에는 진도를 빼지 못한 기획안이 펼쳐져 있었다. 기업의 임원을 대상으로 인문학 특강을 준비 중이었다. 기획안이 통과되면 용역을 맡아 그에 따른 기획료와 대행료를 수입으로 가져올 수 있었다. 기획안이 회사의 실적과 직결되니 매번 부담감이 만만치 않았다. 지난번 계약이 어그러졌을 때도 대표는 나를 원망했다. 그렇게 중요하면 자기가 직접 하든가, 하는 생각에 억울했지만 늘 그렇듯 대표 앞에서는 아무 말도 하지 못했다. 나로서는 계약이 성사되어도 문제였다. 그 뒤부터 강사 섭외, 장소 협조, 일정 조율, 각종 홍보물 제작 및 배포까지 도맡아야 했다.

그놈의 환전 때문에 괜한 시간 낭비를 했다. 오전 일과를 무의미하게 보냈으니 오늘도 늦게까지 일해야 했다. 일을 끝내지 못하면 집에 가지 못한다는 생각에 마음이 급해졌다. 오피스텔에 감금된 채 노동을 강요당하는 기분이었다. 이 정도면 염전 노예 수준인 건가? 식은 아메리카노를 홀짝홀짝 들이켰다. 그때 전화벨이 울렸다.

후유, 습관적으로 숨 고르기부터 했다. 회사로 전화

할 사람은 대표뿐이었다. 액정 화면에 뜨는 '대표님'이라는 문구를 볼 때마다 심호흡하며 마음을 다잡아야 했다. 외근이 많은 대표는 업무 지시를 전화로 했다.

"대표님, 말씀하세요."

"받아 적을 준비됐니? 첫째, 이메일부터 지금 확인해."

"네, 로그인 좀 하고요."

"몇 번을 말하니. 출근하면 부재중 전화랑 이메일부터 챙기라고."

"오늘은 은행 다녀오느라고요."

"은행은 점심시간에 다녀오면 될 걸. 암튼 됐고, 읽어 보고 모르는 건 이따 전화해. 둘째, 내일 열두 시 내가 사주 가는 신사동 한식당 안쪽 자리로 예약해. 셋째, 최 교수한테 식당 약도랑 전화번호 문자 찍어 주고. 알겠니?"

"네."

"그럼 일하고 있고, 오늘 뭐 특별한 거 없잖아? 다섯 시쯤 들어가니까 네가 잡은 기획안 가지고 회의하자. 오케이?"

"네."

"기획안 디테일하게 잡고 예산안까지 뽑아 놔. 이 정도는 할 수 있잖아? 끊는다, 수고!"

무차별 폭격을 맞은 기분이었다. 오케이는 무슨 오케이고 수고는 무슨 수고인가. 전화를 끊자마자 또다시 속에서 뭔가 치밀어 오르며 혼잣말이 나왔다. 첫째, 둘째, 셋째 일이 말처럼 쉬운 줄 아나 보지? 마감해야 하는 기획안을 눈앞에 두고도 좀처럼 집중하기 힘들었다. 언제까지 이렇게 감정 전부를 싣고 이리저리 휘둘려야 하는 건지 모를 일이었다. 요즘 들어 모든 것이 지긋지긋했다. 일도 싫고 회사도 싫고 대표도 싫고 나 자신도 싫었다.

아침에 일어나 출근하고 밤늦게까지 야근하고 집으로 돌아와 침대에 기어 들어가는 오늘 그리고 내일 또 모레. 마치 하루살이 같았다. 아니 하루살이보다 못한 인생을 사는 건지도 몰랐다. 하루살이는 사는 동안 밥도 안 먹고 교미를 해서 번식하니까. 내가 하는 일보다는 훨씬 가치 있는 일을 하다 죽는다고 할 수 있었다. 하물며 윤과는 언제 섹스했는지 기억나지 않았다.

처음 회사에 들어와선 윤에게 의존할 수밖에 없었다. 일을 끝내지 못하면 퇴근할 수 없었고 당연히 저녁을 같이 보낼 수 없었다. 윤은 숙제해 주듯 프레젠테이션에 들어갈 도표나 도형을 그려 주었다. 나 대신 행사의 취지와 목적, 진행 방식을 고민했다. 끝으로 기대효과와 향후 방향성을 재고한 기획안을 이메일로 보내 주었다.

윤이 결과물을 만들 동안 나는 인터넷 쇼핑을 하며 기다렸다. 시간이 길어지면 얼마나 더 기다려야 해? 하고 업무 속도를 독려했다. 윤이 만들어 준 기획안은 내가 몇 날 며칠을 고심한 것보다 훨씬 봐줄 만했다. 당연히 대표의 만족도 높았고 따라서 하루 이틀은 야근을 면했다. 그럴 땐 윤이 원하는 종류의 애무를 해 주거나 평소 즐기지 않던 체위의 섹스를 허락했다. 내가 하는 부탁의 정도나 그가 들이는 노력의 강도에 비례해, 내가 잘하는 것이나 그가 원하는 것으로 보답하는 식이었다.

책상 서랍 마지막 칸에 넣어 둔 담뱃갑을 꺼냈다. 날렵하고 가느다란 담배를 검지와 중지 사이에 끼우고 손목을 뒤로 살짝 젖혔다. 에디는 담배 피우는 모습이 매력적이었다. 추운 겨울 사방으로 퍼지는 입김처럼 그녀의 입에서 담배 연기가 뿌옇게 날아올랐다. 그

장면에서 앤디가 물었다. 죽은 뒤에 사람들이 우리를 기억해 줄까? 에디는 답했다. 오직 남은 것은 그녀의 희망뿐이더라, 하고 사망 기사가 쓰일 거라고. 담배를 입에 가져다 댔다. 에디처럼 볼이 움푹 파이도록 필터를 빨았다. 진짜 담배를 피우는 듯 허공에 연기를 내뿜는 시늉을 했다. 오늘은 불을 붙일 수 있을까? 담배를 입에 물고 불을 붙인 상태에서 필터를 깊게 빨면 되는, 별것 아닌 일을 나는 매번 해내지 못했다.

최 교수의 연락처를 알 수 없었다. 대표에게 전화해 물으면 짜증 낼 것 같았다. 시간이 걸려도 조용히 해결하는 편이 나았다. 명함을 찾으러 대표 방으로 들어갔다. 고구마 껍질이 놓인 휴지, 여기저기 널린 서류, 납기일을 넘긴 명세서까지 너저분한 책상을 바라보며 고개를 좌우로 흔들었다. 언제나 말끔한 명품 슈트 차림의 대표가 이렇게 더러운지 사람들은 알 리 없었다.

책상 위에 있어야 할 명함집이 보이지 않았다. 대표는 뭐든 만지고 제자리에 놓아두는 법이 없었다. 경험상 무언가 없다면, 무조건 세 번째 서랍 안에 있을 가능성이 높았다. 책상 앞에 철퍼덕 주저앉아 서랍 안을 뒤적거렸다. 생리대와 인감도장, 인증서가 담긴 USB, 법인 관련 서류철. 어, 웬일로 두고 갔지? 갈색 루이비통 다이어리가 눈에 들어왔다. 대표가 즐겨 사용하는 몽블랑 펜이 꽂혀 있었다. 차 키 케이스와 다이어리는 대표가 항상 가방에 넣어 다니는 필수품이었다. 나는 본연의 임무를 망각한 채, 한 장 한 장 종이를 넘기며 대표의 일기를 훔쳐보았다.

경쟁 PT에서 떨어졌다. 생애 가장 슬픈 순간은 평범함을 깨닫는 때일지도. 내가 그리 특별한 사람이 아니었구나, 의도치 않게 알아 버렸다. 아직도 집에서는 회사 차린 걸 모른다. 멀쩡한 직장을 때려치우고 전세 보증금을 빼 창업한 걸 알면 이마 두 분 모두 쓰러지실 수도. 더 늦기 전에 말해야 할까, 그래도 엄연한 주식회사에 법인 사업체라고? 머리가 복잡하다. 이 나이까지 살았는데도 어떻게 해야 할지 모르겠다. 그의 마음이 변한 걸 느꼈을 때처럼 종일 초조하고 우울했다. 그는 잘 지내는 것 같다. 이미 연애를 시작한 것도 같고. 아마 나보다 훨씬 어리고 예쁜 여자를 만날 테지? 나를 사랑하긴 했던 걸까?

다이어리를 잘 넣어 두고 자리로 돌아왔다. 명함집은 끝내 찾지 못했다. 아무래도 대표가 오면 해결해야 할 터였다. 그보다 나는 일기가 더 신경 쓰였다. 남자는 독신이라고 했고 대표는 빨리 가정을 꾸리고 싶다고 했다. 혹시 모를 폐경을 염려하며 아기를 낳지 못할까 봐 두렵다고도 했다. 술 마시고 그에게 전화해 우는 짓은 두 번 다시 하지 않겠다는 다짐도 있었다. 상대를 더 많이 사랑하는 연애는 앞으로 하지 않겠다고. 적당히 사랑하고 적당히 즐기면서 외롭지 않게 살겠다고.

언젠가 길에서 윤을 부르는 여자를 만난 적이 있었다. 윤은 반사적으로 잡고 있던 내 손을 놓아 버렸다. 나를 그대로 세워 둔 채 길 건너 여자에게 다가가 고개를 숙여 인사했고, 여자 곁에 선 남자와도 악수를 나눴다. 여자는 남자의 팔에 매달려 행복하게 웃고 있었다. 그 모습을 바라보며 나는 윤에게 분노 비슷한 감정을 느꼈었다. 그리고 그날 처음으로 윤에게 그만 만나자는 말을 했었다.

그 여자가 지금의 대표였다. 나는 면접을 볼 때부터 알았지만 대표는 그때 윤의 곁에 있던 여자가 나인 걸 알아채지 못했다. 왜 그 생각을 하지 못했던 걸까? 내가 입사한 뒤 대표가 변한 건 바로 이별 때문이었다. 달라진 건 단 하나, 애인의 유무였다. 그러니까 나는 행복한 시절의 대표를 보고 이 회사가 다닐 만하다는 섣부른 판단을 내린 것이었다. 곧 다가올 대표의 실연이 나의 팩토리 생활을 엉망으로 만들지 꿈에도 모른 채 말이었다.

돌이켜 생각해 보면, 그즈음부터 대표는 미친 듯이 일에만 매달렸고 죽도록 야근했다. 우울한 낯빛과 음습한 기운, 괴팍한 성미는 말할 것도 없었다. 화학적으로 타다 만 연애 감정의 잔재는 대표에게 사람을 이해하고 배려하고 소통하고자 하는 인문학적인 시선을 홀연 사라지게 만들었다. 왠지 씁쓸한 기분이 들었다. 한편으로는 다이어리 몇 줄 읽었다고 해서 대표를 성급히 이해하고자 마음먹는다는 게 어쩐지 우스웠다.

생각해 보면 나 역시 앞으로는 이렇게 살지 말아야지, 하는 어설픈 다짐과 지키지 못할 약속을 반복했다. 어제 같은 오늘, 지겹게 똑같은 매일. 더는 세상에 절망하지 않기를 바라며 뉴스를 검색하고 홈쇼핑 주문을 하고, 반성하는 일기를 블로그에 비공개로 쓴 뒤 하루를 마감했다. 윤의 연락을 기다리며 잠들기 전까지 혼잣말을 지껄였다. 나는 블로그 화면을 띄워 둔 채 멍하니 바라보았다.

그 사막에서 그는 너무도 외로워 때로는 뒷걸음질로 걸었다. 자기 앞에 찍힌 발자국을 보려고. ―오르텅스 블루, 「사막」

아, 얼마나 더 뒷걸음쳐야 할까? 다음 생이 있다면 사람으로 태어나지 않았으면 좋겠다. 어느 시골 마을 작고 오래된 도서관, 사람의 손이 닿지 않는 책장 맨 위나 끝에 평생한 번도 누군가 꺼내 읽지 않는 책이 되고 싶다. 차라리 그게 덜 외로울 것만 같다.

마지막으로 윤을 만난 날을 떠올렸다. 우리는 여느때와 다름없이 회사 근처에서 저녁을 먹고 맥주를 마시고 모텔로 향했다. 섹스는 매뉴얼대로 시작되었다. 윤이 내 가슴에 입술을 댔다. 윤이 자신의 페니스에 내손을 갖다 댔다. 부풀어진 페니스가 손안을 가득 채웠다. 윤이 내 팬티를 내렸다. 그것이 내 안으로 들어왔다. 윤이 위로 아래로 움직였고, 움직임에 따라 낡은 침대가 삐걱거렸다.

반듯이 누워 천장을 바라보았다. 사각의 프레임 한 가운데 놓인 전등이 규칙적으로 색을 바꿨다. 방 안 전체가 붉게 푸르게 노랗게 변했다. 돌이켜 보면 섹스를 하고 싶을 때도 있었고 하고 싶지 않을 때도 있었지만 대부분 응했다. 대실 시간만큼은 혼자가 아니었으므로 나는 견딜 만하다고 여겼다. 신음 소리가 귓가에 차올랐다. 윤이 참지 못하고 페니스를 빠르게 빼냈다. 자기 손으로 몇 번인가 움직여 배 위에다 사정했다. 배꼽으로 하얀 액체가 고여 들었다.

내 몸에서 내려와 벗어 둔 옷가지를 챙기며 윤은 약속이 있어 가 봐야 한다고 말했다. 침대 모서리에 앉아 뒤집어 놓은 양말을 바로 신는 윤에게 약속을 미루면 안 되느냐고 물었다. 윤은 아무래도 어려울 것 같다며, 팬티에 양말만 신은 채 화장대 앞으로 걸어갔다. 거울을 보며 머리를 말끔히 빗어 넘겼다. 입을 크게 벌려 속을 살폈다. 그러곤 짜증이 묻어난 목소리로 말했다. 멀쩡한 이를 뽑아 놓고 임플란트를 하라니, 하여튼 치과 의사들은 모두 사기꾼이야.

윤이 낯설었다. 이불 속에 있는데도 온몸에 오소소 소름이 돋았다. 이렇게 끝나는 건가, 나는 지극히 건조한 목소리로 중얼거렸다. 특별히 슬프거나 노엽거나 하지는 않았다. 상처를 입었다거나 크게 실망한 것 같지도 않았다. 그래, 뭐 하는 수 없지. 윤이 뒤돌아 나를 바라보며 혼자 무슨 말을 해? 옷 안 입어? 하고 말했다. 나는 몸을 일으켜 세웠다. 다만 무언가 가슴속으로 쿵, 하고 떨어졌다.

사무실 도어록 버튼 누르는 소리가 들렸다. 나는 모니터 화면을 빠르게 정리하고 자리에서 일어섰다. 문이 열리고 대표가 들어왔다. 그 뒤를 따라 윤이 들어오고 있었다. 회사에 올 때면 미리 문자를 보내곤 했었는데. 윤은 소리 나지 않게 입 모양으로 나중에 전화할게, 하고 말한 뒤 대표 방으로 들어갔다. 철제 블라인드가 촤라락 소리를 내며 내려갔다. 안이 들여다보이지 않았다.

대표와 윤이 함께 사무실을 떠난 뒤에도 나는 야근을 했다. 무슨 정신으로 일하고 사무실 문을 잠그고 지하철역까지 내려왔는지 기억나지 않았다. 그러고 보니 점심도 저녁도 거르고 말았다. 딱히 허기가 느껴지지는 않았다. 듬성듬성 놓인 플라스틱 벤치에 풀썩 주저앉았다. 전 역을 출발했다는 지하철을 연거푸 세 대나 보내고서야 자리에서 일어섰다.

플랫폼 가까이에 다가갔다. 문 닫힌 스크린도어에 내 모습이 비쳤다. 날렵했던 구두 앞코가 뭉그러진 게 보였다. 가죽은 본연의 캐멀빛을 잃었고 여기저기 지저분하게 스크래치가 났다. 시간이 지나면 뭐든 흔적이 남기 마련이었다. 사람이란 게 다 그런 거잖아. 윤을 이해하는 듯 굴지만 그것이 나를 위로하는 일임을 모르지 않았다. 이별을 준비하면서 눈물 한 방울 흘리지 않는 나 자신이 이상했다. 몇 분 새, 구두만큼이나 내가 낡아 버린 느낌이었다. 낡고 닳아 너덜너덜해진 것만 같았다.

사람이 사람을 밀어내는 순간이 있다. 그것은 의도되었든 아니든 밀쳐짐을 당하는 쪽은 분명히 알 수 있었다. 묘한 기류를 타고 전달되는 그 느낌이 사람을 무력하게 만들었다. 사랑이 아니어도 괜찮다는 말은 진심이었다. 뜨겁지 않아서 미지근해서 안심했다는 말도 거짓이 아니었다. 하지만 상대는 변했고 감정은 지나갔다. 내가 슬픈 것은 윤과의 헤어짐이 아니라 혼자 남겨지는 두려움이었다. 어쩌면 정말 슬픈 건 차가워진 마음이 아니라 절대로 따뜻해지지 않는 마음이었다.

지하철 안에는 사람이 별로 없었다. 출입구에서 가장 가까운 자리에 앉았다. 주변을 둘러보았다. 대부분 취기에 잠들어 있거나 휴대전화에 몰두한 채였다. 거의 모두가 귀에 이어폰을 꽂고 있었다. 눈을 감았다. 안내 방송이 들렸다. 약수, 약수역입니다. 응암 봉화산 방면 육 호선 환승하실 분은 이번 역에서 하차해 주시기 바랍니다. 삑, 문 닫히는 소리가 들렸다. 옆자리에 누군가 앉는 기척이 느껴졌다. 어깨가 닿는 걸 보니 품이 넓은 사람인지도 모르겠다.

나의 왼팔과 그 사람의 오른팔이 서로 닿았다. 누군지도 모르는 사람과의 접촉. 살결을 타고 흐르는 체온. 나는 팔을 치우지 않고 가만히 두었다. 팔을 치우면 그 온기마저 영영 날아갈 것 같았다. 문득 엄마가 떠올랐다. 엄마도 평생 누군가의 체온을 그리워했겠지. 순간, 눈물이 볼을 타고 흘렀다. 내려야 할 역을 한참이나 지나치는 동안에도 나는 감은 눈을 뜨지 못했다.

이 역은 이 열차의 종착역입니다. 내리실 문은 오른쪽입니다. 오늘도 저희 도시철도를 이용해 주셔서 감사합니다. 안녕히 가십시오. 지하철에서 내려섰다. 방향 감각을 상실한 채 어디쯤 우두커니 서서 좌우를 살폈다. 캄캄한 밤 이름 모를 도시를 유랑하는 것 같았다. 나는 내 발자국을 보려고 뒷걸음질 쳤다. 찍힐 리 없는 반들반들한 대리석 위를 걷고 또 걸었다. 넘어질 듯 위태롭게, 언젠가 끝나겠지 하는 마음으로.

앤디 워홀은 에디 세즈윅에 대해, 그때 내가 느꼈던 그 감정은 사랑이었던 것 같다고 말했다. 하지만 나는 한순간도 누군가의 뮤즈가 되지 못한 채, 망가져 버린 팩토리 걸. 기억난다. 강간을 하고 물건을 훔쳐 떠나는 일당에게 에디는 자신을 혼자 두고 가지 말라고 했다. 나는 그녀를 생각하며 혼잣말을 했다. 그녀에게 또 현실의 나에게. 당신은 혼자서도 충분히 빛날 수 있는 여자였다고. 그걸 알았어야 했다고.

피뜩 떠올랐다. 내일은 분리수거하는 날이다. 아침에 출근하자마자 냉동실에 얼려 놓은 음식물 쓰레기를 내다 버려야 한다. 유리병과 깡통을 분리해 버리고 이면지 박스를 비워야 한다. 화장실 쓰레기도 마찬가지다. 그리고 기획안의 예산 항목을 뽑고 거래처에 견적서를 보내고 프린터기 복사용지와 잉크를 갈아야 하고, 또 또.

달콤한 픽션

초조했다. 그에게선 끝내 연락이 없었다. 오늘까지 끝내야 하는 일을 모니터에 띄워 놓고도 마음은 온통 휴대전화로 향했다. 자꾸만 진동이 느껴지는 것 같아 수없이 휴대전화를 들여다보았다. 그가 마음에 든 것도 아닌데 왜 이러는지 이유를 알 수 없었다.

나는 그의 구부정한 어깨와 주눅이 든 태도가 별로였다. 게임 회사에 다녀서인지 취미도 오타쿠 같았다. 피규어 조립, 만화책 수집, 도마뱀 키우기 등. 소개팅을 수십 번 넘게 한 나는 단번에 알았다. 그가 착하지만 지나치게 소심하고 답답한 사람이란 걸. 그럼에도 그를 떠올리는 건 현재 연락하는 남자가 아무도 없다는 초라함, 아직 다음 소개팅 날짜가 잡히지 않았다는 불안감, 또한 그가 내게 건넨 선물 아닌 선물이 준 호기심, 이 세 가지 때문이었다.

소개팅이 있던 날, 그와 나는 함께 지하철에 올랐다. 일정한 간격을 사이에 두고 우리는 같은 방향을 향해 나란히 섰다. 차창에 비친 그와 내 모습이 서먹해 보였다. 환승역에 이르자 서로에게 가볍게 고개를 숙여 인사를 나눴다. 그때까지도 아무 말 없던 그가 갑자기 이거요, 하고 내게 무언가를 내밀었다.

스팸? 그랬다. 그것은 짭조름한 맛으로 뜨거운 흰 쌀밥을 절로 연상케 하는 햄 통조림이었다. 나는 샛노란 뚜껑의 파란 스팸 통조림과 그의 얼굴을 번갈아 쳐다보았다. 그때 그가 다급히 말했다. 뭘 드리고 싶은데, 지금 드릴 만한 게 이거밖에 없어서요. 늦은 시간 사람이 바글바글한 을지로 순환선 안에서, 삼십 년을 넘게 서로의 존재를 모르고 살아온 남녀가 그렇게 스팸을 주고받았다.

지금 생각해도 우스운 일이 아닐 수 없었다. 나는 그가 나를 마음에 들어 한다고 확신했다. 아니 확신 그 이상이었다. 하지만 아직도 연락이 없는 걸 보면 그게 아닌 모양이었다. 먼저 거절해야 했다는 후회가 들었다. 그가 준 스팸 속에는 호감을 표현하는 남다른 센스가 아닌, 가공식품을 먹는 자의 생활 습관이 상징적 기호로 담겼을 뿐이었다.

그날만 해도 그랬다. 고기를 먹으러 가자더니 무한리필 갈빗집으로 안내하고 커피숍 대신 만화카페라니! 소개팅하는 삼십 대 중반 남녀가 함께할 데이트 코스로는 백번 양보해도 봐줄 곳이 아니었다. 아무리 편한 게 좋아도 그렇지, 그는 인터넷으로 레스토랑을 검색하는 노력조차 하지 않았다. 그렇다면 그는 내가 왜 싫은 거지? 나는 키보드 자판에서 손을 거두고 대신 양손으로 턱을 괸 채 그날의 나를 떠올렸다.

화장이 너무 진해서 인상이 사나워 보였나. 정장 원피스와 매치한 명품 가방이 사치스럽게 느껴졌나. 아니면 삼겹살을 태워서 요리를 못하는 여자라고 생각한 걸까. 하지만 그는 만화카페에서도 마주 놓인 의자 대신 내가 앉은 소파에 나란히 앉으려고 했었다. 큰돈은 아니지만 데이트 비용도 전부 자기가 내겠다며, 지갑을 꺼내는 나를 한사코 말렸다. 집에 갈 때도 내가 플랫폼에 내리자 문 닫힌 지하철 안에서 손을 흔들어댔다. 그런데 그는 그길로 헤어져 연락을 끊었다.

헛. 다. 리. 또 차가한 모양이었다. 니는 늘 인긴에 대한 예의와 이성에 대한 호의를 구분하지 못했다. 모르는 남자와의 소개팅 때는 더더욱 그랬다. 도통 감을 잡기 어려웠다. 언제나 그 점이 소개팅 실패의 결정타였다. 뭐가 싫다, 어떤 점이 마음에 안 든다, 트집 잡기는 잘하면서도 만남을 인연으로 이어 가는 재주도 매력도 하다못해 인내도 없었다. 소개팅 횟수가 늘어 갈 때마다 자신감은 딱 그 반토막으로 줄어들었다. 됐고, 이 남자는 패스. 혼잣말로 상황 종료를 선언했다.

그나마 다행인 건 그사이 다음 소개팅에 진전이 있었다는 사실이었다. 상대는 미주 남편의 회사 팀장이었다. 연락처를 전달받은 뒤 그와는 벌써 문자를 여러 번 주고받았다. 이번 주에 만나자는 그의 문자에, 나는 아버지 생신임을 말하고 다음 주로 약속을 미뤘다. 그는 알겠다며, 예의 바르게 축하한다는 말을 덧붙였다. 비록 문자만 주고받은 사이였지만 느낌이 좋았다.

무엇보다 문자가 오타 없이 깔끔했다. 동사 뒤에 'ㅁ'이나 'ㅇ'을 붙이는 '알겠어염', '그래용' 따위의 어쭙잖은 애교도 없었고 유치한 이모티콘도 없었다. 게다가 미주가 해 주는 소개팅이라면 어느 정도 믿을 만했다. 미주는 벌써 그 남자와 잘되면 너를 팀장 사모님으로 모셔 주마, 하며 잔뜩 기대에 부풀어 있었다. 남편들끼리 아는 사이니 부부 동반으로 여행도 가고 외식도 하고 아기가 생기면 나중에 사돈도 맺자고 낄낄거렸다. 아직 그를 만나지 않았지만 우리 상상 속에서 그는 이미 내 남편, 내 아이의 아빠가 되어 있었다.

미주는 일 년 전에 결혼했다. 결혼하기 전까지 나만

큼이나 잦은 소개팅을 거쳤으며, 나에게 소개팅 건수를 잡아 주는 역할도 했다. 나는 소개팅뿐 아니라 모든 연애 상담을 미주와 했다. 미주 또한 그랬다. 대입에 실패해 재수했을 때도, 유럽으로 배낭여행을 떠났을 때도, 비슷한 시기 실업자 신세로 일 년가량 놀면서 보냈을 때도 우리는 함께였다. 또한 모든 친구가 유부녀가 된 뒤 둘만 남겨졌던 암흑의 시대에도 우리의 우정은 그 어느 때보다 찬란히 빛났었다.

서른이 되자 친구들이 하나둘 결혼 대열에 합류했다. 얼마 지나지 않아 임신 소식이 전해졌고 아기들이 세상에 태어났다. 아예 비혼을 선언했다면 모를까, 그렇지 않은 친구들은 겉으로 표현하지 않았지만 초조한 기색이었다. 그러다 누군가 신혼부부 특공으로 도저히 월급을 모아서는 살 수 없는 아파트를 분양받았다는 소식을 들은 날에는 절망감에 사로잡혔다.

그렇게 한 명, 두 명 유부녀가 되었고 결국 나와 미주 둘만 남겨졌다. 휴일에 놀아 줄 친구도 연애할 변변한 남자도 없었던 우리는 서로의 소울메이트를 자처하며 거의 매일 동네 편의점 파라솔을 지키고 앉아 맥주 캔을 비웠다. 지칠 줄 모르고 무한, 반복, 재생되는 레퍼토리는 도대체 우리가 왜 아직도 싱글인 거냐는 질문으로 시작해 일상이 되어 버린 각자의 소개팅 결과 브리핑, 그리하여 지금 이 시대 미혼 남자들은 정녕 눈이 어떻게 된 거냐는 성토로 끝나곤 했다.

불운한 소개팅의 굴레에서 벗어나고자 미주와 나는 서로에게 들어온 소개팅을 반대로 나간 적도 있었다. 같은 날짜 같은 동네 같은 시간 나란히 붙은 커피숍에서 상대를 만나고 돌아온 뒤에도 우리는 집 앞 호프집에서 만났었다.

미주 대신 내가 나간 자리에 나온 소개팅 남은 대학에서 프랑스어 강의를 했다. 가장 큰 특징은 그가 중국을 혐오하는 사람이라는 거였다. 중국인들이 모여 사는 동네마다 얼마나 더럽고 시끄럽고 범죄율이 높으냐며, 그래서 자기는 칭다오와 양꼬치도 싫어한다나 뭐라나. 아무튼 그런 들어 줄 수 없는 대화를 끝내고 커피숍을 나오는데 때마침 거리에 인권 영화제 포스터를 붙이는 청년이 있었다. 나는 너 같은 놈 때문에 얼마나 많은 분이 고생이세요, 하고 말하고 싶었지만 소개팅을 주선한, 얼굴도 모르는 미주의 외숙모를 떠올리며 참았다.

반면 나를 대신해 나간 미주는 소개팅에서 만난 남자와 세 번 정도 더 만났다. 미주의 말에 의하면 두 사람은 서로에게 호감이 있었다. 미주 역시 남자가 사귀자고 말하면 곧바로 응할 태세였다. 네 번째 만남을 앞둔 어느 날, 불행히도 남자는 미주에게 전화해서 더는 만나지 못할 것 같다고 했다. 그러곤 미주 씨 앞날을 위해 축복 기도를 해 주고 싶어요, 하고 말하며 자신이 독실한 크리스천임을 다시금 상기시켰다. 그는 '하늘에 계신'으로 시작하는 기도를 약 삼 분 십사 초가량 지속하다 '앞날에 축복이 있기를'로 끝맺음했다. 미주는 그 축복의 전화를 차 안에서 스피커폰으로 들으며 '아멘' 대신 '병신'을 외쳤다.

내일 또 만나자고 손을 흔들며 가자이 집으로 돌아가는 길, 우리는 짐짓 허탈하기도 했다. 질질 끄는 슬리퍼 소리가 한없이 처량하게 들렸고 길게 드리워진 그림자가 무척 외롭게 느껴졌다. 솔직히 미주와 나누는 대화가 무의미하다는 것쯤은 잘 알고 있었다. 침을 튀기며 열변을 토해도 현실은 달라지지 않았다. 하지만 그렇게라도 하지 않으면 앞날에 대한 두려움과 불안에서 헤어날 수가 없었다. 여전히 골드미스가 아닌 그

낭 노처녀인 처지, 광고 업계답게 수시로 젊은 피를 수혈하려는 회사 방침에 대한 위기감, 건강 염려증에도 불구하고 아직도 끊지 못하는 담배, 술김에 남자와 하룻밤을 보내기라도 하면 다음 달 생리 때까지 지속되는 임신에 대한 두려움까지.

그래도 미주가 있어서 다행이었다. 혼자가 아니라는 생각만으로도 큰 위로가 되었다. 적어도 나는 그랬다. 그랬기에 무심코 다른 친구에게서 전해 들은 미주의 갑작스러운 결혼 소식은 그야말로 충격 그 자체였다. 아무리 그래도 그렇지, 어떻게 내가 아닌 다른 애들한테 먼저 이야기할 수 있지?

그날 저녁에도 어김없이 우리는 편의점 파라솔 밑에 자리를 잡고 앉았다. 나는 땅콩 하나 씹지 않고 맥주부터 단숨에 비웠다. 회사에서도 가슴이 진정되지 않았고, 동네까지 가는 중에도 말로 설명하기 어려운 미묘한 감정이 들었다. 아무 내색하지 않고 미주가 먼저 말 꺼내기를 기다렸다. 그러나 미주는 아무 말이 없었다. 조용한 나를 이상하게 여긴 미주가 안색을 살피며 너 어디 아파? 하고 물었다. 짧은 인내심이 극에 달하고 말았다.

나한테 다른 할 말 없어? 나는 단 일 초의 망설임도 없이 계속 말을 이었다. 혹시 너 임신한 거야? 애 때문에 네 인생 포기하게? 그런 나를 미주는 아무 말 없이 쳐다보기만 했다. 조금의 동요도 없었다. 나는 답답했다. 다시 한번 생각해. 네 인생이 걸린 문제야. 내 말에 미주가 머리를 뒤로 크게 젖히며 웃었다. 옆 테이블에 앉아 있던 사람들의 시선이 우리를 향했다. 대체 저 웃음은 뭐람. 아무런 예고도 없는 결혼 통보, 그마저도 숨겼다는 사실에 심한 배신감마저 들었다.

미주가 깔깔거리며 입을 열었다. 너 질투해? 내가 먼저 결혼한다니까? 나는 얼굴이 훅 달아올랐다. 그걸 말이라고 해? 나는 네가 정말 걱정스러워 그러는 건데. 미주가 웃음을 거두며 말했다. 그래? 아무리 그래도 축하한다는 말이 먼저 아닌가? 걱정은 그다음에 하는 게 순서 같은데. 일순간 팽팽한 긴장감이 감돌았다. 다른 누구도 아니고 우리가 이러한 대치 상황을 만들었다는 게 놀라웠다. 더는 할 말을 잇지 못하고 나는 입을 다물었다.

서울 소재 상위 대학, 고액 연봉, 유료 독서 모임에

서 만남. 알고 지낸 지 삼 개월, 정식으로 만난 지 삼 개월 그리고 바로 다음 달에 결혼. 싸구려 머리핀 하나를 고를 때에도 있는 대로 재고 사는 미주가 이런 결단을 내리리라고는 상상하지 못했다. 상대의 강한 추진력에 힘입어 초고속으로 진행되는 미주의 결혼 준비는 일사천리였다. 너무 서두르는 게 아닌가 걱정했지만 나는 아무 말도 하지 않았다. 질투나 시기를 한다는 오해를 받고 싶지는 않았다. 어쩌면 그건 갑작스러운 미주의 결정과, 그 상대를 향한 나의 과민함 때문일지도 몰랐다.

결혼이 코앞으로 다가왔는데도 미주의 결혼 상대자를 소개받지 못했다. 결혼 준비보다도 남자가 회사일로 바쁘다는 핑계였다. 쑥스러움을 많이 타기도 하고, 모르는 사람 만나는 걸 별로 좋아하지 않는다고도 했다. 하지만 나는 그냥 모르는 사람이 아니라 아내 될 사람의 오랜 친구였다. 한편으로는 미주가 남자에게 너무 끌려다닌다는 생각도 들었다. 우리는 항상 새로운 남자를 만나면 서로에게 가장 먼저 소개했었다. 어쩐지 미주는 내가 혼자라는 사실이 부담스러운 모양이었다. 그 마음을 모르지 않았지만 나로서도 서운함을 달랠 수 없었다.

나는 스스로 너그러워지자고 마음을 돌렸다. 그저 시간이 해결할 일이라고 여기며 이럴 때는 무조건 바쁜 게 최고라고 생각했다. 일부러 자처해 회사의 큰 프로젝트를 맡아 진행하며, 사서 일하는 수고를 마다하지 않았다. 그렇게 하루가 어떻게 흐르는지 실감할 수 없을 정도의 업무량에 지쳐 고되고 정신없는 나날을 보냈다. 일과를 마치고 집으로 돌아오면 온종일 신고 다니다가 벗어 버린 스타킹처럼 탄력을 잃고 아무렇게나 지쳐 쓰러졌다.

그런 나와 달리 미주는 결혼이라는 급류에 몸을 맡기고 물살을 가로지르며 파도타기를 즐겼다. 위태롭게 느껴졌지만 짜릿해 보였고 그런 스릴을 위해서라도 결혼은 꼭 한 번 해 볼 만한 일 같았다. 시어머니 되는 사람이 까다롭지 않아 다행이었는데 시누이가 보통이 아니라는 둥, 혼수에 관심 없는 오빠 대신 엄마랑 가구를 고르는데 취향이 달라서 몇 번이나 다퉜다는 둥, 하와이가 각광을 받는 추세인데 시드니 오페라하우스 때문에 신혼여행지를 호주로 결정한 게 영 마음에 걸린다는 둥, 간혹 전화를 걸어 늘어놓는 미주의 불평도 한없이 부러웠다. 결혼을 하고 싶은 건지 결혼 준비를 하고 싶은 건지, 신혼여행이 가고 싶은 건지 남편이 갖고 싶은 건지, 뚜렷하게 선 긋기가 되지는 않았지만 나는 막연하게 하고 싶었고, 갖고 싶었고, 이루고 싶었다.

미주의 결혼이 가까워질수록 일도 손에 잡히지 않았다. 괜찮다고 스스로를 다독여도 별 소용이 없었다. 나만 패인이며 동시에 폐인으로 남겨진 듯했다. 무엇보다 미주의 결혼식에 혼자 참석하고 싶지 않았다. 나는 여기저기 수소문해 소개팅 건수를 잡았다. 수요일에 한 번, 토요일에 한 번, 소개팅 퍼레이드는 일주일에 두 번씩 줄기차게 이어졌다. 나도 하루빨리 내 짝을 만나 결혼하고 싶었다. 아니, 일단 누구든 만나 잘 어울리는 커플로 미주 결혼식에 참석하는 게 먼저였다.

그래서 때론 상대방의 재미없는 이야기에도 방청객 리액션을 보이며 호응했다. 눈에는 아무 감정이 없는데 입은 억지웃음을 지었다. 하지만 매번 의미 없는 시간 낭비로 만남은 마무리됐고, 나는 띵한 관자놀이를 엄지와 검지로 누르며 집으로 돌아와야 했다. 거실 소파에 누워 오늘은 어땠냐는 남동생의 비아냥에 관심 꺼, 딱 한마디 던지고 방문을 닫았다.

남자가 어땠냐고? 대부분 착했다. 착하다는 말은 상대가 좋지도 싫지도 않다는 뜻이었다. 연락이 오면 받겠지만 연락이 오지 않으면 구태여 먼저 연락하지는 않겠다는 의미. 거절도 승낙도 아닌, 전적으로 상대의 의사에 의해 결정되는 만남 혹은 이별. 미주의 결혼식에 멋진 남자와 동석하고 싶다는 나의 소박한 바람은 끝끝내 이뤄지지 않았다.

오후 내내 미주에게서 전화가 왔다. 쉴 새 없이 울리는 진동이 가뜩이나 예민한 신경을 자극했다. 다음 주에 잡힌 소개팅에 관련한 소식일 게 뻔했다. 지금은 그런 대화를 나눌 상황이 아니었다. 급히게 잡힌 거래처 프레젠테이션 때문에 정신이 없는데 오늘 제대로 한몫 보태고 있었다. 몇 분 뒤 또다시 진동이 울렸다. 서류 더미 사이에 던져 놓은 휴대전화를 찾아 문자를 확인했다.

—나 이혼할 거야.

휴대전화를 들고 사무실 밖으로 나갔다. 비상구 문을 열고 들어가 연결 버튼을 눌렀다. 전화기를 쥔 손이 땀에 젖었다. 여보세요? 여보세요, 미주야? 아무 말이 없었다. 큰 소리로 몇 번이나 미주를 불렀다. 무슨 일이야? 말을 좀 해 봐. 그제야 미주의 작고 느릿한 목소리가 들려왔다. 아무튼 그 소개팅 하지 말라고. 전화 와도 무조건 받지 말고. 나는 호흡을 가다듬으며 다시 물었다. 미주야, 왜 앞뒤 자르고 말을 해? 무슨 일이야? 미주가 말했다. 나 이혼할 거야. 결심했어. 그러니까 너도 엮이지 말라고.

전화를 끊고도 나는 멍하니 서 있었다. 다시 돌아와 자리에 앉았지만 당혹스러움은 가시지 않았다. 결혼한 지 일 년이나 지났나? 그런데 이혼이라니 도무지 말이 안 되는 상황이었다. 우리가 꿈꿨던 결혼은 절대 이런 식으로 끝날 수 있는 게 아니었다. 그것은 언제든 하찮게 깨어지거나 순간 와르르 무너져 내리는 것이 아닌, 세월의 풍파 속에서도 백 년을 하루처럼 버티는 견고한 철옹성 같은 것이었다.

미주의 입장에서 서술하자면 구체적인 내용은 이랬다.

알람이 울렸다. 쉽사리 눈을 뜰 수 없었다. 손으로

더듬거리며 침대 머리맡에 놓은 휴대전화를 찾았다. 소리가 그치지 않고 계속 울려댔다. 어쩔 수 없이 눈을 뜨고 침대에서 몸을 일으켰다. 알람은 방문 밖에서 울리고 있었다. 나가 보니 남편이 거실 소파에 누워 있었다. 회식이라 못 들어온다고 했었다. 회사 근처 사우나에서 쉬다가 아침에 바로 출근하겠다고. 신혼 초부터 줄기찬 야근의 연속인 터라 이미 그의 외박에 익숙했다.

그는 속옷만 입은 채 널브러져 있었다. 바닥에는 벗어 놓은 옷가지가 수북이 쌓여 작은 산을 이루고 있었다. 그가 깨기 전에 알람부터 꺼야겠다는 생각이 들었다. 쪼그리고 앉아 재킷 바지 카디건 셔츠 양말이 차례로 쌓인 산을 허물고 주머니에서 휴대전화를 꺼냈다.

애정을 손으로 건드리자 화면이 커졌다. 요란하게 울리는 알람을 끄니 사방이 고요했다. 이쯤에서 평소처럼 휴대전화를 내려놓았어야 했다. 배달음식 앱을 같이 사용하느라 비밀번호는 알았지만, 한 번도 그의 휴대전화를 몰래 들여다보는 짓은 하지 않았다. 그런데 뭔가에 홀린 듯 멈출 수 없었다. 바깥 일상이 막연히 궁금하기도 했고, 그가 깊게 잠들었다는 사실에 마음을 놓았다.

문자를 훑어보는데, 위험할 수 있으니 오늘은 오지 말라는 메시지가 있었다. 며칠 전에는 도착하면 연락 달라는 메시지였다. 이상한 생각이 들었다. 비슷한 내용의 문자가 며칠 사이 반복적으로 수신되어 있었다. 번호가 저장되어 있지 않아 이름이 뜨지 않았다. 수신 내역과 발신 내역을 확인했다. 최근 통화 목록에 같은 번호가 계속 확인되었다. 광고 문자나 잘못 수신되어 온 문자가 아니었다. 메신저와 사진첩을 살폈다. 처음엔 특별히 이상한 건 없어 보였다. 하지만 사진첩 휴지통에 삭제한 안마 업소 전단 이미지가 몇 개 있었다.

통화 버튼을 눌렀다. 여보세요. 자다 깬 여자의 목소리였다. 너무 놀라 그대로 전화를 끊어 버렸다. 곧바로 여자에게서 전화가 걸려 왔다. 손에 쥔 휴대전화를 어쩌지 못하고 머뭇거렸다. 전화가 끊기고 진동이 멈췄다. 연이어 문자가 수신되어 왔다. 지금 오피스텔로 오실래요? 어젯밤에 들어오지 못한다고 했던 그는 여자에게 가지 못해 집에 들어온 것이었다.

여자는 누구일까. 안마 업소에 다니는 여자일까? 어쩌면 사귀는 여자일지도 몰랐다. 그에 대해 아는 바가 적었다. 서서히 알아 가면 된다고 생각했는데, 그게 가장 큰 실수였는지도 몰랐다. 이제 겨우 결혼한 지 일 년 차에 접어들었다. 행복한 신혼의 단꿈이 깨지기에는 너무 이른 시기였다. 가슴을 진정시킬 겨를도 없이 그를 흔들어 깨웠다.

오빠, 일어나 봐. 인사불성이 된 그는 거친 손길에도 묵묵부답이었다. 일어나 보라고! 목소리가 커졌다. 그의 어깨를 움켜쥔 손아귀에 힘이 들어갔다. 온몸이 참을 수 없을 정도로 떨렸다. 그가 잔뜩 인상을 쓰며 눈을 떴다. 이 문자 뭐야? 그의 눈앞에 휴대전화를 들이밀었다. 그의 표정이 순간 일그러졌다. 그러더니 대수롭지 않다는 듯 다시 눈을 감으며 돌아누웠다. 이 번호 여자 누구야? 그의 행동에 참을 수 없는 분노가 일었다. 지금 벌어지는 상황에 놀라거나 당황하거나 최소한 변명이라도 늘어놓아야 했다. 일어나서 말 좀 해 봐. 지금 다시 전화 걸까? 누워 있는 그를 억지로 일으켰다.

에이씨. 순간적인 일이었다. 그가 몸을 일으키더니 뺨을 때렸다. 본능적으로 얼굴을 감싸고 주저앉았다. 그는 화를 주체하지 못하고 소파 테이블을 뒤집어엎었다. 위에 놓인 화병이 깨지며 사방으로 유리 파편이 튀고 꽃송이가 흩어졌다. 아침에 산책하러 나갔다 꽃

집에서 사 온 은은한 색의 겹튤립과 스위트피였다. 오래 보고 싶어 집에 오자마자 줄기를 사선으로 잘라 찬물에 담갔다. 서늘한 베란다에 두었다가 남편의 퇴근 시간에 맞춰 테이블에 옮겨 둔 것이었다. 두려움을 알아 버린 몸은 떨림을 멈추지 못했다. 그가 짜증스럽게 소리쳤다. 그러게 왜 남의 휴대전화를 보고 그래? 바닥을 흥건히 적신 물에 잠옷이 축축이 젖어 들었다.

미주의 이야기를 들으며 나는 과연 결혼이라는 게 뭘까? 하고 생각했다. 쉽게 정리가 되지 않았다. 머릿속이 백지가 된 듯했다. 단 하나 분명한 건, 내가 꿈꾸는 결혼은 무조건 해피엔딩이라는 것이었다. 돌이켜 생각해 보면 현실에서 행복할 수 없는 결혼의 사유는 무수히 많았다. 미주가 그랬듯 행복하지 않은 결혼의 주인공이 내가 되지 말라는 법도 없었다. 다만 예상치 못한 소식에 당황한 나는 기껏 혼인 신고를 하지 않아서 천만다행이라는 말만 위로랍시고 했다.

결혼 전 미주의 말이 떠올랐다. 미주야, 오빠의 어떤 점이 가장 마음에 들어? 성격. 그럼 뭐가 너랑 제일 안 맞는데? 성격. 싱겁게 말하고 웃었던 미주의 얼굴도 기억났다. 대체 미주는 무슨 생각으로 다른 무엇보다 성격이 맞지 않는 사람과 결혼하기로 마음먹었던 건지. 머릿속이 어수선했다. 한편으론 점심 식사 잘하라는 인사를 주고받은 문자가 신경 쓰였다. 미주의 불행한 소식에도 왠지 소개팅이 무산되는 건 아깝게 느껴졌다. 말이 통할 것 같은 고액 연봉자를 만나기란 현실적으로 결코 쉽지 않았다. 미쳤구나, 내가. 친구가 이혼하겠다는 마당에 소개팅 걱정이라니.

오후에 있는 프레젠테이션을 진행하기란 무리였다. 엉망인 상태로 하기보다는 미리 양해를 구하고 시간을 뒤로 미루는 게 현명할 터였다. 나는 명함 케이스를 뒤적이며 거래처 직원의 명함을 찾았다. 평소에 명함 정리를 따로 하지 않고 받는 대로 한군데 처박아 놓은 탓에 찾을 수가 없었다. 수십 장의 명함을 꺼내 일일이 확인해야 했다. 별일이 다 사람을 피곤하게 만드는구나 싶었다.

가깝게 지내는 사람의 명함과 그렇지 않은 것들을 분류했다. 경로를 알 수 없는 명함이 더 많았다. 명함만 보고는 누군지 감이 잡히지 않는 사람이 대다수였다.

이건 누구지? 노란색 명함을 손에 들고 잠시 들여다보았다. 그런 뒤에야 거래처 직원의 명함을 발견했다. 나는 통화를 하면서도 줄곧 노란색 명함의 주인이 누군지 떠올려 보았다. 통화를 마칠 때쯤 피식, 헛웃음이 나왔다. 오래전 노란색 나비넥타이를 매고 소개팅 장소에 나타났던 남자였다. 내가 가장 강하게 애프터를 거절한 경우였다.

그동안 소개팅한 남자들의 명함을 따로 분류했다. 한데 모아 보니 서른 장이 넘었다. 명함을 한꺼번에 손에 쥐고 카드 게임을 하듯 패 섞기를 했다. 두둑하게 잡히는 색색의 명함들을 마치 도박꾼처럼 능숙한 솜씨로 촤르르륵 소리 나게 섞었다. 이 안에 내게 주어질 조커가 없다는 것쯤은 이미 알고 있었다. 명함이라는 얄팍한 종이로 그 사람의 모든 것을 알 수야 없겠지만, 그래도 이 빳빳한 종이 한 장이 주는 사회적 믿음이라는 건 대단했다.

고백하건대 나는 그 믿음을 신앙으로 여기며 살아왔다. 이름, 전화번호, 이메일 주소, 회사명과 직함까지 규격 대비 고비율의 정보량을 가진 까닭이었다. 한 사람이 어디에 소속되어 어느 위치에서 무슨 일을 하는

지 또 소속된 회사가 어디에 있는지, 홈페이지 검색을 통해 회사의 자산 규모와 비전도 알 수 있었다. 그리고 그렇게 모은 정보들로 대략 퇴직 시점까지 인생의 견적을 낼 수도 있었다. 구글에 이메일 주소, 아이디 검색 몇 번 하면 SNS도 찾아낼 수 있었고 그걸 통해 취미와 기호, 인간관계는 물론 어제 누굴 만나 뭘 했는지, 여름 휴가를 어디로 갔었는지도 파악할 수 있었다.

그러니 어떤 명함은 나에게 여섯 자리 숫자가 모두 맞은 일등 당첨 로또 복권이었을지도 모를 일이었다. 로맨틱한 사랑, 신분 상승의 급행 열차표였을지도 모르고 아니면 돈이 있어도 구하기 어려운 공연의 VIP석 티켓, 혹은 삼십삼 평형 아파트 일순위 분양권이었을지 몰랐다. 하지만 그게 뭐든 결국 내게 이미 지나 버린 어떤 거라는 사실이었다. 일등인 줄도 모르고 주머니에 넣어 두었다 세탁기에 돌린 복권이며, 이미 꼭짓점을 찍고 하염없이 추락하는 열차의 티켓, 아니면 절반이 넘게 진행된 공연의 암표였거나 추첨에서 떨어져 종잇조각에 불과한 일순위 분양 딱지일 따름이었다.

명함을 하나하나 들여다보며 낮은 목소리로 이름을 읽어 보았다. 한동식 김대경 김장훈 조덕영 박신형

진용석 윤승현…… 명함을 받은 순서는 기억나지 않았다. 이미 기억에서 가물가물해진 이름도 있었고 떠올리는 것만으로 미간이 찡그려지는 이름도 있었다. 내가 애프터를 거절한 사람도, 간혹 아깝다는 생각이 드는 사람도, 몇 번의 만남을 이어 갔는데 어느 순간 연락이 끊긴 사람도 있었다. 내 인생의 어느 지점에 스치듯 만났으나 결과적으로 지금껏 연락하는 사람은 아무도 없었다.

그런데 그들은 왜 나를 퇴짜 놓은 걸까? 왜 이 많은 사람 중 어느 한 사람도 나를 절실히 원하지 않았을까? 나는 그들이 내린 결정의 근거 혹은 출처가 궁금해졌다. 도대체 왜 그들과 나는 인연이 될 수 없었던 걸까? 혼자서는 해결할 수 없는, 어떻게 해도 참을 수 없는 호기심이었다. 아니, 이건 단순한 호기심이 아니었다. 이 궁금증을 해결하지 않으면 한 발짝도 앞으로 나아갈 수 없을 것만 같았다. 손톱 끝을 이로 잘근잘근 씹던 나는 책상 한 귀퉁이에 치워 두었던 휴대전화를 집어 들었다. 그러고는 조심스럽게 문자 메시지를 썼다.

─예전에 당신과 소개팅한 이선영입니다. 왜 저를 거절하셨는지 이유를 알고 싶습니다. 이제라도 알려

주실 수 있나요? 답신 주세요.

　수십 번 내용을 썼다 지웠다를 반복하며 문장을 완성했다. 너무 많은 내용이 생략된 듯했지만 구구절절 쓸 말도 없고, 스마일 이모티콘을 넣을 수도 없었다. 고심하며 다시 한번 문장을 소리 내 읽었다. 그럭저럭 내용은 전달될 것 같았다. 들고 있던 명함을 차례로 넘기며 수신번호 목록에 나를 거절한 남자들의 전화번호를 하나하나 입력했다. 입력한 번호를 명함과 일일이 비교한 뒤 번호 하나를 최종 수정했다. 마침내 확인 버튼을 눌렀다.

　휴대전화를 책상 위에 가만히 올려놓았다. 이미 확인 버튼에서 손을 뗀 지금에 와서는 후회도 미련도 소용없었다. 시간이 더디게 흘렀다. 아무것도 하지 않고 휴대전화만 뚫어지게 쳐다보았다. 액정을 누르자 화면이 켜졌다. 얼굴이 저장된 바탕화면 그대로였다. 십 분, 이십 분, 삼십 분이 지나도록 회신 문자는 오지 않았다.

　어쩌면 당연했다. 유효 기간 지난 인연, 추억조차 되지 않는 단발성 만남. 그뿐이었다. 두어 시간 내외의 짧은 시간 동안 커피 잔이나 스파게티 접시를 앞에 두고 진행하는 둘만의 토크쇼. 각자의 표정과 시선에서 상대를 향한 애티튜드와 제스처까지, 영리한 세팅과 세련된 연출이 필요했고 적절한 매너와 적당한 반응은 필수였다.

묻고 답하고 말하고 듣는 동안 우리는 서로가 서로에게 적합한 사람인지 계산해야 했다. 그 시간이 지나면 더 이상의 기회가 없을지 모르기에. 한순간도 거짓인 적은 없었지만 모든 순간 진심을 다할 수는 없었다. 적어도 만남에 최선을 다했다고 위안하거나 변명했지만, 상대의 평가에 따른 선택과 결과에 나는 나 자신을 맞추려 했다. 그건 나쁘거나 틀렸다기보다 부자연스러운 일에 가까웠다. 그들과 나 사이에 더 이상의 함의는 없었다. 이제 와 낙담조차 할 수 없는 노릇이었다.

—서울. 커피팩토리. 에스프레소. 콜?

늘 그렇듯 간단한 단어 몇 개로 약속을 잡는 문자였다. 이혼 통보를 마지막으로 잠적을 감행한 미주가 한 달 만에 연락해 왔다. 나는 전화를 하려다 말고 어젯밤 퇴근해서 대충 던져 놓았던 겉옷과 핸드백만 챙겨 집을 나섰다. 일단 얼굴을 보는 게 급했다.

큰길로 나가자 마침 손님을 기다리던 택시가 있었

다. 나는 서둘러 뒷자리에 올랐다. 기사님, 안국역으로 가 주세요. 택시 안에 앉아 빠르게 통과하는 거리의 풍경을 내다보았다. 정오보다 조금 이른 일요일 거리는 한산했다. 몇 번의 신호를 차례로 통과한 뒤 혜화동 로터리에 이른 택시가 횡단보도 앞에 멈췄다. 차창 밖으로 길 건너에 우뚝 선 성당이 보였다. 미주가 결혼식을 올린 곳이었다.

결혼식 날, 신부 대기실에서 마주한 미주는 생각보다 훨씬 아름다웠다. 뒷모습이 화려한 엠파이어 스타일 드레스를 입고 커다란 보석이 중앙에 박힌 티아라를 머리에 하고 있었다. 연한 핑크색 블러셔에 살짝 이마를 가린 머리 모양은 미주를 나이에 비해 훨씬 어려 보이게 했다. 눈을 반달 모양으로 뜬 채 은은한 미소로 손님을 맞이하는 미주의 모습은 진실로 순백의 신부다웠다. 큭, 내가 먼저 참을 수 없는 웃음을 토해냈다. 목을 길게 빼고 신부 대기실 주변에 사람이 없는 걸 확인한 미주도 큭큭 웃음을 터뜨렸다. 야, 웃기지 마. 화장 지워진단 말이야.

웃음을 참느라 얼굴이 붉어진 미주 눈가에 어느새 눈물이 고였다. 나는 손수건을 꺼내 미주의 얼굴을 향해 손을 뻗었다. 나, 잘하는 거겠지? 얼굴을 내게 맡긴 미주가 눈을 감은 채 말했다. 나는 조심스레 눈물을 닦아 주며 배 아플 정도로 부럽다, 됐냐? 하고 말했다. 최선을 다해 미주에게 확신을 심어 주고 싶었다. 남들보다 몇 배는 더 잘 살 테니까 걱정하지 마. 마치 소원을 빌듯, 주문이라도 거는 듯 강한 어조로 힘주어 말해 주었다. 때마침 시댁 어른들이 신부를 보겠다고 대기실로 우르르 몰려왔다. 미주는 다시 웃는 얼굴을 한 채 손님을 맞이했다.

택시는 미주와 내가 자주 시간을 보냈던 커피숍 앞에 정차했다. 거스름돈을 받아 들고 택시에서 내렸다. 몇 걸음 다가서자 창가에 앉아 에스프레소 잔을 앞에 두고 있는 미주가 보였다. 화장기 하나 없는 얼굴에 다소 수척해진 미주는 여전히 그 속을 알 수 없는 담담한 표정으로 창밖을 내다보고 있었다. 미주의 흐릿한 눈빛이 바깥의 풍경을 더듬고 있는 듯했다. 시선이 머무는 자리로 걸음을 옮겨 양손을 높이 흔들어 보였다.

나는 선뜻 들어가지 못하고 카페 문 앞에서 머뭇거렸다. 처음 내게 이혼하겠다고 말했던 미주에게 당연히 잘했다고 해야 했다. 고작 혼인 신고 안 한 걸 가지고 왜 다행이라고 말했던 걸까 후회했다. 정당한 이혼이었고 당당한 선택이었다. 그러니 이제 와 미주에게 무슨 말을 해 줄 수 있을까. 새삼스레 사과라도 해야 할까? 자신이 없었다. 하지만 달라질 것 역시 없었다. 그저 우스갯소리나 하며 곁을 지키는 수밖에. 심호흡을 크게 하고 문을 밀었다.

미주는 고개를 숙인 채 한동안 말이 없었다. 테이블을 사이에 두고 마주 앉았지만 나 역시 입을 떼기 어려웠다. 눈이 마주친 우리는 서로를 멀뚱히 쳐다보았다. 무표정한 미주 얼굴에 힘없는 웃음이 번졌고 나는 그 웃음을 따라 웃다가 그만 미간을 찌푸리며 울음을 터뜨리고 말았다. 내내 잘 참아 왔다 여겼던, 알 수 없는 서리움이 복받쳤다. 다른 테이블의 흘깃거림에도 눈물과 콧물이 범벅된 어수선한 나의 울음은 꽤 오래 이어졌다. 미주가 카운터에서 받아 온 냅킨 두어 장을 내게 건네며 입을 열었다. 그만 울어, 너무 못생겨 보여.

미주는 사실혼 관계를 청산하기 위해 자기 집부터 설득해야 했다고 말했다. 한번은 넘어가 주라는 친정 엄마의 말에 주저앉지 않으려 마음을 다잡아야 했다고. 이건 실수가 아니라 폭력이라고, 범죄라고, 돌이킬 수 없는 상처라고. 자기를 속이고 업소와 오피스텔을 빈번히 드나들며 딴짓한 건 남편이라고. 나는 미주의 손을 잡았다. 잘했어, 잘했어. 곧 괜찮아질 수 있어. 하나 마나 한 말을 보탰다.

미주는 이혼만은 할 수 없다며 매달리던 남편이 물러선 것만으로도 만족한다고 했다. 결혼한 지 얼마 되지 않아 공동 재산도 없었고 혼인 신고도 하지 않은 상태였다. 피해 보상을 받기 위해 고소를 한다고 해도 몇 개월씩 그 일과 관련해 살아야 하는 게 달갑지 않았다. 그래 봐야 받을 수 있는 돈이란 몇백만 원 수준이었다. 몸도 마음도, 그걸로 보상되는 건 아무것도 없었다. 결국 미주와 남편 집 어른들이 모든 걸 백지화하자는 데 동의했다. 미주가 커피 잔을 만지작대며 말했다. 집에서 키우던 햄스터는 살아 있을까?

이제 미주와 남편은 남남이 되었다. 그 대단한, 결혼이라는 걸 한 인연이었는데도 말이다. 허무했다. 다른 무슨 말이 더 필요할까. 신혼집에 가서 미주가 마련한 혼수품만 들고나오면 모든 것이 끝이었다. 침실 크기에 딱 맞춘 침대며 장롱, 남편의 비염을 염려해 준비한 가습기와 공기청정기, 함께 고른 숟가락 젓가락 세

트까지도 중고품 시장에나 내다 팔아야 할 무용지물이 된 셈이었다.

이런저런 상념에 사로잡혀 멍하게 앉아 있는 내게 미주가 말했다. 우리 오랜만에 영화나 볼까, 로맨틱 코미디로? 뜻밖의 제안이었다. 그럴래? 우리는 자리에서 일어나 근처 극장으로 향했다. 잠자코 미주를 따라나서며, 그게 뭐든 함께하는 거라면 상관없다고 나는 생각했다.

영화는 무난했다. 여주인공이 우리랑 동갑이었나? 그나저나 몸보신에 좋은 음식점이 근처 어디에 있더라? 중간중간 쓸데없는 생각을 해도 모든 걸 이해하기에 무리는 없었다. 우연한 만남과 말도 안 되는 어긋남. 잦은 오해와 다툼, 그보다 더 쉽고 빠른 용서외 화해까지. 사건은 심각했지만 상황은 경쾌했다. 어느덧 영화는 막바지를 향했고 늘 그렇듯 아슬아슬 엇갈리던 주인공 두 사람의 재회를 눈앞에 두고 있었다.

무릎에 올려놓은 가방 안에서 진동이 연속으로 느껴졌다. 손으로 더듬어 휴대전화를 찾았다.

— [일시불. 승인] 28,000원 BC(6*3*) 이니시스(티켓)

—휴대전화가 고장 나서 번호를 알 길이 없었어요.

일본게임박람회 통역하러 갔다 며칠 전에 왔고요. 문자가 와 있어 정말 다행입니다. 다음 주에 만날 수 있을까요? 기념품도 사 왔어요.

스팸을 준 소개팅 남이었다. 그가 사 온 기념품이란 게 뭘까 생각해 보았다. 설마 열쇠고리나 관광지 사진이 프린트된 엽서 꾸러미는 아니겠지? 아니면 게임 캐릭터 인형이나 장난감? 하긴 첫 만남에 스팸을 선물한 사람이었으니 어쩌면 공항에서 사 온 초콜릿이나 과자라도 감지덕지 받아야 할지 몰랐다. 왠지 자꾸만 웃음이 나왔다. 영화에 집중하던 미주가 나를 힐끔 살피곤 다시 앞으로 고개를 돌렸다.

극장을 나서며 로맨틱 코미디 영화의 공식처럼 해프닝은 그저 해프닝으로 끝났으면 좋겠다고 생각했다. 결정적 사건도 결말을 아름답게 빛내 주는 장치 역할만 하고 말끔하게 사라져 준다면 좋을 텐데. 그렇다면 현실도 몇 컷의 재빠른 장면 전환으로 사랑과 이별, 시련과 상처가 해결될 수 있을 터였다. 그래, 그럴 수만 있다면 미주도 자신이 겪은 아픔을 다가오는 새로운 사랑으로 쉽게 치유할 수 있을 거였다. 그럴 수만 있다면 나도 앞뒤 재지 않고 수월하게 진심이 통하는 사람을 만나 사랑할 수 있을 거였다.

그러나 백 분짜리 영화가 우리 인생을 변주할지라도 현실과의 체감온도는 전혀 달랐다. 누구도 섣불리 인생의 결말을 예상할 수 없었다. 게다가 서른 중반의 우리는 태풍의 눈으로 사건 중심에 놓일 운명이었다. 그래도 나는 미주의 팔짱을 끼며 말했다.

"자고로 모든 결말은 해피엔딩이어야 해!"

현실보다 달콤한 픽션의 세계에 편입하고 싶은 마음이 간절했다. 맞아. 나도 진심으로 그랬으면 좋겠어. 미주 목소리가 약간은 들뜬 듯 느껴졌다. 혼자만의 느낌일지도 모를 일이지만 그마저도 다행이었다. 어떠한 경우에도 우리의 낭만은 지속되어야 했다.

패밀리마트

병원 기둥을 붙들고 선 아버지가 보였다. 한 손에는 지팡이를 꼭 쥐고 다른 쪽 팔로 둥근 대리석 기둥을 힘주어 감싸 안은 탓에 아버지의 허연 팔에는 힘줄이 도드라졌을 것이다. 기저귀를 차 불룩한 엉덩이를 뒤로 빼고, 퍼지지 않는 무릎으로 엉거주춤 서서 아버지는 자신을 태울 휠체어가 오기를 기다리고 있었다. 그 짧은 시간이 몇 배로 길게 느껴질 걸 알아서 나는 아버지에게 잠깐만 잘 버티고 있어 봐, 말해 주고는 휠체어가 있는 곳을 향해 뛰었다.

신관에서 동관으로, 동관에서 서관으로 이어지는 거대한 규모의 병원은 사람들로 넘쳐났다. 서로의 어깨를 치고 지나갈 정도로 통로를 메운 환자와 보호자의 행렬은 끝이 없었다. 그러니 회진문 옆에 세워 둔 휠체어를 구하는 일조차 경쟁이 치열했다. 아침에 일어나 집을 나서는 것에서부터 병원 진료실에 도착하기까지 어떤 것 하나도 만만하지 않았다. 하필 오늘따라 휠체어가 있어야 할 곳곳이 전부 비어 있었다.

반납하려고 오는 사람들이 없는지 주위를 살폈다. 누구에게라도 먼저 말을 걸어 혹시 다 쓰신 건가요? 하고 물어야 했다. 머뭇거리다 몇 번쯤 순서를 놓친 뒤로

는 무조건 먼저 물어보기로 했다. 쓸 건데요. 샐쭉한 표
정의 사람들을 보면서도 그러거나 말거나. 곧 사람이
넘어가게 생겼는데 쪽팔린 게 대수야, 하고 생각했다.
이어서 '안 되면 되게 하라!' 흔하디흔한 말을 마음속으
로 되뇌었다. 아버지 병간호를 혼자 하며 그나마 지치
지 않았던 건 자기계발의 수많은 명제 덕분이었다. '원
하는 것을 얻을 때까지 서슴지 말라!' '지금 당장 실행
하라!' '비에도 지지 마라!' 나는 이런 말들을 수시로 곱
씹었다.

　어렵게 구한 휠체어를 밀며 사람들 사이를 빠르게
달리다 걸음을 멈췄다. 주머니에 든 휴대전화를 꺼냈
다. 십 분 전 아홉 시였다. 평소 같으면 단타를 치기 위
해 마음을 가다듬는 중이었을 터였다. 다른 무엇보다
코인은 심리에 달렸으니 마인드컨트롤이 필수였다.

　코인을 시작한 이래 아침 아홉 시에는 자다 깨 이불
속에 있든 지하철 인파 속에 파묻혀 있든, 편의점에 출
근해 있든 심지어 화장실에서 볼일을 봐도 언제나 백
퍼센트 충전한 휴대전화를 들여다보고 있었다. 저전
력 모드나 배터리 부족은 상상할 수 없었다. 그건 코인
시장에 임하는 기본적인 예의가 아니었다. 무기 없이

전쟁에 나가는 것과 다르지 않았다. 그런데 하필이면 아버지 예약이 아홉 시 삼십 분 첫 진료로 잡혔다. 오전 반나절밖에 외래진료를 하지 않는 신경과 의사를 원망하지 않을 수 없었다.

코인 창을 열어 상황을 살폈다. 현재가가 빠르게 변하는 코인 몇 종류가 눈에 들어왔다. 아슬아슬한 마음으로 클릭해 차트를 살피니, 세력에 의해 이미 가파르게 가격이 치솟아 섣불리 들어가기가 겁났다. 일단 비트코인부터 다시 확인. 일 분 봉으로 보니 빨간색으로 상승 곡선을 그리고 있었다. 오케이, 그래도 거래 분위기는 조성된 상태였다.

단타 법칙 1. 코인계의 대장인 비트코인 상승세가 나쁘지 않을 때만 장에 들어갈 것! 말 그대로 단타의 기준은 비트코인의 상승 곡선이었다. 그러고는 전일 대비 상승률 순서로 정렬하고 순위권 안에서 내 잔액으로 살 만한 금액대의 종류를 살폈다. 단타 법칙 2. 몇 원 몇십 원대 코인은 사지 말 것! 왜? 단타는 짧은 시간 수익을 내고 빠져나와야 하는 거라 그런 건 해 봐야 수익률이 받쳐 주지 않았다. 단타의 원리는 간단했다. 코인을 싼 가격에 사서 비싼 가격에 팔아 빠르게 수익을 실현하는 것. 나 같은 단타꾼에게는 코인의 종류와 내용은 중요하지 않았다.

코인 시장은 스물네 시간 돌아가지만, 나는 내가 사용하는 앱 기준 전일 대비 데이터가 새롭게 생성되는 오전 아홉 시에만 거래했다. 이건 내가 정한 법칙이었다. 그러지 않으면 온종일 코인만 들여다보며 있는 돈 없는 돈을 꼬라박는 폐인 신세가 될 게 뻔했다. 나는 그저 매일 두 사람 몫의 밥값을 벌고 싶었다. 물론 오늘은 밥값에 아버지 검진비와 특진비까지 추가해 수익을 내야 했다. 그러니 아홉 시가 되기 전에 얼른 아버지를 휠체어에 앉혀야 했다.

"아버지, 아들 왔어. 오래 기다렸지?"

"금방 왔는데, 뭘. 설마 UDT 출신이 이 정도를 못 버틸까?"

태어나 아버지를 아버지로 섬긴 이래 이십 대 중반이 된 지금까지, 그러니까 일생 한결같은 그 특유의 허세와 달리 아버지가 입고 있는 반팔 와이셔츠 등짝은 땀으로 흠뻑 젖어 있었다. 이른 아침인데도 삼십 도를 넘나드는 더위가 며칠째 계속된 탓도 컸다. 자신의 의지와 무관하게 스콰 자세를 한 아버지 뒤로 휠체어를 가져다 댔다.

통이 넓은 아웃도어 바지가 앙상한 하체의 윤곽을 드러냈다. 최대한 낮은 높이에서 곧바로 휠체어에 앉도록 엉덩이 조준을 정확히 했다. 안 그러면 넘어질 수도 있고 잘못했다간 뼈가 으스러질 수도 있었다. 거동이 어렵다는 건 생애 전반의 불편을 의미했다. 그리고 도처에 아주 폭넓은 위험 요소가 있다는 걸 깨닫게 해주었다.

진료실 앞에서 아버지 이름이 불리길 기다렸다. 오늘은 반드시 진단명이 나와야 했다. 몇 년 전 처음 갔던 로컬 병원에서 아버지는 파킨슨병 진단을 받았다. 그 뒤 옮긴 종합병원에서는 파킨슨병은 아니라고 했다. 아 그래, 얼마나 다행이야. 그 말을 듣고 서로 기뻐했던 기억이 생생했다. 하지만 그 뒤로도 아버지는 나아지지 않았고 어지러움 증상과 원인 불명의 보행 장애는 계속되었다. 불분명한 진단 때문에 장애 등급도 신청할 수 없었다.

우리에겐 장애인 혜택이 절실했다. 우선 병원에 오갈 때 장애인 택시를 이용할 수 있었다. 그 밖에 각종 의료기구를 저렴하게 사거나 빌릴 수 있었고, 재활 치료를 할 때도 진료비 할인을 받을 수 있었다. 전기세 수도세 도시가스비 하다못해 휴대전화 요금 할인까지, 없는 형편에 보탬이 되는 게 많았다. 무엇보다 하루 네 시간씩 집에 와 줄 방문요양보호사가 필요했다. 아버지를 안전하게 돌보거나 목욕시킬 수 있는 성인 남자면 좋을 것 같았다.

체중이 많이 빠져서 비쩍 마르긴 했어도 아버지는 나보다 십 센티나 더 컸다. 키가 큰 아버지를 부축하거나, 뒤로 넘어가는 몸을 막아서는 일은 매번 버거웠다. 차라리 아담한 키를 가졌다면 훨씬 병간호가 수월했을 터였다. 너무 길어, 반으로 접을 수도 없고. 늘 속으로 생각했다. 환자인 아버지로서도 큰 키는 생활의 장애물이었다. 양손으로 보행기를 잡아도 어딘가 껑충했고, 겨드랑이에 목발을 껴도 균형이 맞지 않았다. 그런 아버지 덕분에 나는 작은 키에 콤플렉스를 가지지 않게 되었다. 키가 크면 무얼 하나, 늙어 고생인 것을.

파킨슨증후군 같다 아니다, 당뇨합병증 같다 아니다, 재활하지 않은 영향이 크다, 급기야 얼마 전엔 루게릭병 소견이 처음 등장했다. 정확한 진단을 받지 못한 채 이 병원 저 병원을 옮겨 다니는 동안 몸은 쇠약해지고 거동은 더 힘들어졌다. 최근엔 연달아 두 번이나 넘어졌다. 화장실에서 다리가 풀린 아버지가 바닥으로 곤두박질쳤다. 뼈가 부러진 것 같지는 않았지만, 도무지 일어서질 못했다. 응급실로 가는 앰뷸런스에서 아버지가 내게 말했다.

"머리를 다치거나 엉치뼈가 부러진 게 아니니 얼마나 다행이냐, 천운이다 천운."

"아버지, 대체 우리는 왜 이렇게 운이 좋은 거야, 매번?"

나는 싱겁게 웃으며 답해 줬다.

진료를 마치고 나와 차를 타고 파주로 향했다. 달리는 차 안에서 아버지는 별말이 없었다. 창밖 쪽으로 몸을 누이고 미끄러지듯 앉아 있었다. 유튜브를 검색해 조용필 메들리를 틀었다. 선글라스를 낀 채여서 안색을 살필 수는 없었지만 아버지도 많이 지쳤을 것이었다. 사람들 틈에 치여 아침부터 땀을 많이 흘렸다.

며칠 전 아버지가 내 방문을 열었다.

"물에 좀 가자."

온종일 집에만 있던 아버지가 처음으로 어딘가에

가자고 한 거였다. 아마도 무더위를 견디기 힘들었을 터였다. 털털거리는 오래된 선풍기에 의지해 아무도 없는 집에서 하루하루를 무료하게 보내는 처지였다. 나는 온전한 하루를 빼기 힘들었지만 귓가를 맴도는 그 말을 영 무시할 순 없었다. 그래서 아버지 병원 가는 예약 일정에 맞춰 편의점 휴무를 잡았다.

물에 가자. 왕년에 누비던 바다를 떠올리며 말했을 아버지를 가뿐히 배신하고 나는 고기를 구울 수 있는 노천 수영장을 택했다. 멀지 않은 곳으로 가려는 의도가 컸는데, 파주는 어쩐지 강원도보다도 체감으로 더 먼 곳 같았다. 그리고 또 하나, 공매를 받은 아파트에 들를 계획도 더했다. 일타이피 법칙, 한 번에 두세 가지 일을 처리하는 가성비 방식도 내가 시간에 쫓기는 삶을 타파하는 방법이었다. 성공을 갈망하는 나는 늘 시간이 부족했다. 늦게까지 공부하고 아침에는 돈을 벌러 나가야 했다. 당연히 지각하면 안 되니까, 늦어서 욕먹는 것도 싫으니까, 잘리면 더더욱 안 되니까.

쏘카를 빌린 건 신의 한 수였다. 아스팔트 위에서 달걀은 물론 베이컨이 익었다는 소식이 전국에서 들려오는 날씨였다. 이런 날 아버지를 데리고 병원에서 파주까지 광역버스를 세 번 환승해 두 시간 오십 분을 간다는 건 생각만 해도 끔찍했다. 효도도 좋지만 나이 먹은 아버지를 봉양하려다 젊은 내가 먼저 쓰러지게 생겼다. 그렇다고 렌트를 하자니 가격이 너무 비쌌다. 언제 어디서나 필요한 만큼 차를 타고 반납하라는 쏘카가 고마울 따름이었다. 에어컨이 나오는 차로 이동 중이니 그거면 충분한 거 아닌가 하는 생각에 흡족했다.

아, 왜 이렇게 소박하지. 지하철에 앉을 자리만 생겨도 이게 웬 행운이야, 하고 생각했다. 편의점에서 원 플러스 원 음료가 짝수로 있는 걸 발견할 때, 건널목 신호등이 내 앞에서 곧바로 초록으로 바뀔 때도 마찬가지였다. 동시에 왜 이렇게 모든 걸 절실히 원해야 하는 걸까, 하는 의문이 종종 들었다. 절실히 원해도 대부분 얻을 수 없었지만, 사소한 것들까지 너무도 간절히 원하는 내 모습을 스스로에게 들킬 때마다 진짜로 쪽팔렸다.

멘탈 회복이 시급했다. 길어야 오 분 내외인 하나 마나 한 진료를 보고 병원을 나서는 길에는 얼마간의 허무가 동반되었다. 명확한 진단이 내려지지 않는다는 것에 답답함을 호소하자, 의사는 진단이 내려지지

않는 게 다행한 거라고 했다. 뭐라고요? 그럼 왜 못 걷
는 건데요? 그거야 여러 가지 원인이 복합적인 거고요.
파킨슨이든 루게릭이든 진단이 명확하지 않은 게, 그
나마 나아질 가능성이 있다는 거예요. 아버지 모시고
밤마다 나가 걷기라도 꾸준히 하세요. 아버지가 장애
인이 되었으면 하는 나의 바람과 달리, 의사의 반응은
별것 없다는 듯 뜨뜻미지근했다. 진료실을 나서며 아
버지가 물었다.

"이걸 좋아해야 하는 거냐?"

"그러게요, 저도 그게 헷갈리네요."

가진 것 없고 배운 것 없는 아버지는 고등학교만 졸
업하고 바로 군 복무를 했다. 제대한 뒤에도 입대 전처
럼 주로 건설 현장에서 일했다. 분명 차곡차곡 벽돌을
올리고 철근을 세웠겠지만 불행히도 현장에는 사고
가 비일비재했다. 안전사고를 당한 아버지는 불합리
할 정도로 미미한 보상을 받았다. 늘 그런 힘의 싸움에
서는 잘잘못을 따질 시간이 부족한 사람이 졌다. 텔레
비전이나 신문 뉴스에서 봐 온 흔한 일이었다. 내 이웃
들에게 일상적으로 일어나는 참으로 참을 수 있는 일.

그게 우리에게 벌어졌다는 사실에 새삼스레 슬프거나 노여울 리 없었다.

힘쓰는 걸 못 하게 된 뒤로는 공장 생산직으로, 이후 아파트 경비를 마지막으로 아버지는 공식적인 사회생활을 마무리했다. 오십이면 한창나이였다. 나는 아버지가 이토록 급속하게 건강을 잃을 줄 몰랐고, 내가 이렇게 빨리 가장이 될지 몰랐다. 아버지 역시 자신이 걸음을 걷지 못해 자리를 보전하게 될 줄은 예상하지 못했을 거였다.

건장한 체력을 가졌던 아버지를 떠올려 보았다. 기억 속 배경으로는 거센 파도가 멈추지 않는 바다가 펼쳐졌다. 겁 없이 바다로 뛰어들던 아버지의 뒷모습을 나는 눈으로 좇았다. 바닷물 속으로 사라졌던 아버지의 몸이 물 밖으로 솟구쳐 나올 때마다, 파도에 몸을 맡기고 유유히 이동하며 점처럼 멀어지는 모습을 볼 때마다, 물을 무서워하던 나는 아버지가 대단해 보였다. 언제나 아버지는 자신만만하게 바다를 마주하곤 했다.

"아버지 군 시절에 달리기 몇 분대 들어왔다고 했지?"

"삼 킬로미터 달리기를 구 분 사십 초에 끊었지."

시무룩한 아버지의 입을 열게 할 때는 군대 이야기를 꺼내는 게 직방이었다. 진짜 귀에서 피가 나도록 들은 이야기였다. 어렸던 나는 삼 킬로미터를 달린다는 걸 가늠할 수 없었다. 백 미터 달리기는 해 본 적이 있었다. 그걸 열 번 반복해야 일 킬로미터. 그렇다면 서른 번을 뛴 건가? 대체 왜? 백 미터 이상을 달려 본 적 없는 나로서는 그 대단함과 거리가 멀어서 오히려 그게 얼마나 대단한 건지 감 잡을 수 없었다. 그게 그렇게 대단한 거야? 왜 그렇게 달려야 하는데? 하고 묻는 나의 반응에 아버지는 뒷목을 잡으며 답답해했다.

"너도 아버지 따라서 UDT 가라."

"미쳤어? 어떻게 하면 군대 안 갈 수 있나 그 생각뿐인데."

친아들한테 UDT를 권하다니, 그렇지 않아도 군대 갈 생각만 하면 답이 없었다. 아버지를 부양할 사람이 나밖에 없어 입대 연기는 쉬웠다. 대학을 안 간 대신 학점은행제를 신청했고 생계감면 대상에 해당해 미루려면 미룰 수 있었다. 하지만 내후년이면 곧 만 이십팔 세가 되었다. 그나마 나라도 없으면 아버지는 혼자 어떻게 생활하려고 저런 소리를 하는지. 철이 없는 건 내가 아니라 아버지가 아닐까. 더구나 군인 시절이 인생의 전성기라면, 이건 뭔가 이미 글러먹은 인생의 복선 같은 걸지도 몰랐다. 더 빛날 것도, 더 대단할 것도 없으리라는.

거동을 못 하는 신세가 된 뒤에도 아버지의 어깨엔 UDT뽕이 여전했다. 휴가 나가면 군복만 봐도 다들 UDT인 걸 알아보곤 했지. 부러운 시선을 즐기려고 일부러 느긋하게 걸었어. 연애할 때도 꼭 군복을 입고 나갔다니까. 지나가는 군인들과 그들의 애인들도 쳐다보곤 했어. 아버지 미안한데, 여자들은 군복 봐도 뭐가 뭔지 몰라. 어허, 아버지 군대 얘기할 때는 말 자르지 말라니까.

그렇게 UDT가 멋있는데, 왜 엄마는 나를 낳기만 하고 아버지와 결혼하지 않았던 걸까. 아버지는 사랑해서 보내 줬다는 말 같지 않은 말로 사연을 퉁치려 했지만, 깊게 들어가 봐야 한낱 청춘 남녀의 뜨거운 실수였겠지 싶어 더 묻지도 따지지도 않았다. 세상엔 인과관계를 설명할 수 없는 일들이 많았는데 특히 아버지의 군대 이야기가 그랬다. 그럼에도 아버지가 혼자서 나를 키워 준 건 부모 자식 관계를 떠나 확실히 UDT다운 의리 있는 선택이었다.

첫 오 주 훈련은 지옥 같아. 닷새 동안 잠을 안 재운다니까. 총 들고 헬멧 쓰고 장비를 전부 장착하면 진짜 온몸이 뜨거워지는 걸 느껴. 기절하는 애들도 즐비하다니까. 옆에서 자던 놈이 한 명씩 사라져. 지가 퇴교하거나 퇴교당하거나 그러는 거거든. 그리고 훈련 중에 최고 힘든 건 냉수 훈련이라는 건데, 구명조끼를 입은 채 바다에 나가 그냥 떠 있는 거야. 팔짱을 낀 채로 족히 세 시간쯤 그냥 물속에 있는 거야. 구명조끼를 입으니까 물에 뜨긴 하는데 너무 추워, 이가 딱딱 부딪칠 정도로 추워. 옆에 선 동기들이 오줌이라도 싸야 따뜻해져. 바다에서는 뭐 다들 그냥 싸니까. 고작 바다에서 오줌 싼 이야기가 최고의 영웅담이라니, 대체 이걸 누가 말리겠는가.

그나저나 아버지에게 어디서부터 말을 꺼내야 할지 망설여졌다. 빤한 군대 이야기를 들으면서도, 내내 운전하면서도 어떻게 입을 열어야 하나 온통 그 고민뿐이었다. 파주로 이사해야 할 테니, 마음의 준비 차원에서 아버지도 자신이 살 집을 한번 보는 것도 나쁘지 않았다. 분명 아버지도 처음 내가 맞닥뜨렸던 당황스러움을 비슷하게 느낄 것이었다.

지금 사는 곳도 서울의 끄트머리였으니 서울시와 경기도의 경계를 넘은들 그게 뭐가 대수인가 싶다가도, 말 그대로 인 서울과 아웃은 다른 게 아닐까 생각했다. 중심에 선 적도 없으면서 그런데도 뭔가에서 떠밀린 듯한 이 헛헛한 기분의 정체는 대체 뭐지. 아, 미치겠다. 아파트를 샀는데 이토록 당당하지 못할 수 있다니. 모든 상황의 시발점은 그날 밤의 비트코인이었다.

강남구청에서 일하고 싶었다. 하지만 인생은 뜻대로 되지 않았다. 공무원 시험을 포기한 뒤부터 편의점에서 일했다. 일단은 남들처럼 아침에 출근하고 저녁에 퇴근하는 길 목표도 심었다. 곧바로 나는 깅님구청 대신 강남구청 앞 패밀리마트로 출근하기 시작했다.

도봉산 밑에 살면서 강남구청까지 가는, 더구나 그것이 편의점 아르바이트에 불과하다면 조금 의아할 테지만 나는 생각이 달랐다. 누구나 살고 싶고 일하고 싶어 하는 강남으로 가자! 물론 시급도 강북보다 많았다. 시간당 오백 원씩 많으니, 여덟 시간을 적용하면 하루에 사천 원. 왕복 차비를 제하면 천오백 원, 한 달이면 사만오천 원이나 차이 났다. 지하철을 타고 다니며 세상 구경도 하고 부동산 발품도 팔고, 생각을 전환하면 나쁠 게 없었다.

집에 돌아와서도 매일 밤 빠짐없이 컴퓨터 앞에 앉았다. 본체가 작동하기 전까지는 스트레칭을 했다. 귀가 어깨에 닿도록 고개를 양쪽으로 움직이며 몸을 풀었다. 깍지 낀 손도 앞으로 쭉 뻗고 다시 풀어 힘을 빼고 탈탈 털었다. 졸음에 지지 않으려 등받이에 몸이 닿지 않도록 의자 끝에 걸터앉았다. 책상 위에는 하루 체크리스트가 포함된 다이어리와 성공 노트, 구립도서관에서 빌려 온 자기계발 분야 도서 서너 권이 놓여 있었다. 컴퓨터 앞에는 포스트잇이 여러 장 붙어 있었는데, 그중 내가 가장 신뢰하는 문장은 '대중과 다르게 생각하라'였다.

유튜브 구독리스트를 켜고 순서대로 재생했다. 성공을 이룬 사람들을 케이스 스터디 했다. 혁신적인 기업가들 예를 들어 페이스북 창업주인 마크 저커버그나 테슬라 CEO 일론 머스크, 이더리움 창시자인 비탈릭 부테린 같은 사람들의 성공담 말고 차라리 프로그램 〈서민갑부〉에 나오는 자영업자의 자수성가 스토리가 더 와닿았다. 주식으로 부자가 된 직장인이나 스마트스토어로 돈 번 대학생, 정리정돈이나 앙금 케이크 만드는 기술로 CEO가 된 주부들, 메이크업 하는 할머니나 사주팔자 보는 점쟁이 유튜버까지. 영상을 보다 보면 성공 사례가 널리고 널렸는데, 그래서인지 그걸 보면 나도 할 수 있지 않을까, 하는 기대감이 생겼다.

세상에 내 몫의 작은 성공도 있을지 몰랐다. 아직 눈에 보일 정도는 아니지만 그러니까 뭔가를 계속, 열심히, 최선을 다해, 잘한다면 말이다. 반복해 등장하는 유사한 피드가 나의 성공을 향한 검색 알고리즘 탓이라는 걸 모르지 않았지만, 크고 작은 성공을 이룬 사람들을 새롭게 발견한다는 게 아직은 내게도 기회가 있을 거라는 얄은 희망으로 나아왔다. 일단 세상을 긍성적으로 바라봐야 성공 가능성이 커진다고 하니까, 그런 면에서 첫 단추는 올바르게 끼워졌다.

부를 이루는 공통된 패턴이 있었다. 대부분 주식, 코인, 부동산 투자를 하거나 유명세를 만들어내 불로소득을 확장하는 식이었다. 그러기 위해 무엇을 했는지도 제법 자세하게 공개되었다. 실천 강령은 어떻게 보면 어렵고 어떻게 보면 쉬운, 그래도 제법 할 만한 것들이었다. 예컨대 새벽에 일찍 일어나기, 아침 일기 쓰기, 명상하기, 블로그 포스팅 하기, 경제 신문 읽기, 유튜브 강의 듣기, 가계부 쓰기, 체크리스트 만들기, 독서하기 등등. 큰돈을 쓰지 않아도 된다는 게 마음에 들었다.

말한 대로 이루어진다고 했다. 밑줄을 긋고 소리 내읽고 노트를 펼쳐 다짐을 빼곡하게 적었다. 코인뿐만아니라 주식과 부동산, 부동산 중에서도 경공매 지분 투자 등 불장을 공략하기 위한 틈새 전략도 공부했다. 지하철학회, 미래철도DB, 서울부동산정보광장과 주택산업연구원, 국가법령센터까지 도움 되는 사이트를 두루 섭렵하며 미래를 위해 아낌없이 시간을 투자했다. 고단한 현실을 벗어날 다른 방법을 알지 못했기에 더더욱 열심히 사는 수밖에 없었다.

성공하고 싶으면 연락해, 하고 명함을 뿌리는 대신 성공하고 나서 연락하라는 익명의 댓글은 실로 내게 엄청난 자극을 주었다. 그길로 나는 친구들과의 모든연락을 끊었다. 직장에 다니는 걸 방패 삼아 시간 낭비하는 친구들과는 어울리지 않기로 했다. 요즘 같은 시대, 월급쟁이 회사원이 무슨 대수인가. 근로소득만으로 부자가 될 수 없다는 면에서 나와 다를 바 없었다. 오히려 미래를 대비하는 측면에서 본다면 내가 더 낫다고 할 수 있었다. 어차피 대중과 다르게 살기로 한 이상 모든 삶의 자세가 달라져야 했다.

더 솔직해지자면 '다 필요 없고 성공하고 싶다, 그건 모르겠고 부자 되고 싶다' 이런 심정이었다. 거기에 하나 더 추가하자면 '거두절미하고 효도하고 싶다'는 것. 아버지를 편하게 해 주고 싶었다. 그래서 아버지가 그런대로 잘 살다 간다, 하는 마음으로 생을 마무리하길 바랐다. 우선은 내가 군대 가 있는 동안 지금보다 쾌적한 공간에서 살게 하고 싶었다. 근데 이렇게 해서야 되겠냐고. 나는 스스로를 다그치며 밤늦은 시간까지 모니터 앞에서 눈을 부릅떴다.

두 달 전, 집주인이 보증금 일 억을 돌려주었다. 어려운 형편을 생각해 돈부터 빼 주는 거라고 생색냈다. 결혼한 자식이 들어와 살아야 한다고 했다. 아버지와 내가 십여 년째 살던 집이었다. 갑작스럽기도 했지만 돌려받은 보증금으로는 더 나은 집을 구할 수 없었다. AI가 지배하는 증강현실과 메타버스를 운운하는 지금도 내가 사는 현실은 여전히 후미진 뒷골목 빌라였다. 그런데 이 정도 퀄리티 유지도 어렵게 생겼다. 이천만 원만 더 있으면 그래도 골라 볼 만한 선택지가 생겼다. 딱 이천을 어디에서 구하지.

코인밖에는 답이 없었다. 당시 나는 과감한 실천력으로 수익을 낸 사람들에게 경도되어 있었다. 온라인에서 그들은 자신의 코인 계좌를 직접 보여 주며 수익이 실제임을 인증했다. 그걸 보고 있으면 단지 그들이 부러운 게 아니라 마치 내 돈을 빼앗긴 듯한 조바심이 일었다. 비트코인은커녕 비트코인골드도 간신히 사는 처지였지만, 비트코인이 더 오를 거라는 확신은 가지고 있었다.

이년 전에 폭락한 코인 시장이 다시 분위기를 회복하고 유례없는 상승 곡선으로 차트를 장식할 때, 다시금 꺾인 희망을 발견하는 듯했다. 유튜브로 코인 강의를 찾아 들으며 장의 흐름을 살폈다. 뭔가 간절히 바라면 이루어진다는 말을 실감했달까. 아버지 병간호를 하는 상황에서 코인 투자는 충분히 승부를 걸 만한 일이었다. 차트에 인생을 거는 게 아니라 차트에 하루를 거는 인생일 뿐이었지만, 그렇게 해서라도 나는 내가 버는 푼돈에 갖가지 이유를 붙이며 코인을 사고팔았다.

수익률이 오십 퍼센트에 육박했다. 투자금 전액을

출금했다. 수익으로만 거래하는 상황이 되자 내 단타 실력이 일정 궤도에 올라섰다는 느낌이 들었다. 이더리움클래식과 도지코인이 잘 맞고, 웨이브는 이상하게 들어갈 때마다 손실이 생겼다. 여기서 단타 법칙 3. 호가 창을 분석하고 투기심을 가질 것! 순식간에 솟구치는 차트를 빠르게 살폈다. 내가 던지는 코인을 받아 줄 누군가 있어야 했다. 어느 지점에 들어갔다 나와야 하는지, 이건 게임에 가까웠다. 아니, 스스로 통제할 수 없는 어떤 것에 희망을 건다는 면에서는 도박과 다름 없었다.

알면서도 나는 나를 속였다. 현재의 코인을 사는 거지만 미래의 가치를 사는 거라고. 살까 말까, 떨어지면 어쩌지, 고민이 없지 않았지만 그동안의 경험과 수익률이 나의 감을 증명해 주는 듯했다. 평소 스승으로 여기던 코인 유튜버도 지금이 적기라고 하지 않았나. 기세를 몰아서 기회를 잡아야 했다.

기어이 비트코인을 사고야 말았다. 분명 쪼개서 살 수 있었다. 지분으로 사는 방법을 모르지 않았다. 하지만 나는 온전한 한 개의 비트코인을 원했다. 아버지와 나의 전 재산인 보증금 일억 원으로 할 수 있는 가장 완벽한 투자였다.

찰나의 기쁨과 희열을 기억했다. 거래가 체결된 이후 롤러코스터의 가장 높은 곳에서 하강할 때, 손 놓고 소리 지르는 기분을 느꼈다. 정말이지 살면서 그런 기분은 처음이었다. 심장이 터질 것 같은 강렬한 두근거림이 계속되었다. 그러니까 정확히 80,736,000원인 나의 비트코인이 설마설마하는 사이, 딱 열흘 만에 59,886,998원이 되었다. 그리고는 다시 71,050,000원을 찍고 더 오르는가 싶더니 나를 비롯한 모든 코이너의 기대를 와장창 무너뜨리고 38,872,268원으로 내려앉았다. 그날 이후 비실비실한 파란색 차트를 볼 때마다 나의 일상은 뿌리째 흔들렸다.

차트는 계속해 답보 상태였고, 코인 시장에 관한 뜨거운 관심이 점차 사그라지는 듯했다. 폭락을 경험한 바 있는 터라 코인 시장이란 건 원래 그렇게 위험한 거려니 하는 분위기였다. 그나마 이번 달 들어 비트코인은 전고를 돌파해 우상향하고 있었다. 아마존이 거래 수단으로 검토한다는 호재 덕분이었다. 지금이라도 팔아야 할까, 고민하지 않은 건 아니었다. 하지만 이렇게까지 큰 손해를 감수하고 팔 수는 없었다. 세상에 단

한 개, 나의 소중한 비트코인을 아무렇게나 시장에 던질 수는 없었다. 길고 긴 존버의 시절이 도래했음을 인정해야 했다.

그 후로 패밀리마트에서 일하고 집으로 돌아가는 칠 호선 열차 안에서, 나는 늘 코인 창을 들여다보았다. 눈앞에서 호가 창의 숫자들이 계속해 변하고 있었다. 그 생동하는 빠른 움직임이 분명 혼자라는 외로움을 사라지게 해 준 적이 있었다. 하지만 지금은 더 큰 절망을 안겨 주었다. 밝은 코인 창을 계속 보다 보니 눈이 시큰했다. 눈을 감았다가 천천히 떴다. 물기 어린 세상, 차창 밖으로 한강이 내려다보였다.

지하철은 뚝섬역을 지나고 있었다. 꼬리에 꼬리를 물고 유유히 떠 있는 오리배들. 그중 오리배 한 마리가 홀로 떨어져 있었다. 어쩐지 지나치게 외로워 보였다. 저 오리배에 몸을 싣고 어디론가 떠나고 싶었다. 다리에 쥐가 나도록 페달을 돌려 세상 밖 아무도 나를 알지 못하는 곳으로. 어디로? 그렇지만 아버지는? 내 아버지는 페달을 돌리지도, 달리지도, 걷지도 못하는데. 나는 영영 아무 곳도 갈 수 없을 게 빤했다.

부자가 되고 싶었다. 가난하면 좋은 사람이 될 가능성이 적으니까. 나는 모르는 사람들에겐 친절하고 싶었고 가까운 사람들에겐 다정하고 싶었다. 그러나 현실은 양보와 미덕을 베풀 기회 대신 늘 전투적인 공격과 방어를 요구했다. 시간에 쫓겨 택시를 새치기하거나 휠체어를 가로채야 했고, 급한 마음에 엘리베이터 닫힘 버튼을 꾹 눌러 사람의 면전에서 문을 닫아야 했다. 어쩐지 세상의 많은 상대들에게 무례하고 이기적으로 행동한다는 게 슬펐다.

이사를 나가야 하는 날이 머지않았다. 비트코인이 떨어졌다고 해서 그대로 주저앉을 수는 없었다. 수중에는 이천만 원이 남았다. 그렇다면 집을 싸게 구할 방법을 찾아야 했다. 이론으로만 공부하던 경공매에 도전할 때가 온 것이었다. 하지만 경매보다는 공매가 초보자에게는 안전하고 손쉬울 터였다. 몇 날 며칠 스마트 온비드로 물건을 검색했다. 캠코 압류 재산, 최고가 방식 매각으로 진행되는 지분 백 퍼센트짜리 깔끔한 물건. 파주에 있는 아파트였는데 시세는 사천오백만 원, 감정가는 삼천만 원이었고 최저 입찰가는 천칠백만 원 수준이었다.

하늘은 스스로 돕는 자를 돕는다고 했던가. 그리고 포기는 김장을 셀 때나 쓰는 말이라지? 부동산 강의에서 배운 대로 프로세스를 밟아 나갔고, 첫 공매 도전에서 나는 세 명의 입찰자를 뒤로하고 18,999,990원으로 아파트를 낙찰받았다. 이등과는 불과 십만 원도 차이나지 않았다. 낙찰을 받은 것도 좋았지만 더 높은 가격을 쓰지 않은 것도 다행이었다. 돈 벌었네, 벌었어.

때론 보이지 않는 힘이 인생을 다시 희망차게 만들기도 했다. 스스로가 몹시도 기특했다. 이제 나도 집을 가진 어엿한 집주인이었다. 한국자산관리공사 담당자에게 전화를 걸어 열쇠는 어디서 받을 수 있나요? 하고 물었다. 담당자는 공매는 부동산 거래와 달라서 알아서 하시는 겁니다, 하고 말했다. 무척 친절한 말투였다. 그럼 집에 어떻게 들어가나요? 그러니까 직접 가서 상황에 따라 알아서 해결하시는 거예요.

매각결정통지서, 보증금 영수증, 잔대금 영수증을 챙겼다. 취득세를 납부하고 말소등록면허세를 납부하고 국민주택채권매입 영수증과 등기신청수수료 납부 영수증도 챙겼다. 대행으로 처리할 수도 있었지만 시청에 가서 직접 서류를 제출하고 등기 이전을 하기로 했다. 바쁜 탓에 경매 전에 파주까지 가서 집을 보지 못해 궁금하기도 했다. 당시에도 외양은 볼 수 있었겠지만, 어차피 집 내부는 확인할 길이 없었다.

파주시청에서 업무를 본 뒤 초행길이어서 택시를 탔다. 어쩐 일인지 내비게이션에 남용아파트가 검색되지 않았다. 택시 기사는 그런 이름을 가진 아파트가 없다고 했다. 대신 남용빌라는 있다는 거였다. 이상했다. 분명 모든 서류에는 '남용아파트'라고 쓰여 있었다. 투자 가치를 염두에 두고 초등학교가 옆에 붙어 있는 일명 '초품아'라고 해서 산 거였다. 물론 많이 싸긴 했다. 택시를 타고 가는 동안에도 이상한 찝찝함과 의구심이 고개를 들었다. 택시 기사는 ㄱ자 모양의 오 층짜리 건물 앞에서 차를 세웠다. 분명 '남용아파트'라고 쓰여 있었다.

아파트는 개나리색이었을 것이었다, 처음엔. 지금은 그저 누렇고 곳곳의 색이 벗겨져 회색 골조가 드러난 상태였다. 당장 재개발에 들어가도 이상할 게 없어 보이는, 너무도 허름한 아파트 외관을 보고 나는 놀라지 않을 수 없었다. 건물에는 자유롭게 출입이 가능한 여섯 개의 출입구가 있었다. 두 세대가 나란한 구조였으니 총 육십 세대가 사는 셈이었다. 끝에서 두 번째가 삼사 호 라인이었다.

망설임 끝에 입구에 들어서니 왼쪽으로 우편함과 도시가스 계량기가 부착되어 있었고 계단을 오르는 벽 쪽에 게시판이 있었다. 아파트 건물을 관리하는 사람의 흔적을 찾고자 색이 바랜 A4용지 공지문 앞에 섰다. 밀린 공과금을 입금하라는 요청과 계좌번호가 쓰여 있었지만 연락처는 없었다. 또 다른 공지문은 총무가 변동된다는 내용이었는데, 날짜를 확인하니 이미 일 년 전에 게시된 거였다.

먼지가 가득한 계단을 조심스레 올랐다. 사람의 움직임에도 센서 등은 반응하지 않았다. 어두컴컴한 계단을 오르사니 어딘가 으스스한 기분이 들었다. 이 층에는 어린이용 자전거가 자물쇠도 채워지지 않은 채 세워져 있었고, 삼 층에는 분리수거 용품과 일반 쓰레기가 문밖에 나와 있었다. 사 층에 이르렀다. 계단 바로 앞, 그러니까 옆집 문에도 낡은 종이가 붙어 있었는데, 살지 않아도 공과금은 납부해야 한다는 내용으로 미루어 보아 아무도 살지 않는 집인 듯했다. 적어도 이웃과의 마찰은 없겠군. 이건 뭐 탐정도 아니고, 소소한 정보를 가지고 상황을 유추하자니 애초에 이런 건 내가 원한 게 아니었다는 생각에 울고 싶은 심정이 되어 버렸다.

한참을 불 꺼진 계단에 주저앉아 있었다. 실망스러움에 기운이 다 빠진 탓이었다. 어떻게든 평정심을 유지하려 노력했으나 허사였다. 지금 살고 있는 낡은 빌라와 겨뤄도 그 낡음이 한 수 위인 이 집을 마주하니 인생이 송두리째 흔들리는 기분이었다. 경매를 하기 전 물건을 보지 않은 사실이 이토록 치명적인 결과를 초래할 줄은 몰랐다. 결정적으로 아파트였으나 아파트로 검색되지 않는 이 아파트에는 엘리베이터가 없었다. 병원에 갈 때마다 어떻게 아버지를 업어 내리느냔 말이다.

더 심각한 건 내 집에 누군가 살고 있다는 거였다. 전혀 예상치 못한 일이었다. 공매 전 주민센터에서 전입세대 열람원도 확인했다. 하지만 현관문 밖으로 텔레비전 소리가 새어 나오고 있었다. 무슨 소리인지 자세히 들으려고 귀를 가져다 댔다. 아이들 TV 프로그램에서 들려올 만한 명랑한 소리였다. 뾰복뾰복 하는 비트가 빠른 게임 소리 같기도 했다. 어쨌든 우리말은 아니었다. 외국 채널을 틀어 놓은 건지 정확히 알 수는 없었지만, 그 와중에 확실한 건 그게 또 영어는 아니라는 거였다.

경공매 매뉴얼대로라면 세입자에게 집주인이 변경된 사실을 알리고 앞으로 계속 살 건지 아니면 집을 비울 건지 논의해야 했다. 계속 산다고 하면 월세를 받아야겠지만 분명 서류상에는 세입자가 없었다. 더구나 나와 아버지가 이 집에 들어와야 하니, 누군가 살고 있다면 당장이라도 집을 비워야 했다. 일단 집 내부라도 들여다봐야겠다고 생각했다. 여기까지 왔는데 그냥 갈 순 없었다. 벨을 눌렀다. 딩동딩동. 벨 소리다운 벨 소리가 울렸다. 누군가 나오리라 생각하며, 지금의 상황을 어떻게 설명하면 좋은지 고민했다. 그럼에도 모든 게 원만하게 해결되길 바랄 뿐이었다.

예상과 달리 한참이 지나도록 안쪽에서는 아무런 반응이 없었다. 다시 딩동딩동. 몇 분이 흘렀지만 역시 아무도 나오지 않았다. 바깥으로 들리던 텔레비전 소리마저 사라졌다. 이게 어떻게 된 상황이지? 내 집에서 살고 있는 누군가 나를 문밖에 세워 두고 아무도 없는 척하는 거였다. 하, 내 인생은 왜 이렇게 험난한가. 이것은 또한 어떤 불행의 복선이란 말인가.

정적과 암흑으로 가득한 계단을 내려왔다. 지친 몸으로 버스를 세 번이나 환승해 장장 두 시간 오십 분 만에 집으로 돌아오는 길, 그 고단한 여정 내내 나는 망연자실했다. 그날 현관문은 끝내 열리지 않았다.

아파트 단지에 주차하고 운전석에서 내렸다. 조수석에서 조용필 노래를 흥얼거리던 아버지는 고개를 떨군 채 잠들어 있었다. 뻐딱한 고개에 입을 벌리고 잠든 모습이 해쓱했다. 삐져나온 코털과 길게 자란 몇 가닥의 눈썹을 보며 영양 상태는 꽤 좋은 게 아닐까, 하고 생각했다. 아무래도 집을 보여 드리긴 어려워 보였다.

그래도 그사이 두어 번 와 봤다고 처음처럼 무섭거나 낯설지는 않았다. 우편함에는 밀린 도시가스 고지서가 몇 통, 이전 소유자의 카드 대금 명세서와 유인물들이 한 꾸러미나 들어 있었다. 소유권 등기를 마치고 주소를 이전해 둔 탓에 사람보다 우편물이 먼저 도달해 있었다. 우편물을 손에 쥐고 계단을 올랐다.

벨을 눌렀지만 안에서는 아무런 기척이 없었다. 진짜 없는 건지, 없는 척하는 건지 알 수 없었다. 하지만 나도 무방비했던 지난날의 내가 아니었다. 내 집에 무단으로 거주하는 (전)세입자들과 원만하게 소통하기 위해 나름 치밀하게 알아보고 준비해 왔다. 미리 인쇄해 온 A4용지 두 장을 현관 철제문과 벽면 이음새에 걸쳐지게 붙였다. 문을 열면 종이가 찢어지도록 한가운데 붙이는 게 핵심이었다. 무조건 집으로 들어가려면 종이를 읽게 될 터였다. 내용은 간단하고 명료했다. 집주인이 바뀌었으니 집을 비워 달라는 상황 전달과 빠른 시일 내 연락하지 않으면 문제가 생길 수 있다는 엄중한 경고, 그리고 연락할 전화번호. 한국말이 서툴지도 모른다는 생각에 파파고 번역기를 돌려 영문도 병기했다.

사람이 살고 있으나 서류상에는 아무도 살지 않는 이 집에는 베트남 부부와 그들의 어린아이가 살고 있었다. 불법 체류라 전입신고를 하지 않은 거였다. 원래 집주인과 어렵게 연락이 닿아 알게 된 사실이었다. 전화를 끊으며 그는 자신이 부도가 나서 돈이 없다고 했다. 나보고 대신 그들의 보증금 삼백만 원을 줄 수 있느냐 물었다. 제가요? 그럴 순 없죠. 한숨을 깊게 내쉬며 그는 나보고 진짜 인정머리가 없다고 했다. 먼 곳까지 일하러 온 사람들이 불쌍하지 않으냐고. 지금 그 사람들 보증금 떼어먹히게 생겼다고.

　연락처를 쓴 포스트잇을 문 앞 인터폰에 한 개, 도시가스 계량기에 한 개, 일 층에 내려와 우편함에도 한 개 붙였다. 이번에도 그들이 먼저 연락해 오지 않는다면 머지않은 날을 정해 그들을 집에서 내쫓아야 할 것이었다. 강제로 문을 따고 들어가 그들이 마련한 세간살이와 아이가 가지고 놀던 장난감을 집 밖으로 들어내야 했다. 현관 열쇠를 바꾸거나 도어록을 설치해 다시는 그 집으로 들어가지 못하게 해야 했다. 장판과 도배를 깨끗하게 교체해 그들의 흔적을 말끔히 비울 터였다. 그들은 이곳을 떠나 어디로 갈 수 있을까. 하지만 갈 곳이 없기는 아버지와 나도 마찬가지였다. 엘리베이터 없는 이 아파트 말고는.

　자리를 잡지 못할까 봐 걱정하며 서둘러 차를 몰았다. 수영장에 도착해 입장권 이만 원과 평상값 삼만 원을 주고 성인 풀 근처로 자리를 잡았다. 리뷰 사진 속에 바글바글한 사람들은 다 어디 있는 거지. 평일이어서 그런지 다닥다닥 붙은 평상에는 몇 팀의 사람들만 드물게 앉아 있었다. 하긴 아무리 여름이어도 평일에 수영장에 오는 일이 어디 쉬운가, 그것도 파주까지. 휠체어를 탄 아버지가 낡은 선글라스를 낀 채 수영장에 등장하자 몇몇이 우리를 쳐다보았다.

"나오니 좋구나. 어서 물에 뛰어들었으면 좋겠다."

아버지를 수영장 바닥에 앉히고 물에 발을 담그게 했다. 끝없이 펼쳐진 바다만 없고 단지 뛰어들 수만 없을 뿐, 온통 파란색의 수영장이 우리 눈앞에 있었다. 그 뒤로는 이름을 알 수 없는 산세가 펼쳐졌다. 날씨와 풍경 모든 것이 완벽한 날이었다. 나는 다시 차로 가 짐을 가져왔다. 가스버너와 프라이팬, 햇반 두 개, 무말랭이와 깻잎, 싱싱한 냉동 삼겹살에 사이다와 캔 맥주, 신문지로 싼 과일까지. 두 손에는 아버지와 오랜만에 하는 나들이를 풍성하게 해 줄 준비물이 들려 있었다. 주차장이 멀리 떨어진 탓에 그걸 들고 오며 땀을 한 바가지 흘렸다.

오늘 비장의 무기는 말랑이 복숭아였다. 분홍빛 색깔과 말캉한 식감, 향긋한 내음이 합쳐진 천상의 과일. 아버지와 나는 둘 다 복숭아를 좋아했다. 어린 시절, 멍들지 않게 하나하나 감싸 포장한 제철 복숭아를 먹는 건 굉장한 행복이었다. 한여름 뜨거운 햇살이 내리쬐는 바닷가 모래사장에 앉아 까먹은, 미지근하면서도 달큰했던 복숭아 맛을 아직도 잊을 수 없다.

물기가 마르지 않은 몸으로 돗자리에 올라앉아 복숭아를 까던 아버지가 떠올랐다. 아버지는 칼끝으로 복숭아 껍질을 살짝 들어 사아악 벗겼다. 가급적 살을 베지 않으려고 신중을 기했다. 상처 하나 없는 복숭아가 속살을 드러냈다. 잘 익은 복숭아는 굳이 껍질을 까려는 노력을 하지 않아도 되었다. 제때 잘 익었다는 건, 무르익었다는 건 그토록 자연스러운 거였다.

아버지는 복숭아 양쪽 면을 크게 잘라 접시에 담았다. 그것을 내 앞으로 밀어 주며 어서 먹으라고 했다. 복숭아를 들고 한 입씩 베어 물 때마다 끈적한 과즙이 손목을 타고 흘러내렸다. 아버지는 나머지 살을 야무지게 발라 먹었다. 씨에 붙은 복숭아를, 뼈에 붙은 고기를 발라 먹듯 달게 먹고는 모래사장 저쪽으로 휙 던져 버렸다. 그러곤 멀리 떨어진 개수대 대신 다시 바다로 향했다. 오늘은 그랬던 아버지를 위해 내가 복숭아를 까 줄 생각이었다.

플라스틱 관에서 뿜어져 나오는 물줄기가 포물선을 그렸다. 햇살에 반사되어 빛을 머금은 듯 보이는 물줄기가 수영장으로 일제히 내리꽂히며 촤아악 소리를 냈다. 폭포처럼 쏟아지는 영롱한 물줄기를 맞으며 아버지는 튜브에 앉아 하늘을 올려다보고 있었다. 순간 유튜브에서 본 라스베이거스의 웅장한 호텔과 그 전경을 장식하던 춤추는 분수대가 떠올랐다. 음악에 따라 춤을 추듯 물줄기가 오르락내리락하는 모습. 레이저가 수놓은 밤하늘을 향해 환호하던 사람들이 저마다 휴대전화를 들고 동영상을 찍는 모습이 부러웠다.

언젠가 우리도 그렇게 화려한 곳에 가 볼 수 있지 않을까. 혹시 모르지, 우리가 잭팟을 터뜨릴 수도. 이천년대를 강타한 빠른 댄스곡이 배경음악으로 흘러나왔다. 명백히 나의 시대였으나 어른이 되지 못한 나는 여전히 아버지의 유약한 아들로 살고 있었다. 그러나 이젠 내가 그의 유일한 보호자였다. 아직은 고아가 되고 싶지 않았다.

아버지를 바라보던 나는 또 한 번 다짐했다. 마음을 다해, 진심을 담아, 기운을 실어 혼자만의 주문을 속으로 되뇌었다. 부자 되자! 성공하자! 효도하자! 생각해 보면 상반기에 성공 노트에 쓴 두 가지를 이룬 셈이었다. 비트코인 사는 것과 내 집 마련하는 것. 이렇게 보니 꽤 대단하다는 생각이 들었다. 비록 원하는 결과와는 차이가 많이 났지만, 진짜 뭔가 하면 이루어지긴 하는 건가.

웃통을 벗고 준비운동도 없이 수영장으로 뛰어들었다. 예상보다 물이 차가웠다. 휠체어에 앉듯이 커다란 튜브 가운데 앉아 둥실둥실 떠 있는 아버지에게로 향했다. 물에서 아버지는 언제나 안정감 있고 여유가 넘쳤다. 아버지의 튜브에 나 같은 사람 한 명쯤 더 매달려도 끄떡없을 것 같았다.

"이사해도 패밀리마트는 계속 나갈 거냐?"

"그래야겠죠. 이쪽 동네에도 있을 거예요."

"그래, 사람들한테 친절해라. 이름이 패밀리마트일 땐 다들 기대하는 바가 있을 거다."

아버지는 아직도 내가 일하는 편의점을 패밀리마트라고 불렀다. 몇 년 전에 씨유가 되었다고 말해 주어도 소용없었다. 그래서 나도 아버지와 이야기할 때면 그냥 패밀리마트라고 말하곤 했다. 패밀리마트는 사람이 사는 곳곳 어디에나 있었다. 당장이라도 일자리를 구할 수 있을 터였다. 물 위에 드러누운 채 하늘을 마주하니 온통 내 세상인 듯했다. 그래 씨유, 못 먹어도 내 인생 언젠가 나이스 투 씨유다.

찜찜한 사실이 하나 있었다. 얼마 전 유튜브에서 봤는데 주식 투자로 사십 대 조기 은퇴의 꿈을 이룬 어떤 사람이 말하길, 다짐은 입 밖으로 소리 내야만 이루어진다는 거였다. 누가 듣든 말든 바깥으로 내뱉어야 지킬 힘이 생긴다는 거였다. 어쩌면 그래서 내가 여태 꿈을 이루지 못한 건 아닐까. 물줄기가 뿜어져 나오는 소리와 낡은 스피커 밖으로 흘러나오는 음악 소리에 기대 용기를 내기로 했다. 자신감을 갖고 심호흡을 하고 주먹을 꽉 쥐었다. 그러곤 잠수를 한 채 물속에서 소리쳤다.

"부자 되자!"

"성공하자!"

"효도하자!"

소설가 중섭의 하루

지나치게 감상적인가요? 원고 읽는 것을 멈추고 앞에 앉은 박 회장의 안색을 살폈다. 물소 가죽 소파에 몸을 묻은 채 눈을 감은 박 회장이 오늘따라 너무 조용했다. 원래 말이 많고 아는 척을 잘하는 성격이라, 무엇이든 꼬투리를 잡아야 직성이 풀리는 그였다. 그러니 박 회장의 침묵이 신경 쓰일 수밖에 없었다. 자서전 집필을 시작했을 때부터 그는 아내와의 첫 만남과 연애 시절을 드라마틱하게 써 달라고 여러 번 부탁했다. 평소 같으면 몇 차례 지적하고도 남았을 텐데, 마치 낭독을 감상하는 사람처럼 심오한 표정이었다. 어쨌든 나는 계속해서 원고를 읽어 내려갔다.

남색 잔체크무늬 셔츠가 땀에 젖도록 뛰었지만, 제시간을 맞출 수는 없었다. 십오 분이나 늦게 약속 장소에 도착했다. 다방으로 급히 들어서 숨을 고르는데, 혼자 앉아 있는 여자가 눈에 들어왔다. 안녕하세요. 테이블로 다가가 눈도 제대로 맞추지 못하고 어수룩하게 인사했다. 낯선 남자의 등장에 여자가 고개를 들었다. 안녕하세요, 처음 뵐게요. 느리지도 빠르지도 않은 음성이었다. 집안 어른들 몰래 연애하는 친구의 부탁으로, 그를 대신해 선자리에 나온 여자를 만나는 게 나의 임무였다.

여자는 분홍색 원피스 차림으로 단아하게 앉아 있었다. 긴 생머리에 하얀 피부를 가지고 있었다. 마치 영화 속 주인공처럼 내 눈에는 그녀밖에 보이지 않았다. 쿵쾅대는 가슴이 뜀박질 때문인지, 그녀 때문인지 알 수 없었다. 커피 시킬까요? 미소를 보이며 메뉴판을 건네는 여자의 손가락이 하얗고 길었다. 그제야 다방 안에 흐르던 존 레논의 노래 〈오 마이 러브〉가 귓가에 들려왔다. 존 레논이 오노 요코를 처음 보았을 때의 느낌이 이랬을까. 아니, 중섭이 남덕에게 사랑을 느꼈을 때 가슴이 이리 뛰었을까.

거기까지 읽었을 때 한참 만에 눈을 뜬 박 회장이 입을 열었다. 정말 마음에 들어. 신기하지? 어떻게 그 상황을 본 것처럼 똑같이 쓸 수 있지? 안 작가, 내가 말한 적이 있나? 아, 네. 워낙에 말씀을 자세히 해 주셔서 그런지 그림이 그려지던데요. 나는 맞장구쳤다. 물론 박 회장은 아내와의 첫 만남에 관해 말한 적이 없었다. 한 번도 본 적 없는 사모님이 처녀 시절 날씬했는지 뚱뚱했는지 알 수 없었다. 당연히 실제 존 레논의 노래가 나왔을 리 없었을 텐데도 박 회장은 내가 쓴 원고를 자신의 진짜 이야기라 믿었다. 나로서는 그게 더 신기했지만 모름지기 자서전 대필 작가의 상상력은 현실을 더 사실적으로 포장하는 데 쓰여야 했다.

어떻게 내 마음을 이렇게 읽은 듯이 쓰는지. 하긴 우리가 보통 인연은 아니지? 다리를 떠는 습관 탓에 박 회장 발끝에 매달린 실내용 슬리퍼가 허공에서 달각거렸다. 박 회장이 주변의 국문과 교수들을 제치고 나를 자서전 대필 작가로 선택한 것은 내게 문학적 순수성이 남아 있다고 여긴 까닭이었다. 물론 자신이 소유한 대치동 건물에서 논술학원을 운영하는 태섭의 강력한 추천도 있었겠지만. 잘나가는 학원 원장인 태섭은 나를 가난한 소설가쯤으로 소개했을 터였다. 하지만 그보다도 화기 이중섭을 흠모하는 박 회장은 내 이름이 안중섭이라는 데 운명적인 힘을 느꼈다고 했다.

그런데 말이지, 잔체크무늬 셔츠에서 '잔'은 빼고 가지. 뭔가 남자가 너무 자잘해 보이지 않나? 박 회장이 내 쪽으로 몸을 수그리며 말했다. 그런 식으로 자세를 고쳐 앉는 것은 박 회장이 상대에게 동의를 구할 때 하는 일종의 제스처였다. 네, 그렇게 수정하겠습니다. 나는 박 회장이 보도록 원고를 테이블 위에 내려놓고 글자를 뺄 때 쓰는 교정부호로 '잔'이라는 글자에 표시했다. 오늘은 이만하지. 박 회장이 자리에서 일어섰다.

나는 박 회장을 기다리며 문가에 서서 옷매무시를 가다듬었다. 바닥에는 에어캡으로 대충 싸 놓은 조형물이 있었다. 미술품 수집가인 박 회장은 제자리를 찾지 못한 작품을 이곳에 쌓아 두었다. 그러고 보니 내가 앉은 쪽 소파 뒤에 걸린 그림도 바뀌었다. 회장님, 그림 바꿔 거셨네요. 저 작품이 오치균의 〈감〉이죠? 가을이지 않은가. 이제 안 작가도 그림 보는 사람 다 됐어. 아는 체가 반가웠는지 박 회장이 흡족한 표정으로 나를 바라보며 말했다.

사실이었다. 자서전 원고를 쓰면서 문외한이었던 내가 그림을 보면 작가를 단번에 떠올리는 수준이 되었다. 그만큼이나 이번 대필은 콘셉트가 분명했다. 박 회장이 가진 미술품 중에서 대표적인 작가와 작품을 선별해 꼭지를 구성하고, 거기에 인생의 중요한 내용을 연결했다. 개인의 에피소드와 미술품에 얽힌 이야기를 적절한 분량으로 섞고, 슬며시 교훈적인 메시지로 결론을 맺는 식이었다.

박 회장은 오랫동안 열망하던 소장품 전시를 앞두

고 있었다. 자서전을 통해 영업 사원으로 한 달 치 월급을 몽땅 털어 작품을 사던 때에서부터 우리나라 근대 작가의 대표 작품을 두루 소장하기까지 그의 열정과 노력, 미술품 수집가로서의 위상을 동시에 세워 줘야 했다. 또한 실용 에세이답게 미술품 수집가가 알아야 할 지침까지 팁으로 구성했다. 이것저것 신경 쓸 게 많았지만, 책 한 권을 대필하는 원고료치고는 꽤 만족스러운 금액이라 불만은 없었다. 아니, 한동안 일거리가 없었던 걸 생각하면 고맙기까지 했다. 전시 개막까지 출간 일정은 꼭 맞춰야 하네. 잘 알고 있지? 사무실 문을 잠그며 박 회장이 또다시 나를 채근했다. 물론입니다. 어떻게든 마무리할 테니 걱정하지 마십시오.

엘리베이터 문이 열렸다. 나는 먼저 올라타 열림 버튼을 눌렀다. 이어 일 층과 주차장이 있는 지하층 버튼을 차례로 눌렀다. 우린 언제 또 보나? 목요일 어떤가? 거울에 자기 모습을 비춰 보던 박 회장이 말했다. 죄송합니다. 그날은 어머니 모시고 병원에 가야 해서요. 나는 거울 속 박 회장과 시선을 맞추며 겸연쩍게 웃었다. 아, 그렇지. 매주 목요일마다 병원에 모시고 간다고 했지. 암튼 안 작가가 효잘세. 그 나이가 얼마나 할 일이 많을 땐데. 칭찬인지 모를 말을 뒤로 흘리며 일 층 로비에 내려섰다. 들어가십시오. 고개를 숙여 인사하는 동안, 엘리베이터 문이 닫히며 손을 흔들어 보이는 박 회장이 시야에서 사라졌다.

오피스텔 건물에서 나와 여의도공원 쪽으로 방향을 틀었다. 정오가 되었는데도 바람이 제법 차가웠다. 가방을 가랑이 사이에 끼고 두 손으로 점퍼의 지퍼를 채웠다. 건널목을 지나 대로에 접어드니 눈앞에 가을 풍경이 펼쳐졌다. 마치 중앙선을 기점으로 물감을 뿌린 종이를 반으로 접었다 펼친 데칼코마니 같았다. 일정하게 심어진 가로수에는 앙상한 가지마다 노란빛 이파리가 매달려 있었다. 발걸음을 옮길 때마다 나뭇잎 밟히는 소리가 몸으로 전해졌다. 어떠한 형용이나 수식으로도 묘사가 충분치 않은 퍽 쓸쓸한 기분이 되었다.

정류장에는 몇몇 사람들이 버스를 기다리고 있었다. 길 건너 버스 정류장 역시 마찬가지였다. 건물 공사 가림막이 병풍처럼 이어져서인지 무채색을 배경으로 한 그들은 행복해 보이지 않았다. 그러나 그들은 목적지를 분명히 가지고 있었다. 두어 대 버스가 지나갔다. 나는 갈 곳을 잃은 사람처럼 멍하니 그 자리에 서 있었다. 집으로 가야 하나. 박 회장과의 미팅이 너무 이른 시간에 끝나 버린 탓이었다. 하루를 보내는 일이 왠지 아득했다.

출퇴근하는 직업을 한 번도 가져 본 적 없는 프리랜서 인생이라 새삼스러울 것도 없었다. 그런데도 요즘 들어 부쩍 바람 빠진 풍선처럼 기운이 없는 건, 중년에 지나는 가을이라는 계절 탓일지 몰랐다. 아니다. 조금 더 솔직해지자. 늘 대필을 할 때마다 반복되는 고질병 탓이었다. 자서전 대필 작가로 작업하는 동안 그 누구보다도 불행한 사람이 되고자 자처하곤 했다. 아무튼 나는 주변 사람들이 모두 저마다의 버스에 오르는 것을 보며 혼자 남겨질 것에 관한 외로움과 애달픔을 떠올렸다.

움직이는 버스 꽁무니를 두드려 세워 무작정 안으로 뛰어올랐다. 버스에서도 나는 제자리를 찾지 못했다. 하나 남은 좌석을 내 뒤에 오른 젊은 여자에게 빼앗겼다. 여자 옆에 서서 버스 노선도를 살폈다. 360번. 여의도에서 흑석동을 거쳐 반포 강남 역삼을 지나 송파까지 가는 노선이었다. 차창 밖을 살피며 이 버스를 타고 어디까지 가야 할지 생각했다. 신호 정차한 사거리에는 '서민 대출 행복 프로젝트'라는 글귀의 플래카드가 바람에 나부끼고 있었다.

대출과 행복이라니, 이보다 더한 아이러니가 있을까 하는 생각이 들었다. 그렇다면 대체 나의 행복은 어디에 있을까. 자꾸만 행복이라는 개연성 없는 단어가 튀어나와 머릿속을 어지럽혔다. 시선을 좌석에 앉은 여자에게 돌렸다. 이상하게 옆얼굴이 낯익었다. 어디선가 본 적이 있는 것만 같았다. 어쩌면 은행 창구에서, 병원 수납대에서 혹은 음식점 계산대에서 마주쳤을지 몰랐다. 그게 아니라면 어디서 봤더라. 곰곰이 생각해 봐도 추리의 실마리는 머릿속에서만 맴돌다 자취를 감췄다.

빤히 내려다보는 시선을 느꼈는지 여자가 고개를 들어 나를 힐긋 보고는 다시 정면을 향했다. 어느 여배우처럼 코끝에 점이 선명하게 있었다. 나는 그만 실소하고 말았다. 아, 어떻게 이런 우연이 있을까. 여자는 생애 첫 맞선 상대였다. 여자도 나를 알아봤을지 몰랐다. 버스 안에는 승객이 많지 않았고, 몇 번의 정차 뒤 자리가 군데군데 비었음에도 나는 생각에 잠겨 여자 곁에 머물렀다. 그러나 여자가 나를 알아볼 수 있을까. 그것은 나로서도 의문이었다. 작년 여름, 일산 막내 이모 소개로 우리는 단 한 번 만났을 뿐이었다.

증권사에 다니던 여자를 배려해 여의도의 한 호텔 커피숍을 약속 장소로 정했다. 그날 이후로 지난 일 년간 길에서조차 마주친 적 없는 나를, 여자는 쉽게 알아보지 못할 게 분명했다. 그러나 그날 소설을 왜 읽는지 모르겠다고 말하는 여자에게 내가 보인 대담한 혹은 뻔뻔스러운 태도와 화술이 적잖이 인상적이었을 텐데. 직업이 뭐냐는 질문에 소설가라 답한 나를, 헤어질 때까지 자본주의와 시장경제를 혐오하는 말을 늘어놓던 나를, 여자는 때때로 떠올린 적이 있지 않았을까. 나는 여자가 나를 기억하고 있다고 믿고 싶어졌다.

만약 우리가 만남을 이어 갔다면 어떻게 되었을까. 결혼 적령기를 놓친 남녀답게 어쩌면 만난 지 삼 개월 만에 식을 올리고 임신부터 했을지 몰랐다. 그랬다면 목요일마다 어머니를 병원에 모시고 가는 일을 여자가 맡아 하고 있을지도. 나는 짧은 순간 어버이에게서 남편에게로, 그리고 또 자식에게로 사랑이 옮겨 가는 여자의 일생을 떠올렸다.

버스가 가고 서고를 반복하는 사이 새로운 사람들이 차에 올랐다. 짐이 많은 어떤 남자가 미처 자리를 잡지 못하고 내 곁에 다가와 섰다. 나는 그를 피해 버스 안쪽으로 자리를 옮겼다. 그러면서도 나는 여자의 뒷모습에서 눈길을 거두지 못했다. 이윽고 여자가 자리에서 일어나 출입구로 갔다. 정류장에 정차하자 여자는 버스에서 내렸다. 나의 마음은 또 한 번 크게 동요했다.

여자를 따라 내리고 싶은 충동이 일었다. 하지만 내려서 어쩔 것인가. 여자에게 말을 건넬 수도 없고 무작정 따라나서기에는 날이 궂어지고 있었다. 우산이 없다는 사실에 몸을 사리는 동안, 정차한 버스가 출발했다. 여자가 차창에서 멀어졌다. 마침내 여자가 완전히 시야에서 떠났을 때 아차, 하는 마음이 되었다. 제발 누구라도 좋으니 여자 한 명만 데려와 같이 살아라. 결혼을 채근하는 어머니 목소리가 들려오는 것 같았다.

여름내, 매주 목요일마다 나와 어머니는 아침상을 물리고는 바로 병원 갈 채비를 했다. 지난주도 마찬가지였다. 무릎까지 오는 면 반바지에 검은색 폴로 티셔츠, 스포츠 샌들을 신고 책 한 권을 넣은 크로스백을 둘러메는 것으로 나는 외출 준비를 마쳤다. 무릎 관절염이 심한 어머니는 의사에게 다리를 내보이기 쉽게 치마를 입었고, 색색의 스팽글이 달린 작은 가방을 손에 쥐었다.

나는 어머니가 보청기를 낀 쪽으로 섰다. 왼쪽 귀에만 보청기를 끼는 어머니는 나날이 줄어드는 체구 대신, 목소리가 점점 더 커졌다. 자기 소리를 스스로도 잘 듣지 못해 그런 것 같았다. 우리는 서로의 팔이 스칠 듯한 거리를 사이에 두고 떨어져 걸었다. 병원은 걷기엔 애매하게 멀었고 한 번에 가는 버스도 없었다. 몇 번이나 택시를 타자고 말을 건넸지만 돌아오는 건 정신 차리고 돈 아껴 장가나 가라는 면박뿐이었다. 누가 나 편하자고 택시 타자고 했나, 나는 속으로 구시렁댔다.

어머니는 몇 걸음 가다 멈춰서 무릎을 한동안 주무르고 다시 걷기를 반복했다. 돈을 아끼려는 마음을 모르는 바 아니었지만, 다리 아파서 병원에 가면서 왜 다리 아프게 걸어가는지 궁상을 이해하기 어려웠다. 하긴 어머니와 나 사이에 무슨 말인들 통할까. 우리는 심드렁한 공생 관계일 뿐이었다. 아무 생각 없이 발끝에 치이는 돌이나 이리저리 굴리며 무심히 보폭을 맞추는 게 상책이었다. 오가며 만나는 이웃들은 어머니 속을 아는지 모르는지 효자 아들 둬서 좋겠다고 인사를 건넸다.

남들 눈에는 두 아들 모두 명문대를 졸업해 하나는 외국에서 일하고 다른 하나는 부모를 모시니 이만하면 자식 농사 잘 지은 거라고 평할 만했다. 다만 내가 노모의 든든한 보호자가 아닌, 얹혀사는 근심거리라는 걸 그들은 알지 못했다. 어머니는 손사래를 치면서도 그들의 말을 극구 부인하지 않았다. 아무튼 어머니를 모시고 병원에 가는 일은 내 불규칙한 생활의 단 하나 규칙적인 행동이었으며 내게 주어진 사회적 역할 중 유일하게 해낼 수 있는 아들의 임무인 것만은 틀림없었다.

'비싸지 않은 뼈 주사'라는 광고지를 출입문에 붙여 놓은 오래된 정형외과는 어머니 같은 노인들로 가득했다. 젊은 의사가 인수해 친절하게 진료한다고 입소문이 났다고 했다. 노인들은 저마다 침대를 차지하고 누워 물리치료를 받았다. 보풀이 생긴 하늘색 담요를 덮고 누워 찜질을 하거나, 통증 부위에 원적외선을 쬐었다. 여기저기서 반말로 간호사를 찾는 소리가 들렸고, 잠든 할아버지를 흔들어 깨우거나 잊지 말고 처방전을 가져가라고 당부하는 소리도 들렸다.

어머니는 매주 규칙적으로 병원을 찾았지만 통증은 조금도 나아지지 않았다. 내 또래쯤 되어 보이는 의사는 삼 분도 걸리지 않는 진료를 마치며 다음 주에 또 오세요, 아셨죠? 하고 싹싹하게 말했다. 네, 선생님. 어머니는 공손하게 인사를 하며 걷어 올린 치마를 내렸다. 진료실에서 나온 어머니는 다른 노인들처럼 침대에 누워 물리치료를 받았다. 아마도 우리는 그 의사의 말대로 다음 주에도 병원을 찾을 것이었다.

나는 치료가 끝날 때까지 대기석에 앉아 책을 읽었다. 이상히게도 이 시간 동안 가장 집중하며 책을 읽을 수 있었다. 오가는 사람도 많았고 시끄러운 수다도 끊이지 않았으며, 벽걸이 TV에서는 드라마가 재방송되었지만 무엇에도 방해받지 않았다. 조용한 방 안, 전등불빛만 가득한 책상에 앉아도 오만 가지 생각이 떠오르곤 했었다. 이미 독서와 창작에서 오는 기쁨은 사라진 지 오래였다. 그러나 믹스커피가 담긴 종이컵을 손에 쥐고 소파 한구석에 앉아 책을 읽는 이 시간은 달랐다. 마치 학창 시절 시간을 쪼개서 책을 읽던 때로 돌아간 것만 같았다.

지금 읽는 책은 대필에 필요한 이중섭 평전이었다. 박 회장은 이중섭의 위작 시비를 다시 이슈화하고 싶어 했다. 2005년, 이중섭의 아들이 아버지 타계 오십 주년 행사비 마련을 위해 가지고 있던 그림 몇 점을 서울옥션에 내놓았다. 일곱 살에 아버지를 떠나보낸 아들이 환갑 나이가 되어 작품을 공개했으니 세간의 관심이 쏠리는 건 당연했다. 하지만 며칠 뒤 거래된 그림이 가짜라는 뉴스가 보도되었다. 다행히 구매자는 변상받았지만, 그때 일로 옥션 대표가 일선에서 물러났다. 또한, 위작 시비에 휘말린 이중섭은 한동안 작품 거래가 끊겼다. 박 회장을 소개하며, 더 정확히는 경매에 응한 박 회장이 얼마나 돈이 많은 사람인가를 알려 주며 태섭이 내게 해 준 이야기였다. 태섭은 자기를 봐서라도 박 회장의 이번 대필을 잘해 주라고 신신당부했다.

태섭과 나는 대학 동아리에서 함께 문학 운동을 펼쳤다. 우리는 재학생 신분으로 같은 해 같은 신문사 신춘문예 시와 소설 부문에 동반 등단을 했다. 그날의 영광은 우리에게 섭섭브라더스라는 별명을 안겨 주었다. 우리의 대학 생활을 지배한 것은 문학 순정주의뿐이었다. 하지만 세월이 흘러 가난한 소설가와 가난한 시인은 단 한 권의 저서도 갖지 못한 채 대필 작가와 논술 강사가 되었다.

헤드셋 마이크를 착용하고 교실 안을 이리저리 휘젓는 태섭은 흡사 무대에 선 연예인 같았다. 그의 이름과 사진이 실린 광고판을 단 버스가 대치동 일대를 온종일 누비고 다녔다. 실제로는 학원 원장이었지만 명함에는 아직도 논술 강사라고 새겨져 있었다. 돈을 꾸러 찾아오는 선후배나 동기가 많아서라고 했다. 그러나 태섭은 나에게만은 인심이 후한 편이었다. 어쩌면 한 번도 내가 경제적으로 아쉬운 소리를 한 적이 없어서일지도 몰랐다. 다행히 내게는 밥은 먹여 주고 잠도 재워 주는 어머니가 계셨으므로.

김순례 님! 어머니 이름을 부르는 간호사 목소리에 깜짝 놀라 고개를 쳐들었다. 매번 김순례 님을 호명하는 소리가 낯설었고, 그 괜한 낯섦이 민망해 또다시 무색해지고 말았다. 나는 읽던 책의 페이지를 반으로 접어 표시하고 자리에서 일어섰다. 수납 데스크 앞에 선 어머니가 가방에서 지갑을 꺼내고 있었다.

병원 진료를 마치고 시장에 들러 어머니는 딱 일주일 찬거리 장을 봤다. 나는 멀뚱히 서 있다 어머니가 계산한 봉지 꾸러미를 받아 들었다. 두부 콩나물 마른반찬 생선 자반 찌개용 목살 정도가 주된 품목이었다. 어머니는 고구마줄기를 만지작대다가 역시 사지 못했다. 고구마줄기볶음과 연근조림은 형이 제일 좋아하는 반찬이었다. 우리가 형을 못 본 지는 거의 십 년이 다되어 가고 있었다.

형은 다니던 대기업을 그만두고 나와 회사를 차렸고, 그 회사가 부도나자 형수의 친정 식구들이 살고 있는 미국으로 이민했다. 형을 향한 어머니의 무조건적인 사랑은 너무나 쉽게 배신당했다. 형은 자신이 가진 부채감을 없애려 매달 일정 금액의 돈을 보내왔다. 하지만 어머니는 그 돈을 쓰지 않았다. 형이 타지에서 어렵게 번 돈을 허투루 쓸 수 없다는 게 이유였다. 어머니, 형은 외화를 벌러 사우디아라비아에 간 게 아니에요. 잔디가 깔린 뒷마당에는 수영장까지 있다고요. 나는 목구멍까지 차오르는 말을 매번 꾹꾹 눌러 담았다. 무엇보다 그것이 나의 자격지심을 드러내는 수치스러운 발언이 될까 봐 두려웠다.

언젠가 형수가 보내온 사진에는 길에서 마주쳐도 알아보지 못할 만큼 커 버린 조카들이 외가 식구와 어울려 바비큐 파티를 하고 있었다. 그럴 뒤에 선 형은 집게를 든 채 목장갑을 낀 다른 손으로 이마에 흐르는 땀을 훔치고 있었다. 평소 무표정한 형은 카메라를 보라는 갑작스러운 호명 때문이었을까, 긴장과 놀람이 뒤섞인 표정을 하고 있었다. 어머니는 그 사진을 식탁 유리 밑에 껴 두었다. 나는 젓가락으로 반찬을 집으며 이따금 형을 내려다보곤 했다. 사진 속 주변의 화기애애한 분위기와는 달리 어색하게 경직된 형을 한참이나 바라보며 나는 중얼거렸다. 행복한 거지?

날이 어둑해지고 있었나. 나름 징자힐 신긍역에 내려야겠다는 생각이 들었다. 비를 피할 겸 근처 카페에 들어가 작업할 생각이었다. 내 작품을 쓰려면 대필 원고를 하루라도 빨리 마무리해야 했다. 참 이상한 일이었다. 왠지 대필 원고를 쓰기 시작하면 꼭 소설이 쓰고 싶어졌다. 정말 쓰고 싶은 건지, 써야만 한다고 여기는 건지는 불분명했지만 평소 아무 생각도 나지 않던 머리에 소설적 영감이 시도 때도 없이 피어올랐다.

물론 그럴 때마다 일단 끝내야 하는 대필 원고에 영감을 양보할 수밖에 없었다. 그러다 막상 원고 작업이 끝나면 창작 욕구는 바싹 말라 버렸다. 평소 애지중지 여기던 작업용 노트북은 다음 대필 작업 때까지 뽀얗게 먼지를 뒤집어쓴 채 침대 밑에 처박히곤 했다. 끝을 맺지 못한 소설로 가득한 노트북이 오늘따라 유난히 무겁게 느껴졌다. 나는 노트북 가방을 어깨에 메고 버스에서 내렸다.

정오를 넘긴 평일의 커피숍은 느슨한 분위기였다. 나는 아메리카노를 시켜 자리 세팅을 했다. 노트북 전원을 켜고 작업하던 원고 창을 화면에 띄웠다. 그리고 아무 소리도 나지 않는 이어폰을 귀에 꽂았다. 노트북의 볼륨은 음소거에 맞춰져 있었다. 늘 그렇듯 본격적으로 작업을 시작하기 전, 이어폰을 끼고 사람들이 나누는 이야기를 귀담아들었다. 내가 늘 태섭에게 입버릇처럼 말하듯, 작가에게 있어서 관찰은 무엇에든지 필요했고 창작의 준비는 어디에서든 이루어져야 하는 법이었다.

누구도 옆 테이블에 앉은 모르는 사람을 신경 쓰지 않았다. 더욱이 그 사람이 이어폰을 끼고 노트북을 앞에 두고 있다면 자연스럽게 자신을 둘러싼 모든 상황에 방심했다. 은밀하게 오가야 하는 이야기에도 목소리를 낮추는 수고 따위는 하지 않았다. 나는 옆 테이블에 앉은, 클럽에서 만난 남자와 하룻밤을 보낸 어느 여자와 눈이 마주쳤다. 그녀는 다시 친구에게 시선을 돌리고 그날의 일을 속속들이 이야기했다. 어느 부분인가는 너무 작게 말해 반짝이는 입술만 뻐끔대는 것 같았다.

며칠 전, 셔터를 내린 태섭의 단골 바에서 만난 아가씨도 얼굴이 저렇게 반짝거렸다. 눈도 반짝 코도 반짝, 입술과 손톱까지 온몸이 반짝이는 여자였다. 야, 이 아가씨 국문과 출신이야. 30년대 이상과 모던 뽀이들을 다 일디다니까. 태섭이 아가씨를 나에게 소개하며 말했다. 태섭의 옆자리에 앉은 아가씨가 화장기 가득한 얼굴 옆으로 브이를 하며 싱긋거렸다.

이 아저씨는 소설가야. 아직 유명하진 않은데, 진짜 위대한 작품을 써서 곧 유명해질 거래. 그지, 중섭아? 태섭이 내 소개를 하자 아가씨가 웃으며 손뼉을 쳤다. 기분이 좋지는 않았지만 그렇다고 나쁜 것도 아니었다. 태섭이 자리에서 일어나 비척거리며 화장실로 향하자, 아가씨가 태섭을 따라나섰다. 나는 연거푸 양주 석 잔을 들이켰다. 오랜만에 마시는 독주에 가슴이 뜨거워졌다. 태섭은 한참이 지나도 돌아오지 않았다.

얼마나 지났을까. 테이블에 코를 박고 잠든 나를 태섭이 흔들어 깨웠다. 정신은 돌아오는 것 같은데 몸을 움직일 수 없었다. 근데 이 아저씨 정말 숫총각이야? 아가씨가 나를 농담 소재로 삼고 키득거렸다. 많은 말이 오간 뒤에야 나올 법한 농도 짙은 질문이었다. 중간 기억이 생략된 탓일까, 농담은 전혀 농담으로 들리지 않았다. 아, 몰라. 깨면 물어봐, 아니면 직접 확인을 하든가. 야, 일어나, 일어나라고. 태섭이 또다시 내 몸을 세차게 흔들었다.

상반신을 일으켜 자세를 고쳐 앉았다. 술에 취해 불콰해진 내 얼굴이 얕은 경련으로 씰룩였다. 태섭의 부축을 받아 지하에서 지상으로 올라갔다. 계단을 한 걸음 오를 때마다 반짝이는 네온사인 불빛이 손에 닿을 것처럼 가까워졌다. 건물 밖으로 먼저 나간 아가씨가 택시를 잡으려 손을 뻗었다.

택시가 멈춰 서자 태섭이 나를 뒷좌석에 밀어 넣었다. 그러곤 기사에게 이만 원을 건네며 장위동이요, 하고 외쳤다. 창문을 열자 태섭이 내게 손 흔들며 말했다. 내일 학원으로 해장하러 와, 어차피 할 일 없잖아. 내일, 내일부터 나 집에 있을 거야. 작품 쓸 거다. 창밖에 선 태섭을 향해 외쳤지만 택시가 이미 출발한 뒤였다. 뒤 돌아보니 태섭은 팔에 매달린 아가씨와 함께 다시 지하로 내려가고 있었다.

나는 이날의 나를 떠올리며 태섭에게 전화를 걸었다. 수업 시간인지 전화를 받지 않았다. 대신 커피숍으로 오라고 문자를 남겼다. 이내 태섭에게 문자가 왔다. 곧 끝나. 근데 오래 못 있어. 평소 같으면 어디서 바쁜 척이냐고 답문이라도 보냈을 터였다. 하지만 나는 휴대전화를 내려놓고 담담히 원고를 써 내려갔다. 소설가 안준섭이 아닌 대필가 안준섭이 되어. 아니, 대필 인생 박 회장이 되어.

1992년, 텔레비전에서 이중섭 그림 가운데 〈지쳐 아스팔트에 엎드려 있는 소〉 그림이 아홉 시 뉴스에 나왔다. 장판지 위에 그린 그림인데, 이 그림의 진위가 사회적으로 큰 이슈였다. 담당 앵커가 진짜라고 주장하는 쪽과 가짜라고 주장하는 쪽의 이야기를 정리해 소개했다. 미술품 감정위원이나 전문가들은 그 그림이 가짜라고 했고, 이중섭의 오랜 지인인 구상 선생은 위작이 아니라고 말했다.

당시 이중섭의 삶은 무장 해제된 상태였다. 일어설 수조차 없었던 자신의 삶을 힘들고 지친 소 그림으로 표현했을 거였다. 선생은 그 소가 바로 이중섭 자신이 아니겠느냐는 말도 덧붙였다. 중섭에게 그림은 그의 생존과 생활과 생애 전부였다고. 그만큼 그림과 인간이, 예술과 진실이 일치한 예술가를 보지 못했다고, 구상 선생은 회상했다.

커서가 깜빡이며 움직임을 멈췄다. 과연 무엇이 진짜이고 무엇이 가짜일까. 나는 더 이상의 단어를 만들지 못했다. 무엇이 진짜이고 가짜인지 그 진위는 작가만이 알 수 있을 것이었다. 이중섭은 천재적인 화가였으나 그 호칭 앞에 언제나 '비운'이라는 수식어가 따라붙었다. 부유했던 성장기와 달리 인생의 후반으로 갈수록 가난과 외로움이 그를 괴롭혔다. 결국 가족과 떨어져 정신병원에서 홀로 죽어 갔다. 박 회장은 그날 이후로 지금까지 그 그림을 만날 길이 없다고 했다. 잘 모르겠지만 나는 무작정 그 소가 진짜였으면 좋겠다는 생각이 들었다.

태섭이 내 어깨를 툭, 치며 자리에 앉았다. 기척 없는 등장에 놀란 내가 몸을 크게 움찔한 탓에 은색 철제 테이블이 흔들렸다. 할 말이 뭔데? 태섭은 자리에 앉자마자 내가 반쯤 마시다 만 아이스아메리카노를 단숨에 들이켰다. 얼음이 적당히 녹으면 딱 알맞은 농도의 커피가 될 거라 생각하며 마시는 속도를 조절했었다. 나는 태섭이 내려놓은 빈 잔을 바라보며 마음속에서 분노 비슷한 감정이 치미는 걸 느꼈다. 하지만 분노는 태섭을 향한 것이 아니었다.

태섭은 의자에 기대앉아 거리를 지나는 여자들에게 시선을 돌렸다. 무슨 일이냐니까. 나 바로 들어가 봐야 해. 말은 그렇게 하면서도 태섭의 고개는 제자리를 찾지 못하고 거리 곳곳을 기웃대고 있었다. 광택이 살아 있는 은색 양복에 잘 다린 검은색 와이셔츠를 입고 있었다. 팔을 움직일 때마다 손목에서 언뜻언뜻 보이는 저 시계가 내 자서전 대필 원고료 정도를 호가한다는 말을 들은 적이 있었다. 언제였지, 그 반짝이는 아가씨를 만난 날이었나?

나로서는 어떻게 팔목에 매달린 시계 하나가 대필 원고료와 비슷할 수 있는지 이해하기 어려웠다. 태엽

이 어쩌고 다이아몬드 공법이 어쩌고. 태섭은 고가의
명품 가치를 전혀 이해하지 못하는 나를 앉혀 두고 자
못 심각하게 자신이 알고 있는 시계에 관한 지식을 늘
어놓았다. 시계에 관한 거잖아, 세계가 아니라고. 그렇
게 심각할 거 없잖아? 명품 시계를 살 돈도 없는 나에게
굳이 그 시계의 가치를 설득하려고 진지하게 구는 태
섭이 우스워 나는 그의 말을 가로막았다.

　순간 태섭의 얼굴이 심하게 일그러졌다. 뭐든 벌컥
들이켜야 직성이 풀리는 그답게 태섭은 술잔에 든 술
을 단숨에 들이켜며 입을 열었다. 잘났다, 너. 그래서 그
런 너는 뭐냐? 또 시작이었다. 밑도 끝도 없이 시작되는
그놈의 정체성 타령. 스스로 공격받는다는 생각이 들
때 혹은 논리적인 설득이 이루어지지 않을 때, 태섭은
나를 향해 늘 너는 뭐냐? 하고 응수했다. 너, 궁상맞게
왜 그래? 나는 적어도 내가 시인이라는 생각은 버렸어.
나는 논술 강사야. 잘나가는 대치동 논술 강사. 지금까
지 시 썼으면 이 시계 죽어도 못 사. 그리고 지금이 시가
어울리는 시대이기나 해? 시가, 소설이 가당키나 하느
냐고? 태섭의 언성이 높아질 대로 높아졌다.

　얼굴이 뜨겁게 달아오르는 걸 느꼈다. 다른 누구도

아닌 태섭이 건네는 질문이기에 내 가슴은 심히 아렸다. 자서전 대필하는 것을 나쁘다고 생각한 적은 없었다. 다만 문제는 내가 나를 대필 작가로 여기지 않는다는 데 있었다. 단 한 권의 소설집도 묶어내지 못한 나는, 나는 대체 뭘까. 예전처럼 단번에 소설가지 곧 죽어도 소설가, 하는 말은 입 밖으로 나오지 않았다. 청춘의 객기가 저문 탓이었지만 일말의 양심이 나를 그리하도록 내버려 두지 않았다. 그리고 태섭도 늘 그런 식으로 내게 아킬레스건을 들키고 말았다. 나는 앞에 앉은 태섭에게서 시선을 돌리고 노트북 화면을 보며 다시 자판을 두드렸다.

이중섭의 〈자화상〉을 보고 있으면 애절한 감정이 밀려왔다. 그의 얼굴은 음울했고 정면을 향하는 눈빛은 텅 빈 듯 공허했다. 무언가를 말하고 싶으나 하지 못하는, 모든 걸 포기한 자의 마지막 절망이 담겼다. 원래 이중섭은 자화상을 그리지 않았다. 그런데 정신병원에 있을 때, 스스로 미치지 않았다는 것을 증명하려 즉석에서 자화상을 그렸다는 이야기가 전해진다. 사람들 앞에서 면도할 때 사용하는 거울을 놓고 그 속에 비친 자기 모습을 최대한 사실적으로 그리며, 그는 무슨 생각을 했을까?

　그림으로 인정받고 돈도 많이 벌어, 흩어졌던 가족과 다시 모여 살겠다는 그의 희망은 끝내 이루어지지 않았다. 결국 그는 1956년 9월 6일 마흔 살 젊은 나이로 세상을 뜨고 말았다. 하지만 이중섭은 진짜 작가였다. 오늘날 이중섭이 빛나는 이유는 그의 예술 세계가 아름답기도 하지만, 진정한 예술가는 조건이나 환경에 따라 만들어지는 것이 아님을 보여 준 까닭이다.

　자판 위에서 바삐 움직이던 손가락이 멈췄다. 화면을 보고 있는 나를 향해 태섭이 무슨 일이냐니까? 다시 물었다. 어느새 말투에 짜증이 묻어났다. 나는 아무 말 없이 고개를 들어 태섭을 바라보았다. 곧이어 노트북을 챙겨 가방에 넣었다. 같이 일어나자. 의아한 표정을 한 태섭이 나를 따랐다. 나는 한 발짝 앞서 길 끝까지 걸어 나왔다. 그리고 건널목을 목전에 두고 태섭을 향해 돌아섰다.

　나 이제 진짜 집에서 작업만 할 거다. 고독하겠지만 참아 보려고. 목울대가 시큰했다. 떨리는 내 목소리는 그 어느 때보다 진지했다. 아니, 간절하다는 표현이 더 어울릴 법했다. 뭐야. 태섭은 허무하다는 듯 나를 쳐다보며 미간을 찡그렸다. 나는 무언가 더 말을 보태고 싶어 입을 열었지만, 소리가 되지 못한 말은 날숨이 되어 습기 찬 세상 속으로 사라졌다.

우리는 잠시 아무 말 못 하고 주저했다. 눈을 마주한 채 얼어붙은 듯 고요해졌다. 그것은 서로를 향한 애매한 거리의 망설임이었다. 둘의 인생은 달랐지만 둘의 청춘이 똑같이 저물고 있었다. 나는 태섭을 향해 흐리게 웃어 보였다. 그래, 좋은 소설 써라. 태섭이 내 어깨를 한 번 툭 치곤 먼저 반대 방향으로 몸을 돌렸다. 그리고 곧 사람들 사이로 섞여 시야에서 사라졌다. 후드득. 가는 비가 내렸다. 빗방울에 어깨가 축축해졌다. 나는 뒤를 돌아 건널목을 건넜다. 세상이 함부로 젖어들기 시작했다.

현관까지 쫓아 나와 접이 우산이라도 가방에 넣어 가라던 김순례 님의 잔소리가 떠올랐다. 그랬다. 어쩐 일인지 나는 지금 나 자신의 행복보다도 어머니의 행복을 먼저 생각하고 싶은 건지 몰랐다. 그 생각에 이렇게 걸음을 바삐 걷는지도 모를 일이었다. 나는 이제 어머니가 결혼 이야기를 꺼내더라도, 더 이상 고매한 위선으로 어머니의 욕망을 쉽게 물리치지 못할 것 같았다. 대필 원고료가 입금되면 치마라도 한 벌 사 드려야겠다. 당장은 그것뿐이다. 그러고는 한동안 집에만 틀어박혀 소설에 몰두할 생각이었다. 나는 좀 더 빠른 걸음걸이로 버스 정류장으로 향했다. 비가 더 거세게 내렸으면 하는 마음이었다.

버스 정류장에 우산을 받치고 선 사람들이 끊임없는 인파를 이루었다. 그들은 어디로 가는 길인가. 그들의 얼굴에, 그들의 걸음걸이에 역시 피로가 묻어 있었다. 그들은 결코 위안받지 못한 고달픔과 애달픔을 그대로 지닌 채 그들이 잠시 잊었던 혹은 잊으려 노력했던 그들의 집으로, 그들의 방으로 돌아가지 않으면 안 되었다. 나는 어머니의 조그만, 외로운, 슬픈 얼굴을 생각하며 장위동으로 향하는 버스에 올랐다.

드물게도 라디오 주파수가 트로트 음악이나 실시간 교통 방송 대신 책을 읽어 주는 EBS 프로그램에 맞춰져 있었다. 사람들의 수런거림 사이로 익숙한 소설의 어느 한 부분이 귓가에 전해졌다. 나는 지그시 눈을 감은 채 스피커에서 들려오는 구절의 주어를 일인칭 주인공 시점으로 바꾸어 따라 읊었다.

일찍이 나는 고독을 사랑한 일이 있었다. 그러나 고

독을 사랑한다는 것은 나의 심경의 바른 표현은 못 될 게다. 나는 결코 고독을 사랑하지 않았는지도 모른다. 아니 도리어 나는 그것을 그지없이 무서워했는지도 모른다. 그러나 나는 고독과 힘을 겨루어 결코 그것을 이겨내지 못하였다. 그런 때 나는 차라리 고독에 몸을 떠맡기고, 그리고 스스로 고독을 사랑하는 거라고 꾸며 왔는지도 모를 일이었다.

버스가 덜컹거리며 몸을 흔들어댔다. 신호에 멈춰 선 버스 차창 밖으로 시선을 옮겼다. 변함없이 빗방울이 차창을 때리고 있었다. 그 너머 물기 어린 현실이 눈에 들어왔다. 정지한 버스 안에서 여전히 나는 혼자 덜컹거리고 있었다. 하지만 비는 그칠 테고 날이 갠 세상의 모습은 더욱 명료해질 터였다. 버스가 출발했다.

러브 앤 캐시

정오가 가까워지는데 아무도 출근하지 않았다. 회장도 실장도 몇 시에 들어오겠다는 전화조차 없었다. 입구를 향해 놓인 상담 데스크에 앉아 엘리베이터 소리가 날 때마다 고개를 들어 문을 쳐다보았다. 하지만 굳게 닫힌 철문은 미동이 없었다. 양쪽에 세워 둔 두 대의 할로겐 히터만 끼익 소리를 내며 회전하고 있었다. 벽걸이 냉난방기의 희망온도를 이십팔 도에 맞췄지만 사무실은 좀처럼 따뜻해지지 않았다. 플리스 집업 위에 꽃무늬가 요란한 김장 조끼를 덧입고, 기모 바지를 입은 다리를 담요로 둘둘 말아도 추위는 가시지 않았다.

냉기 가득한 사무실을 홀로 지키며 문득 이곳에 처음 왔던 때를 떠올렸다. 오 년 전, 지하 삼 층에 위치한 내부입 사무실 입구에 서서 나는 H에게 전화를 걸었다. 지금부터 내가 연락 두절되면 무슨 일 있는 거니까 신고해라, 하고. 그때 H가 내게 했던 대답도 물론 기억에 생생했다. 걱정 마, 너 데려다 어디에 쓰겠어.

철제 책상 위에는 컴퓨터와 전화기, 사탕 바구니와 연필꽂이가 가지런히 놓여 있었다. 나는 한쪽 손에는 사무실 전화번호가 새겨진 모나미 플러스펜을 들고, 다른 손으로는 턱을 괴고 비스듬히 누워 눈앞에 수북이 쌓인 황색 파일을 뒤적였다. 장기 미방문 고객, 일명 장미고객이라 불리는 사람들의 서류를 정리해 거래처에 넘겨야 했다. 업체는 원금 상환을 하지 못한 사람들의 부실채권을 싸게 사들이는 곳이었다.

상환해야 할 원금의 오 퍼센트, 예컨대 이백만 원을 빌린 사람의 채권을 우리는 십만 원에 팔았고 그들은 장미고객을 찾아 원금에 이자를 더해 받아냈다. 그들에게는 금융과 통신 기록을 추적해 잠적한 사람들의 행적을 찾아내는, 합법적인 공갈과 협박으로 돈을 받을 수 있는, 요즘 같은 불황 속에서도 자신들만의 호시절을 구가하는 확실한 돈벌이 수단이 있었다.

직접 찾아가 돈을 받아내는 일이 불법이 되면서 업계 전반은 체납자에 대한 독촉이 치밀해졌다. 그럼에도 여전히 잠적에 성공한 사람들이 있었다. 그들은 통장을 만들거나 휴대전화를 개통하는 일 따위는 절대 하지 않았다. 어딘가에 처박혀 죽은 듯이 살아가고 있었다. 얼마 전까지는 그들에게 일일이 전화해 원금을 갚도록 하는 게 내 일이었지만, 회사가 문을 닫는 수순에 들어서면서 그들의 서류를 업체에 팔아넘기는 일이 더 주요한 업무가 되었다. 우리가 돈 받을 권리를 싸게 팔고 있다는 걸 투자자들은 알지 못했다. 아직 원금을 받지 못했지만, 비록 이자가 몇 달째 밀렸지만 그럼에도 자신의 돈을 회수하리라는 희망을 버리는 사람은 없었다. 그들에게 우리의 행위가 세상 파렴치한 배신이라고 해도 어쩔 수 없는 일이었다. 몇 해 전, 양재동에 위치한 이십 층짜리 건물을 현금으로 사들인 회장은 이미 지하 사무실도 유지하지 못할 정도로 망해 버렸다.

삼십 분이 넘도록 같은 서류를 앞에 두고 손가락 사이에 낀 플러스펜만 수백 바퀴째 돌리고 있었다. 더 이상 참지 못하고 허리를 굽혀 컴퓨터 전원 버튼을 눌렀다. 본체가 작동하는 기계음이 들려왔다. 모니터 화면 절반을 채우고 있는 갖가지 이이콘 중 인터넷 익스플로러를 클릭했다. 마우스를 쥔 오른손에서 땀이 배어났다.

지난주 잠잠하던 인스타 계정에 새로운 이미지 하나가 업데이트되었다. 클릭하자 화면 가득 그의 얼굴이 선명하게 다가왔다. 인스타 속 그의 모습은 여전했다. 내가 사 준 블랙 프레임 안경을 끼고 있었고 나와 한 짝씩 나누어 낀 골드 귀걸이를 한 채였다. 단지 그의 곁에 있는 여자만 달라졌을 뿐이었다. 그가 뒤에서 다정하게 허리를 감싸고 있는 여자는 몇 번인가 본 적 있는 그의 어린 후배였다. 나는 그 사진에서 여자를 오려내고 그의 모습만 캡처해서 이미지로 저장했다. 그러고는 비공개 인스타 계정으로 들어가 사진을 업로드했다. 제목은 174. 업로드한 사진의 개수와 동일한 숫자였다.

이별한 뒤, 내게 생긴 습관은 옛 애인의 일상을 염탐하는 일이었다. 헤어진 지 벌써 이 년이 되었지만, 여전히 매일 아침 컴퓨터 전원을 켜고 그의 인스타에 접속했다. 일방적으로 이별을 통보받았던 당시에는 왜? 하는 물음에 답을 얻으려 그의 인스타를 방문했었다. 그런데 한 달쯤 뒤부터 낯설지 않은 여자를 태그한 사진이 올라오기 시작했다.

나와 사귀던 시기에 해외로 놀러 가서 함께 찍은 수십 장의 사진들. '여보'와 '자기'로 이루어진 서로의 댓글. 그런 그들을 보며 참 잔인하구나, 생각했었다. 그것은 그가 칠 년을 사귄 나와 헤어지고 이내 다른 누군가를 만났다는 사실 때문도, 아니 그가 나 몰래 다른 여자와 만났다는 사실 때문만도 아니었다. 그것은 갑작스럽게 마주한 이별을 온전히 추스르기도 전에, 세상에 자신들의 사랑을 너무나 빨리 내보이려는 그들의 태도 때문이었다.

그랬다. 내게 이별은 예기치 않은 '사고'였다. 뜻밖에 일어난 불행한 일, 사람에게 해를 입혔거나 말썽을 일으킨 나쁜 짓, 어떤 일이 일어난 까닭. 그리고 지금껏 나는 어쩔 도리 없는, 지겨운 관음증이 지속되는 겨울을 두 해째 보내는 중이었다. 몇 번인가 이제 그만하자 다짐한 적도 있었다. 작정하고 이삼일 동안 인터넷에 접속하지 않기도 했었다. 오늘만 해도 일주일이나 참다가 접속한 거였다. 그러나 컴퓨터를 켜고 인터넷에 접속하는 순간, 호기심은 여지없이 뒷덜미를 잡아끌었다. 마치 지도에도 없는 섬을 찾아 헤매는 사람처럼 다른 사람들을 징검다리 삼아 그에게로 건너갔다.

어젯밤 H를 만나지 않았더라면. H가 느닷없이 걔는 뭐 하고 지내? 그 여자 계속 사귀나? 하고 새삼스럽게 묻지만 않았더라면. 그 개새끼 네 돈 아직도 안 갚았지? 하고 아픈 곳을 건드리지만 않았더라면. 어쩌면 나는 오늘 그의 인스타를 찾지 않았을지도 몰랐다. 그의 모습을 들여다보며 나는 혼잣말을 중얼거렸다. 이게 다 H 그놈 때문이야.

어젯밤에도 H는 술에 취해 있었다. 요즘 들어 맨정신일 때가 없었다. 자정이 넘은 시간에 한껏 들뜬 목소리로 전화를 걸어 아메리카노 사 왔어, 그러곤 뭐라고 대꾸할 새 없이 커피 식으니까 놀이터로 빨리 나와, 하고 덧붙였다. 하는 수 없이 침대에서 몸을 일으켰다. 잠옷 차림에 오리털 점퍼를 걸쳐 입고 운동화를 구겨 신은 채, 살지도 않는 길 건너 아파트 놀이터로 향했다.

H가 하늘 높이 양손을 들어 휘적거리는 게 멀리서도 한눈에 보였다. 키 백구십 센티미터에 무게는 일 톤에 육박한 거대한 몸이 거리에 세워 둔 풍선 홍보물처럼 이리저리 비틀거렸다. 부끄러운 마음에 당장이라도 뒤돌아 집으로 돌아가고 싶었지만 눈물겨운 십삼 년의 우정을 생각해서 참기로 했다. H는 대학교에 입학하고 처음 만난, 지금껏 내가 유일하게 인정한 남자인 친구였다.

고등학교를 졸업하자마자 워킹홀리데이로 호주에 갈 계획을 세웠었다. 대학 진학에 관심도 없었고 무엇보다 집에서 멀리 달아나고 싶었다. 어차피 대학 등록금을 바랄 형편이 아니었다. 아버지 사업이 망하면서 빚 독촉에 시달리며 살아왔다. 친척이나 아버지의 지인, 엄마의 친구들까지 피가 섞이든 아니든 평소 이모나 고모나 삼촌이라 불렀던 다정한 사람들이 무턱대고 집에 찾아와 거실 한복판에 드러누웠다. 그들은 내양팔을 쥐고 흔들며 아버지가 어디에 있는지 말하라고 소리쳤다.

모르는 사람들이 학교에 찾아와 아무나 붙잡고 내가 몇 학년 몇 반인지, 어디 있는지 물어보기도 했다. 처음에야 무서웠지만 나중에는 차츰 익숙해져 학교 뒷문으로 유유히 빠져나오곤 했다. 어느 날인가는 엄마가 시키는 대로 할머니 댁에 다녀와 보니 이 층 양옥집에 들어가는 대문이 없어졌다. 매일 출입하던 대문이 사라지다니. 손으로 벽을 만지며 한 바퀴를 돌아 제자리로 돌아와도 시멘트로 쌓은 성벽은 쥐구멍 하나 없었다. 한참을 서성이다 엄마 엄마, 하고 불렀다. 현관문이 빼꼼 열리더니 그 틈으로 사다리가 내려왔다. 그 견고하지 못한 나무사다리를 한칸 한칸 올라서며 나는 더 이상 아버지의 행방 따위는 궁금해하지 않기로 결심했다.

아무튼 그런 와중에 하향 지원한 지방 대학에 덜컥과 수석으로 붙어 버렸다. 서울에 있는 대학은 아니었지만 장학금에 기숙사 혜택을 받을 수 있다는 사실에 나보다 엄마가 뛸 듯이 기뻐했다. 입학하지 않겠다는 나를 사생결단을 내릴 각오로 막아서셨다. 남들 다 돈 내고 배우는 걸 공짜로 가르쳐 준다는데 무슨 소리냐고. 자신의 소원이니 한 번만 말을 들어 달라는 엄마를 나는 끝내 외면할 수 없었다. 결국 집에서 벗어난다는 단 하나의 사실을 위안으로 삼고 한 번도 가 본 적 없는 경기도 수원으로 유학을 떠나기로 했다.

신입생 오리엔테이션 날, 엄마는 자신이 아르바이트로 운전하던 유치원 통학버스에 나를 태워 학교까지 데려다주었다. 가는 동안 우리는 별말을 하지 않았다. 태어나 처음으로 떨어져 살게 된 것이었다. 가족에게조차 행방을 알리지 않고 야반도주한 아버지 대신, 조금도 줄어들지 않는 빚을 갚으려 평생 밤낮없이 일하며 살아온 엄마였다. 신입생이 모두 모이는 대운동장에 나를 내려놓고는, 내가 올라탄 관광버스가 운동장에서 먼지바람을 일으키며 떠날 때까지 엄마는 창밖에서 손을 흔들었다. 나는 괜히 눈물이 나올 것 같아 얼른 차창의 커튼을 쳤다.

당시에는 몰랐었다. 그날 이후 엄마의 휴대전화 번

호가 결번이 될 줄은. 내가 태어난 포항의 양옥집이 영영 사라져 버릴 줄은. 알았더라면 원망 한 점 없는 말끔한 얼굴로 나도 엄마에게 세차게 손을 흔들어 줬을 텐데. 남자 잘못 만난 죄로 젊어 그만큼 고생했으면 됐다고. 차라리 각자 자기 몸 하나씩만 건사하며 심플하게 살아 보자고. 그리하여 내가 깨달은 건 부모에게 버림받은 자식이 된다는 게 생각보다 충격적이지 않다는 것과 가족이 이별하는 일이 생각보다 대단한 일이 아니라는 거였다. 모든 건 돈 때문이었다. 사랑도 돈이 있어야 지켜진다는 것을 가훈 삼아 몸소 배웠을 뿐이었다.

오리엔테이션 행사장 맨 뒷줄에 우두커니 서서 상황을 관망했다. 어느 누구와도 말을 섞고 싶지 않았고, 무리에 합류해 재미없는 이야기를 들으며 억지로 웃고 싶지 않았다. 그러다 한 남자애와 눈이 마주쳤다. 베이지색 재킷에 쫙 달라붙는 청바지, 뚱뚱한 몸을 크로스로 가르는 가방. 남자애는 재킷 주머니에 손을 넣은 채 대열에서 이탈해 주변을 두리번거리며 껌을 씹고 있었다. 무리에서 멀찍이 떨어져 서 있던 나와 눈이 마주치자 풍선을 크게 불더니 손가락으로 톡, 터뜨리며 웃기까지 했다. 쟤가 미쳤나?

내가 기억하는 H의 첫인상은 그랬다. 그날, H는 오티 내내 내 옆에 붙어 있었다. 여기저기 선배들에게 불려 다니며 술을 마시면서도 내 손목을 끌고 같이 옮겨 다녔다. 나는 귀찮으면서도 그런 H가 싫지만은 않았다. H는 내가 억지로 마신 술 때문에 속을 게워낼 때도 여자 화장실까지 따라와 등을 두드려 주었다. 그때까지만 해도 H가 내게 관심 있는 게 틀림없다고 여겼다. 학기가 시작된 뒤에도 H는 술만 먹으면 새벽에 전화를 해 왔다.

H는 선후배 할 것 없이 잘 어울리며 왁자하게 학교생활을 해 나갔다. 초기에는 나도 H의 권유에 못 이겨 몇 번인가 학교 행사에 참석한 적이 있었다. 하지만 학교생활 자체에 관심도 없었고 친하지 않은 사람들과 어울려 시간을 보내는 일은 곤혹스럽기만 했다. 무엇보다 생활비를 벌어야 했으니 늘 시간이 부족했다. 나는 시험은 보고 숙제는 한다는 기본 철칙만 지키며 과락을 면할 정도로 출석을 했다. 자연스레 H와 학교에서 보는 일도 줄어들었다.

그런데도 H는 빈번한 학과 술자리를 마치고 집으로 돌아갈 때면 내게 전화를 해 왔다. 그러곤 오늘 뭐 했고, 누가 뭐랬고 하며 묻지도 않은 이야기를 혼자 주저리주저리 늘어놓고 전화를 끊었다. 나는 분명 H가 나를 좋아한다고 확신했다. 취중진담이라는 말도 있듯이 그러지 않고서야 이렇게 술을 먹고 매번 전화를 걸어올 리 없다고 여겼다.

불행인지 다행인지, 그것이 H의 술버릇에 지나지 않는다는 것을 나중에서야 알았다. 술만 먹으면 어디로든 전화해 주정 부리듯 수다를 떤다는 걸. 다음 날 학교에 가면 똑같은 내용으로 통화한 아이들이 두셋은 있었는데 그것을 나만 몰랐다. 결정적으로 H에게는 오래 사귄 여자친구가 있었다. H는 그 여자와 대학을 졸업하자마자 결혼했다.

전화벨이 울렸다. 매일같이 전화하는 박 아줌마였다. 받을까 말까 고민하다 수화기를 들었다. 어차피 받을 때까지 전화할 터였다. 받으면 일은 안 하고 전화만 받느냐고, 안 받으면 왜 전화도 안 받느냐고 난리 칠 게 뻔했다. 그러고는 체납자 관리는 하는지, 이자나 원금은 독촉하는지 캐묻고, 자기 남편이 가만두지 않을 거라고 사장한테 뒤통수 조심하라고 전하라는 식상한 협박을 할 것이었다. 결국 전화나 받는 아가씨가 무슨 잘못이냐는 자조적인 체념으로 레퍼토리를 마무리할 것이었다. 묵묵히 이야기를 들어 주고 간간이 내쉬는 한숨으로 추임새를 맞춰 주는 일 말고는 할 수 있는 게 없었다.

박 아줌마는 회사 홈페이지에 올라오는 글을 보고 동정심에 돈을 빌려준 거라고 번번이 거짓말했지만, 사실은 그럴듯한 사연과 높은 이자에 현혹당한 거였다. 홈페이지 메인 화면에는 여전히 '개인과 기업에는 투자금을, 투자자에게는 새로운 재테크를'이라는 문구가 쓰여 있었다. 지금은 다 망해 가는 회사지만, 초창기에는 온라인 플랫폼에서 개인 간에 필요한 돈을 빌리고 갚는 크라우드펀딩 시스템을 업계에 처음 도입해 유명세를 탔다. 지금이야 P2P 대출 업체가 여기저기 생겨나 붐을 이뤘지만 초기에는 선구적인 대출 모델을 도입한 혁신적인 곳으로, 누적 회원 수가 몇만 명에 이를 정도로 위세가 당당했다.

돈을 빌리려면 일단 홈페이지에서 회원 가입을 하고 자신의 신상 정보와 사연을 올려야 했다. 돈을 빌리고자 하는 이유를 구구절절 써야 했는데 주로 부모의 병원비나 자식의 학비, 전세 자금이나 결혼 자금, 혹은 생활비나 급전, 대환대출 등 사연의 카테고리는 다양하면서도 비슷했다. 관건은 스토리텔링이었다. 그 사연의 서술이 '휴먼다큐'나 '인간극장'에서 다뤄지는 이야기처럼 마음을 움직일 만큼 제법 감동적이어야 했다.

덧붙여 직업, 고정 수입, 신용 등급 등을 상세히 밝혀 기간 내 투자금을 꼭 갚을 수 있고 절대 이자를 밀리지 않을 거라는 믿음과 확신을 줄 수 있어야 했다. 그렇게 채무 콘텐츠를 마련해 기간 내 목표 금액만큼 투자금이 유치되면 회사의 추심 담당자가 심사해 통장에 돈을 입금해 주었다.

빈면 투자는 기의 도박과 다르지 않았다. 높은 이자를 바라보고 투자하지만, 높은 것은 이자뿐 아니라 연체율의 리스크도 함께였다. 연체자가 늘면서 투자자의 피해가 늘어 갔다. TV나 신문의 사회면에 P2P 대출의 위험성이 거론되었고, 결국 개인의 투자 한도가 오백만 원으로 줄었다. 애초에 돈을 빌리지도 빌려주지도 않으면 불행은 시작되지 않을 것이었다.

대출 회사에서 월급을 받는 직원으로서는 양심 없

는 소리일지 몰라도 사실이 그랬다. 이제는 대충 사연만 읽어도 연체자가 될지 아닐지 감이 왔고 거의 백 퍼센트 맞아떨어졌다. 부모의 건강, 자식의 미래, 가정의 행복, 애인의 안위, 친구와의 의리 등 이유야 어떻든 누군가의 대출은 연체로, 누군가의 투자는 파산으로 이어졌다. 그러니까 모든 건 돈 때문이었다. 아니, 그것은 은행 대출조차 되지 않는 빈약한 사람들의 분에 넘치는 사랑 때문일지 몰랐다.

회원 관리 화면을 내리고 그의 인스타 창을 크게 키웠다. 얼마 전부터 그의 이메일 비밀번호를 알아내는 일에 몰두하고 있었다. 그의 비밀번호는 늘 주민등록번호 뒷자리 일곱 개 숫자 뒤에 a였다. 하지만 몇 번을 반복해 눌러도 결과는 똑같았다. 비밀번호를 확인해 주세요. 그의 성격상 절대 복잡하거나 다른 의미를 크게 두고 만들지는 않았을 것이었다. 나는 비밀번호를 알아내려고 모든 경우의 수를 조합하기 시작했다.

그의 주민등록번호, 부모님 생일, 아파트 동 호수, 전화번호, 학번, 군번, 차 번호 등 무수히 많은 숫자를 차례로 대입시키는 동안 손톱을 잘근잘근 씹었다. 마우스 옆에 놓인 조간신문에는 비밀번호 후보로 올려

놓은 숫자가 가위 표시 된 채 즐비하게 늘어서 있었다. 새로운 영감을 얻으려 비공개 계정에 모아 둔 사진들을 복습하듯 다시 살폈다. 그는 내가 자신의 얼굴을 보고 있다는 걸 알기나 할까.

현실에서 긴 시간 공들여 쌓아 온 사랑은 온데간데없이 사라졌다. 다만 온라인에 남겨진 사랑만이 사람을 속이고 사람에게 속고 있었다. 어느 것이 진실인지는 알 수 없었다. 화면에는 인스타 주인이 의도한 대로 사랑과 행복이 연출되었다. 실체는 과감히 생략되거나 확대되는 것. 그것은 보이지 않는 누군가를 향한 끝없는 감정 토로였다. 아무 생각 없이 쓰인 것처럼 보이는 낙서조차 그 글을 읽어야 할 대상은 따로 있었다. 나는 생각했다. 이미 우리에게는 가슴속에 간직되는 사랑은 없을지 모른다고. SNS에 기록된 사랑만 있을 뿐이라고. 때때로 수정이나 삭제가 가능하고 이미지 편집이나 음악 파일 첨부가 가능한 그런 사랑 말이다.

예전에는 남자친구와 이별할 때 가장 곤욕스러운게 휴대전화 커플 요금제를 해지하는 거였다. 두 사람이 같이 가서 요금제 해약에 합의하고 서명을 해야 했다. 때문에 나와 그 역시 이별을 하고도 여러 번 통화를 했다. 내가 그에게 커플 요금제를 해지해야 한다고 먼저 전화했고, 그가 내게 해지에 필요한 절차를 알려 주느라 전화를 걸어왔다. 약속 시간을 삼십 분쯤 늦추려고 내가 그에게 전화했고, 먼저 도착한 그가 대리점 위치를 잘 못 찾는 내게 길을 설명해 주느라 전화를 했다.

일 분 사십 초가량의 마지막 통화까지, 우리가 사용한 휴대전화 요금은 무료였다. 사랑을 경제적으로 속삭이기 위한 실속 요금제는 커플이기를 포기하는 순간 조속히 해지되었다. 숱한 밤 미래를 꿈꾸며 나눴던 달콤한 약속도, 이불 속에서 몰래 숨죽여 흘렸던 은밀한 웃음도, 휴대전화가 뜨겁게 달궈지도록 계속되던 가슴 떨림마저도 커플 요금제와 함께 해지되거나 삭제되는 것은 특별한 일이 아니었다.

요즘은 누군가와 이별하면 인스타 팔로잉을 끊거나 아예 SNS 계정을 폐쇄했다. 나는 사귀는 사람과 헤어져도 팔로잉을 끊는 일은 유치한 거라 생각했다. 그저 서서히 멀어지면 될 일이라 여겼다. 하지만 SNS와 팔로잉 관계에 대해 진지하게 생각해 보니 어느 쪽도 쉬운 일이 아니었다. 일단 몇 년 동안 정성을 기울인 계정을 없애는 것은 마뜩잖은 일이었다. 원본도 남아 있지 않은 사진, 친구들이 남긴 댓글, 여기저기 기웃거려 게시판에 모은 각종 콘텐츠, 값싼 감정 토로에 불과하지만 그래도 다시 쓰라면 못 쓸 것 같은 일기 따위를 한순간 삭제하는 것은 자기 인생의 어느 한 부분을 싹둑 잘라내는 일과 같았다.

그러나 계속해서 헤어진 그와 인연을 맺고 있자니 그의 새로운 연애사가 너무나 적나라하게 공개되었다. 보고 싶은 것과 보고 싶지 않은 것, 믿고 싶은 것과 믿고 싶지 않은 것을 취사선택할 수 없었다. 사진이나 글을 통해 노출되는 정보를 관음증 환자처럼 하염없이 좇게 되었다. 업데이트된 내용이 없는 날은 오히려 뭔가 허전하고 아쉽게 느껴지기까지 했다.

사실 나는 그가 떠난 이유를 정확히 알지 못했다. 칠 년 동안이나 사귀었고 내년에는 결혼하자는 이야기가 오가기도 했다. 엄마와 연락이 끊기고 혼자였기에 매년 명절도 그의 집에서 보냈다. 부모님 생일, 형 생일도 잊지 않고 챙겼다. 그의 집도 넉넉한 형편이 아니었기에 일찍 취업해 월급을 받는 내가 반찬거리 장도 보고, 살림도 챙기며 나름대로 며느리 노릇을 했다.

데이트 비용은 물론 때때로 그가 쓴 카드 대금까지

내주었다. 헤어지기 직전에는 가게를 차리기 위해 그가 부모님 몰래 받은 대출금도 대신 갚아 줬다. 한 번도 쉬지 않고 몇 년 동안 일해 마련한 전세금을 빼서 그의 통장으로 이체하며, 어차피 결혼하면 그의 부모님 집에서 함께 살면 된다고 미련을 떨쳤다. 돈 때문에 괴로워하는 그를 참아내는 게 더 힘들었다. 내 입장에서는 뭔가 해 줄 수 있는 게 있으니 차라리 나았다. 사랑이 가난 앞에서 얼마나 쉽게 변하는지 모르지 않았다.

그렇다고 내가 대부 업체에 다닌다는 게 이별의 결정적인 이유가 될 리도 없었다. 사대 보험 적용도 되는 엄연히 합법적인 금융회사였다. 다만 한 가지, 나는 우리가 헤어진 게 어쩌면 내 손이 그의 손보다 더 컸기 때문일지 모른다고 추측했다. 시간이 지날수록 내 손 안에서 그의 모든 것은 작아졌다. 그의 작고 옹색한 손부터 내가 감싸 쥔 그의 페니스까지. 내가 알았듯 그도 느꼈을 것이었다.

우리 헤어지자, 하는 말이 그의 입에서 흘러나와 귓가에 닿을 때까지도 나는 실감하지 못했다. 형편 되는 대로 돈은 꼭 갚을게. 맹세코 그가 이별을 통보하리라는 것을 단 한 번도 상상해 본 적 없었다. 그런 나에게 그는 친절하게도 오랫동안 고민했다는 말을 덧붙였다. 네가 나한테, 우리 부모한테 잘하는 게 숨 막혀. 갚아야 하는 것만 늘어나는 기분이야. 이제는 네가 나한테 그냥 빚쟁이 같아.

도무지 그를 이해할 수 없었다. 그는 나에 대한 모든 것을 알고 있는 사람이었고 그래서 나는 그가 내게 등을 보이는 걸 쉽게 인정할 수 없었다. 하지만 이별만큼 일방적으로 사람을 무력하게 만드는 일도 없었다. 거창한 이별에는 무수히 많은 사소한 이유와 변명만이 존재할 뿐이었다. 이별에 관한 시를 쓴 어느 시인은 모든 사라지는 것들은 뒤에 여백을 남긴다고 말했다. 하지만 그가 내게 남긴 여백은 평면이 아닌 사차원의 블랙홀인 것 같았다.

지나 버린 시절에 대한 지난한 기억과 지나친 기록에 나는 더욱 깊이 빨려 들어가 그 언저리를 아직도, 여전히 서성이고 있었다. 문득 '아직도'와 '여전히'의 차이가 뭘까 떠올렸다. 차이는 모르겠지만 결국 지속된다는 의미만은 동일했다. 그러니 나는 아직도, 여전히 사랑과 이별을 지속하고 있는 모양이었다. 가혹했다. 나는 SNS 사진 이상의, 휴대전화 통화 내역 이상의, 이메일 수신 확인 이상의 진짜 삶이 세상에 존재한다는 걸 증명하고 싶었다.

H가 나를 보자마자 폐인 몰골이라 술이 다 깬다고 면박을 주었다. 무슨 상관이람. 나는 H가 건넨 커피를 홀짝홀짝 들이켜며, 서른 살은 넘어야 더블 샷을 추가한 쓰디쓴 아메리카노의 참맛을 알 수 있을 거라는 쓸데없는 생각을 했다. 요즘 H는 저녁 문안 인사라도 하듯 퇴근길이면 어김없이 찾아왔다. 마감해야 할 일이 아직 안 끝났다거나, 빠질 수 없는 회식 중이라는 핑계를 둘러대고 나에게로 왔다. 그것은 친구인 나를 보기 위함이 아니라 순전히 집에 빨리 들어가기 싫은 탓이었다.

H는 결혼을 하고 거의 다른 친구들을 만나지 않았다. 나 역시 H를 일 년에 한두 번 볼까 말까 했다. H의 아내는 H가 술 마시는 것도, 담배를 피우는 것도, 용건 없이 사람들을 만나는 것도, 본가에 가는 것도 싫어했다. 첫 연애로 어릴 때 결혼한 때문인지 아니면 초기에 유산을 경험한 때문인지 H의 아내는 남편에 대한 집착이 유독 심했다. 평화주의자인 H는 아내와의 싸움 대

신 소소한 일탈로 일말의 자유를 지키고자 했다.

얼마 전 그토록 기다리던 아이가 태어났고 H는 아빠가 되었다. 그 아이가 오 개월이 되었을 무렵, H는 자신의 아버지가 앞으로 길어야 오 개월밖에 더 살 수 없을 거라는 말을 들었다. 의사가 최악의 상황을 대비하라는 의도에서 이야기한 거지만, 실제로도 췌장암은 조기 진단이 어려워 암 중에서도 생존율이 가장 낮았다. 병원에 가 보라고 한 게 불과 몇 달 전이었는데, 이미 손을 쓸 수 없는 상태라고 했다. 암이 췌장 밖으로 전이된 상태라 수술도 치료도 할 수 있는 게 없다는 것이었다. H는 아버지가 죽을병에 걸렸다는 소식에 적잖이 당황해하고 있었다.

둘이 진짜 오랜만에 만나서 초주에 곱창을 먹는데, 아빠가 평소 같지 않게 입맛이 없다는 거야. 왜 그러느냐 물었더니 그냥 소화가 잘 안 된다고 하시더라고. 여친이랑 헤어져서 기운이 없다면서. 에이, 금방 또 새 여친 만날 거 아니냐고 내가 그랬지. 부럽냐고 하길래 그럼 안 부럽겠냐고 하면서 둘이 웃었어. 너도 알잖아, 와이프가 아빠를 싫어해서 그동안 자주 못 봤던 거. 자꾸 여자를 바꾼다고 싫어하는데, 나는 아빠가 혼자인 게 더 싫거든. 세월 앞에 장사 없다는 말이 맞는 게, 우리 아빠 같은 사람도 늙더라고.

나는 H의 아버지를 훨씬 전부터 알고 있었다. 언젠 가 H의 집 앞 놀이터에서 늦게까지 수다를 떨고 있었 다. 그날 어떻게 우리가 H의 집 앞까지 가게 된 건지 기 억나지 않지만, 아무튼 술 취한 H와 맨정신의 나는 뭐가 그리 재미있는지 둘이 낄낄거리고 있었다. 잠시 우리가 수다를 쉬는 사이, 어디선가 코 고는 소리가 들려왔다. 자리에서 일어나 벤치 등받이 너머를 보니 어두운 구석 에서 누군가 술에 취해 코를 골며 자고 있었다.

H가 키득거리며 그쪽으로 작은 돌멩이를 하나 던 지고 잽싸게 몸을 숙였다. 탁, 돌멩이가 벤치의 철제 부 분에 맞고 바닥으로 떨어지는 소리가 들렸다. 우리는 웃음을 참으며 일정한 간격으로 돌멩이를 계속 던졌 다. 툭, 뭔가 다른 소리가 났다. 그때 코를 골던 사람이 자리에서 일어나는 실루엣이 보였다. 그러고는 가로 등이 비치는 밝은 곳으로 나와 주변을 두리번거렸다. 그때 옆에 앉은 H가 자리에서 벌떡 일어나며 외쳤다. 아빠!

너 여기서 뭐 하냐? 술에 취한 H의 아버지가 오히

려 반문하며 우리 쪽으로 다가왔다. 아들 옆에 여자가 있는 것을 발견하고는 두 눈이 동그래지며 H에게 물었다. 바뀌었냐? 그러더니 나를 H의 여자친구로 착각한 듯 내 앞으로 두 팔을 벌린 채 뭔가를 기다리는 포즈를 취했다. 나는 뭘를 어쩌라는 건지 몰라 멀뚱히 서 있었다.

H가 뒤에서 어깨로 나를 툭 밀었다. 나는 얼떨결에 몇 발을 앞으로 내디디며 그대로 H의 아버지 품에 안겼다. H의 아버지가 내 등을 몇 번인가 두드리며 허허 소리 내어 웃었다. 나는 어색해서 몸 둘 바를 몰랐다. 친아버지와도 이런 포옹은 해 본 적이 없었다. 자신의 아버지에게 엉거주춤 몸을 맡기고 있는 나를 보며 H는 정말이지 늦은 밤 아파트가 떠나갈 정도로 웃었다.

예전 걔보다 키도 크고 얼굴도 예쁘구나. H의 아버지가 내 머리부터 발끝까지 훑어보았다. 그러다 내가 입고 있던 찢어진 청바지를 빤히 바라보았다. H의 아버지는 재킷 안쪽 주머니에 손을 넣어 지갑을 꺼냈다. 힘든 거 있으면 아버지라고 생각하고 찾아와. 내일 당장 옷도 한 벌 사 입고. 그렇게 말하곤 십만 원짜리 수표 석 장을 건네주었다. 아니에요. 내가 손사래 치며 어쩔 줄 몰라 하자 H가 아버지 등 뒤에서 나를 향해 얼른 받아, 하고 입 모양으로 신호를 보냈다. 가, 감사합니다. 나는 주뼛거리며 돈을 받아 들었다.

우리는 그 돈을 가지고 무턱대고 포항으로 갔다. 내가 살던 동네도 둘러보고 다녔던 고등학교도 가 봤다. 포항에 처음 온 H를 위해 영일만과 호미곶도 구경했다. H가 부추겨 한 번도 먹어 본 적 없는 값비싼 대게도 사 먹었다. 대신 잠은 찜질방에서 잤다. 모텔이든 민박이든 둘이 같은 방을 쓰기는 어색했고, 그렇다고 방을 따로 잡기에는 돈이 아까웠다.

서울로 올라오는 기차 안에서 내가 H에게 말했다. 너희 아버지 통 진짜 크시다, 용돈을 한 번에 삼십만 원이나 주시고. 그래서 우리 엄마가 아빠랑 결혼했대, 소고기를 잘 사 줘서. 근데, 너희 아버지 뭐 하시는데? 그때 아버지 직업을 묻는 조심스러운 나의 질문에 H는 한 치의 망설임 없이 실실 웃으며 대답했었다. 우리 아빠? 사채업자야.

서른이 넘은 지금도 H는 아버지를 아빠라고 부르는 살가운 아들이었다. 나는 H를 빤히 쳐다보며 물었다. 너 요새 힘들지? H는 아들에서 아버지라는 새로운 역할을 부여받던 중, 양쪽 어깨에 삶과 죽음이라는 동등한 무게의 짐을 지게 된 셈이었다. 글쎄, 마냥 행복할 수도 마냥 불행할 수도 없어서 힘든 것도 모르겠어. 그냥 우리 집보다 아버지 집이 더 편해. H가 대답했다. 팬티만 입고 활보해도 되는, 대충 라면을 끓여 먹고 다음 날로 설거지를 미뤄도 되는, 리모컨을 손에 쥔 채 아침에 눈 떠도 되는 그런 집이 그립다는 거였다. 그러다 어느 순간 더 이상 집에 돌아가고 싶지 않을까 봐 겁도 살짝 난다고.

나를 보러 오지 않는 날엔 아내에게 야근이라고 하고 회사 근처 PC방을 가거나 서점에 들러 책을 읽는다고 했다. 누구를 만나려고 해도 돈이 없어서 곤란하다고. 아내가 한 달 용돈으로 주는 현금 이십만 원으로 점심을 사 먹고 담배까지 몰래 사 피워야 하니, 친구들을 만나 술 한잔할 생각은 엄두도 못 낸다고 했다. 카드는 어디서 쓰든 사용 내역이 아내의 휴대전화로 전송되기 때문에 마음대로 쓸 수 없다고 했다.

야, 유부남 되면 다 너처럼 청승맞게 살아야 해? 정말이지 자유분방하고 활달한 H가 이토록 찌질한 유부남의 삶을 살게 될 줄은 미처 몰랐다. 말도 마. 그나마 애가 생겨서 나한테 쏟아지는 관심이 줄어든 거야. 그 전에는 이 시간에 들어가는 거 상상도 못 했어. H는 놀이터 모래를 한 움큼 손에 쥐곤 손가락 사이로 틈을 벌렸다. 허공에서 모래가 빠져나갔다. 너, 삶이라고 다 같은 삶이 아니다. 유부남인 나는 인생, 솔로인 너는 라이프! 인생과 라이프의 차이를 네가 아냐? 그게 그거지 뭐가 달라? 네가 뭘 모르는구나. 많이 다르지. 인생은 사는 거고 라이프는 즐기는 거다.

술 취해 농담이나 해대는 H는 대학 때나 지금이나 똑같은데, 오늘따라 유난히 늙어 보였다. 무슨 말로든 H에게 위로가 되고 싶었다. 야, 그래도 너는 결혼도 했지, 애도 낳았지. 나는 진짜 독거노인이라니까. 사실 나의 말은 틀리지 않았다. 아침에 일어나 출근을 하고 밥을 먹고 일을 하고, 생활의 공허함을 채우려는 듯 몇 차례 온라인 쇼핑을 하며 무언가를 사고. 고객에게 전화가 걸려 오면 토씨 하나 빼먹지 않고 같은 안내 멘트를 반복했다. 그래도 시간은 여지없이 흘렀고 삶은 또 정해진 대로 다음 날을 전개했다.

지겹게도 오래 산 것 같은데, 나에게는 너무 많은 숙제가 남아 있었다. 그와의 이별에서부터 다시 계획

해야 할 연애 결혼 임신 출산 양육. 마치 해결해야 할 문제가 산더미로 쌓여 있는 기분이었다. 남들처럼 정해진 시기에 그것을 해내지 못할까 봐, 그래서 내 인생 자체가 의미 없어질까 봐 때로 두렵기도 했다.

어느덧 퇴근 한 시간 전인 오후 다섯 시 칠 분. 무언가 피곤하고 어딘가 적적하고 누군가 그리운 그런 시간이었다. 혼자 지키고 있는 사무실은 위태롭게 적요했다. 생각해 보니 실장은 더 이상 회사에 나오지 않을지 몰랐다. 추심할 일이 없으므로. 더욱이 그는 회장 몰래 일찌감치 공인중개사 시험을 준비하던 차였다. 버스 카드 비용까지 경비 처리하던 사람답게 매사 꼼꼼하고 치밀했다.

반면 비 오는 날 벼락을 맞을까 조심해야 하는 회장은 일생이 한탕주의였다. 독실한 크리스천이자 엄청난 달변가인 그가 제일 잘하는 건 불쌍한 척과 친한 척하는 거였다. 중금리로 돈을 빌려주는 착한 일로 시작한 그의 사업은 싸게 채권을 팔아넘기는 나쁜 사업으로 퇴색한 지 오래였다. 어쨌든 망해 가는 회사의 외로운 회장은 지하철 지나가는 소리가 들려오는 지하 삼 층

사무실은 물론, 자신과 자신의 현재 부인과 과거 부인과 자신의 누나와 누나의 남편까지 두루 몰고 다녔던 법인 명의의 차량도 반납해야 할 처지에 놓였다.

퇴근길에 목욕탕에 들러야겠다고 마음먹었다. 목욕하고 얼른 집에 가 잠이나 자야겠다고. 오늘은 H에게 연락이 와도 받지 않을 것이었다. 자리에서 일어나 가방을 챙겼다. 그때 문이 열리고 평소 안면이 있던 구청 직원이 사무실로 들어섰다. 요즘 들어 민원이 더 심해졌어요. 나에게 말해 봐야 아무 소용없다는 걸 그도 모르지 않았다.

간혹 돈 받으러 오는 사람들이 구청에 민원을 넣기도 했다. 그러면 구청 세무 직원이 형식적으로 영업허가증을 보러 나올 수밖에 없었다. 그러나 언제까지 어떻게 하라는 권고와 약소한 벌금은 전혀 위협적이지 않았다. 나는 이렇다 할 대답 대신 그에게 믹스커피가 든 종이컵을 건네주었다. 구청 직원은 자기 일을 나는 나의 일을, 우리는 그저 주어진 일을 할 뿐이었다.

구청 직원의 멋쩍은 부탁으로 그의 애인 이름을 검색창에 넣은 적이 있었다. 만난 지는 꽤 되었는데 근래 사치가 좀 심해진 것 같다고 했다. 우연히 그녀의 휴대전화를 보다가 우리 회사 이름을 검색한 이력을 발견했다고. 관리 시스템에 직원 로그인을 하면 회원을 검색할 수 있었다. 처음에는 나도 아버지 엄마 친척들 이름을 쳐 보기도 했다. 물론 헤어진 그의 이름도. 사업하는 남자와 연애를 시작하면 매번 전화해 검색을 부탁하는 친구도 있었다. 다행히 검색되지 않네요. 나의 말에 구청 직원은 안도하며 문을 나섰다.

CS를 보면 전화 상담 내용과 시간이 자세하게 기록되어 있었다. 실제로 온라인에 공개되는 인적 정보와 전화 상담 내용 사이의 괴리는 상당했다. 얼마 뒤면 바로 갚을 수 있다는 대출 신청자는 이자가 입금되지 않는 순간 관리 대상자가 되었다. 그날부터 바로 전화를 하고 매일 문자를 보냈다. 통화 내역은 상담사인 나의 주관적인 의견을 더해 자세히 기록되었다. 예컨대 운전 중이라 전화 준다고 함(대출은 있는데 차는 몰고 다니나 봄). 아들이 전화를 받음(그런데 약간 장애가 있는 것 같음). 모친과 통화했으나 행방을 모른다고 함(머지않아 담보로 잡은 집은 날아가고 집채만 한 부채만 남겨질 것 같음) 등등.

여자의 이름이 검색되지 않았다는 나의 말은 거짓

이었다. 신상 정보와 사연, 연체자를 대상으로 한 상담 내역이 존재했다. 동생 병원비로 사용한다고 함(뻔한 레퍼토리 같음. 대출 받으러 남자랑 같이 옴). 며칠 내 갚을 수 있다고 함. 휴대전화 꺼져 있음. 전화 안 받음. 분명 내가 그 여자와 통화하며 정리한 내용이었다. 그러나 그것은 모두 각자의 사연, 각자의 인생. 내게는 여자의 사연을 그녀의 애인에게 대신해 전할 의무도 책임도 오지랖도 없었다.

어젯밤 나는 H와 키스했다. 나는 네가 좋았는데 왜 고백조차 하지 못했을까? 뜻밖의 말을 H가 했기 때문만은 아니었다. 나는 아무 생각 없이 나란히 앉은 H에게 키스를 했다. 그냥 해 보고 싶었다. 그와 헤어지고 남자와 입을 맞춘 것은 처음이었다. H의 말캉한 혀가 느껴졌다. 입술도 잘근 깨물어 보았다. 드라마였다면 나와 H는 불륜 관계에 놓이는 진한 사랑에 빠지기라도 했을까? 특별한 떨림은 없었다. 생각보다 너무나 아무렇지 않아 그게 더 신기할 정도였다. 이상하리만큼 마음이 차분해졌다.

H에게 말해 주고 싶었다. 모두가 쳇바퀴 돌듯 살고 있다고. 사는 게 애처롭기는 다들 매한가지라고. 그렇

게 빤하디빤한 상투적인 위로라도 건네고 싶었다. 너랑 연애는 도저히 안 되겠다. 완전 불감증인데? 나는 하고 싶은 많은 말을 안으로 삼키고 대충 농담으로 얼버무렸다. 어쩌면 H가 이미 너무도 잘 알고 있을 거란 생각이 들었다. 그걸 알아도 실은 균형 잡기가 어려운 게 인생이니까. 잘 모르겠으면 한 번 더 해 볼래? H가 키득거렸다. 그나저나 대출 좀 해 주라. 네 빽으로 스페셜 DC 안 되냐, 이자율 좀 낮춰서?

자리에 앉아 그의 SNS에 접속했다. 비밀번호는 도대체 뭘까. 끝내 알 수 없었다. 그의 비밀번호를 알아내 견고하다 믿고 있는 그들의 세계를 공중분해하고 싶었다. 나는 별수 없이 나의 인스타로 로그인해 들어갔다. 그곳에는 지난 이 년 동안 그들이 공유한 시간이 있었고, 그 이전에 나와 그가 공유한 시간이 존재했다. 한순간 모든 걸 지워 버리고 싶었다. 오랜 망설임 끝에 계정 삭제 버튼을 눌렀다. 클릭.

단숨에 끝나 버릴 그 일을 왜 오래도록 하지 못했을까. 원치 않게 이별하는 일, 원치 않던 사랑에 빠지는 일, 원치 않은 사람과 결혼하는 일, 원치 않게 아이를 낳는 일. 그렇게 원치 않게 원하던 삶을 살아가지 못하는 일. 얼마나 더한 일들이 남아 있을까. 하지만 아프지 않은 삶은 없었다. 아니, 아프지 않다면 그것은 그 누구의 삶도 될 수 없었다.

행복하다고 믿었던 모든 것들의 그림자가 길게 느껴졌다. 여태 그래 왔듯 앞으로도 이월되거나 체납된 사랑을 갚지 못하고 파산하거나 도산하는 사람들을 나는 많이 목격할 것이었다. 원금을 갚아야 할 날은 서서히 다가올 테지만 그들은 원금은커녕 불어 가는 이자조차 탕감할 방법을 알지 못할 터였다. 사랑의 부채를 떠안고 사람들은 쉽게 파산 신고를 하고, 그럼에도 사랑의 빈곤함을 해결하기 위해 이곳을 찾을 것이다. 혹은 빈곤한 사랑을 유지하기 위해서라도. 아직도, 여전히 그리고 언제나 사랑은 높은 이자율과 원금 상환 불가능을 무릅쓰고 지속되곤 했다. 이 또한 불행인지 다행인지 모르겠지만.

달용이의 외출

달용이가 집을 나갔다. 동네 동물병원에서 단돈 삼만 원에 데려온 내 견공이 집을 나갔다. 다리와 몸통이 몹시 길어 볼품없던, 동네 아줌마들만 지나가면 치마 속으로 기어 들어가 나올 생각을 하지 않던, 귀에서 종종 진물이 흘러나와 썩은 냄새를 풍기던 달용이가 가출했다. 엄마는 마트에서 배달 온 물건을 받느라 문을 열어 놓은 채 지갑을 가지러 안방으로 들어갔다고 했다. 그 뒤로 한참이 지나서야 활짝 열린 현관문이 눈에 들어왔고, 그제야 비로소 달용이가 없다는 것을 알게 되었다고. 아마도 그랬던 것 같다고, 엄마는 자신 없게 말했다. 돌아서면 까먹는, 좀처럼 아무것도 떠올리지 못하는 엄마의 기억 속에서 확실한 건 다만 한 가지, 달용이가 없어졌다는 사실뿐이었다.

울먹이는 엄마의 목소리를 들으며 당황한 건 나 역시 마찬가지였다. 더 이상 말을 잇지 못하고 휴대전화 전원 버튼을 눌렀다. 전화기 밖으로 들리던 엄마의 목소리가 사라지자 독서실 앞 복도는 아무 일도 없었다는 듯 고요를 되찾았다. 책상에 엎드려 잔 탓에 심하게 눌린 앞머리만 긁적이며 한참을 그대로 서 있었다. 시간이 꽤 흐르는 동안에도 현실감은 좀처럼 회복되지 않았다.

독서실로 들어가 짐을 챙겼다. 가방 안에 책과 필기구를 되는대로 욱여넣었다. 책이라고 해야 검정고시 교재들이 전부였다. 소리 내지 않으려고 조심하는데도 자꾸만 물건을 집는 손길이 거칠어졌다. 그놈의 개, 아침에도 멀쩡했던 것 같은데. 같이 살던 개가 집을 나간 일은, 달용이가 없어진 일은 아무래도 큰 사건일 수밖에 없었다. 휴대전화를 타고 들려오는 엄마의 음성은 그 어느 때보다도 다급했다. 어쩌면 형의 사고를 알릴 때보다, 아버지가 일을 그만두었다는 소식을 전할 때보다, 내가 수업 일수가 모자라 결국 중학교 졸업장을 받지 못하게 되었다고 말할 때보다 엄마는 훨씬 더 당황해하고 있었다.

아마도 달용이는 머뭇거리다 현관문 밖으로 앞발을 내디뎠을 것이다. 아무런 제지가 없었을 테니 그 긴 다리로 계단을 뛰어 내려갔겠고. 삼 층 빌라 베란다 밖으로 보이던 익숙한 풍경이 눈앞에 펼쳐지자 내리막길을 신나게 내달렸을 것이고. 그러다 배도 고프고 목도 말라 슬슬 돌아가야겠다고 생각했을 때는 이미 주위가 어둡고 낯설었을 테고. 아니면 벌써 낯선 누군가의 손에 이끌려 새로운 집에 갔는지도. 식탐이 강한 녀석이니 주는 대로 물을 마시고 과자 부스러기를 받아먹었을지도 모를 일이었다. 갖가지 생각이 머리를 스쳤다. 그러나 자꾸만 내 머릿속에서는 불길한 장면이 떠올랐다.

달리던 버스가 제멋대로 길을 건너는 개를 피하려고 급정거를 한다. 끽, 급히 정차하려는 버스의 브레이크 소리가 순간 모든 것을 정지시킨다. 그러나 운전사의 발은 한 템포 느렸는지도 모른다. 공중으로 날아오른 한 마리 개가 바닥으로 내동댕이쳐지고, 그 광경을 목격한 사람들은 모두 눈살을 찌푸리며 고개를 돌린다. 헐떡거리는 개는 이미 내장의 절반을 아스팔트 위로 덜어낸 뒤다. 벌어진 입 밖으로 붉은 혀가 나온다. 처절한 순간, 끝내 나는 두 눈을 질끈 감았다. 불행을 먼저 떠올리는 것, 최악을 미리 그려 보는 일, 무방비한 슬픔 앞에서 어떠한 희망도 품지 않는 것은 형이 죽은 후부터 생긴 버릇이었다.

달용이는 내가 초등학교 삼 학년 때 집 앞 동물병원에서 데려왔다. 그 무렵 나는 늘 혼자였다. 맞벌이하던 부모님은 밤이 늦어서야 집에 들어왔다. 나보다 네 살 많은 형은 중학생이 된 뒤로는 학원에 다니느라 바빴고, 집에 와서도 내가 어려서 말이 통하지 않는다는 이유로 상대해 주지 않았다. 나는 불 꺼진 집에 들어가고 싶지 않았다. 말주변이 없고 수줍음을 많이 타는 터라 학교 친구들과 어울리는 일도 좀처럼 쉽지 않았다. 학교 도서관, 운동장, 동네 여기저기를 어슬렁거리던 내게 집 앞 동물병원은 시간 때우기에 적절한 곳이었다.

동물병원은 학교와 집 사이에서 유일하게 변화가 있는 공간이었다. 여기서 변화란 병원 안에 있는 동물들의 순환을 의미했는데, 동물은 대부분 개였고 개들은 수시로 바뀌었다. 병이 나으면 집으로 돌아갔고 또 이런저런 이유로 병든 개들이 병원으로 들어와 창가에서 보이는 전경을 바꿨다. 미용을 위해서 맡겨졌거나 주인의 휴가 기간 동안 혹은 교미를 위해 병원에 맡겨진 개들, 그 개들이 낳은 새끼 강아지까지. 그런데 그런 변화무쌍한 동물병원에서 유일하게 바뀌지 않고 제자리를 지키는 개가 한 마리 있었다.

창가에서 볼 때 맨 왼쪽, 먼지가 뽀얗게 내려앉은 선반 아래 쇠창살로 만든 개집. 그 안에 얌전히 누워 있던, 얌전하다기보다는 어딘가 무기력해 보이던 개. 강아지인 것 같지만 역시 강아지라는 표현보다는 개라는 단어가 더 어울리는. 요크셔테리어치고는 눈 사이가 멀고 코가 뭉툭하게 생긴 게슴츠레한 인상의 개. 사람들의 눈에 띄려고 연신 꼬리를 흔들어대던 다른 강아지들과 달리 멍하니 눈만 껌뻑거리던 혹은 반나절 넘도록 잠만 자던 그 개. 나는 왜 그토록 못난 개한테 자꾸만 눈길이 갔던 걸까. 매번 머리 한 번 쓰다듬어 주지 못하고 돌아서는 게 속상했다. 어쩐지 내가 주인이 되어 줘야 할 것만 같았다.

그러던 어느 날, 대걸레 물기를 짜러 병원 밖으로 나오던 동물병원 간호사가 내게 말을 걸었다. 간호사는 매일 병원 앞을 서성이던 나를 알아보는 것 같았다. 어떤 강아지가 제일 좋은데? 간호사의 물음에 나는 대답 대신 손끝으로 그 개를 가리켰다. 그러곤 얼마면 살 수 있느냐고 물었다. 강아지를 좋아하니까 너라면 특별히 싸게 줄 수 있어. 얼른 집에 가서 어른 모셔 와. 간호사는 크게 인심이라도 쓰듯 말했다. 그러나 내가 별다른 반응을 보이지 않자 이내 말을 바꿨다. 아무도 관심을 두지 않는 그 개 때문에 골치를 앓는다고. 점점 몸

집도 커지고 애완견으로서 매력이 없어져서 이제는 정말이지 누가 데려가면 거저 주고 싶은 심정이라고.

결국 엄마를 어떻게 설득할지가 관건이었다. 하루가 멀다고 엄마를 조르고 졸랐다. 그러나 비염이 있는 형 때문에 개를 집에 놓을 수 없다는 대답만 돌아왔다. 형이, 그까짓 형이 대수일까. 나는 하필이면 많고 많은 병 중에 비염이 있어 늘 코를 킁킁거리는 형이 싫었고 그런 형 때문에 강아지를 사 줄 수 없다고 딱 잘라 말하는 엄마가 미웠다.

평소에도 엄마는 공부를 잘하는 형을 나보다 더 예뻐했다. 그래 봐야 여기가 서울도 아니고 지하철 사 호선 종착역이 있는 멀고 먼 소도시일 뿐인데 반에서 일등을 해 봐야 별건가. 어린 나이에도 억울한 생각뿐이었다. 이러니 내가 형과 친해질 수가 없는 것이었다. 그렇다면 남은 건 아버지밖에 없었다. 하지만 아버지가 강아지를 사 줄 리 없었다. 강아지를 사 달라는 내 말을 귀담아듣기나 할까. 나는 자신이 없었다.

아버지는 배달 맨이었다. 신문보급소에서 일하며 새벽마다 신문과 우유를 배달했고 밤낮없이 오토바이 퀵배달을 했다. 출퇴근 없이 어디에 있든 콜을 받아 출동하면 되는, 흡사 자유로운 일 같았지만 '고객 만족, 기사 만족'이라는 모토를 가진 아버지의 배송 회사에서는 〈365일, 24시간, 일요일, 공휴일, 주말 가능〉이라고 쓰인 종이판에 포도 스티커를 붙여 주며 고객을 관리했다. 학교에 가져가야 하는 가정통신문의 보호자 직업란에 '배달', 학력란에 '고졸'을 쓰면서 엄마는 나에게 아버지는 평범한 배달 맨이 아니라 최고로 능숙한 배달 맨이라고 덧붙였다. 어떤 콜을 고르느냐에 따라 그날의 수입이 달라지는데, 숙련된 아버지는 다음 콜을 줄줄이 받을 수 있는 곳으로만 달린다고 했다. 당연히 회사에 소속된 전속 기사였으며 안정적으로 월급을 받는 몇 안 되는 배달 맨이라고 했다.

　새벽 배달 역시 다른 사람이 두 시간 걸리는 일을 아버지는 한 시간 반이면 한다고. 아파트 하나당 신문은 십만 원 우유는 삼십만 원이었지만, 능숙한 아버지는 신문을 돌리면서 동시에 우유를 넣는다고. 신문 보는 집과 우유 먹는 집과 신문을 보며 우유를 먹는 집을 골라 가며 배달하는 일은 결코 쉬운 일이 아니라고. 그러니 아버지를 존경해야 한다고. 엄마는 형과 나를 앉혀 두고 자주 이야기했다. 매번 비슷한 엄마의 잔소리를 요약하자면 배운 것도, 가진 것도 없는 아버지는 바쁠 수밖에 없었다. 더구나 늦은 나이에 결혼해 가정을 꾸렸기에 책임감도 막중했다. 하루빨리 전세에서 벗어나야 했고 우리가 더 크기 전에 대학 등록금을 마련해야 했다.

실제로 아버지는 매일 야근을 했고 주말까지 일했다. 형과 내가 잠든 후에야 귀가했고 우리가 일어나기 전에 출근했다. 아버지는 우리의 입학식과 졸업식에 참석한 적이 없었다. 그래서 우리의 기념사진에 아버지는 존재하지 않았다. 엄마는 아버지의 바쁜 삶에 아무런 불만이 없었다. 평생을 한가로이 놀고먹다 돌아가신 할아버지 때문에 엄마는 내내 일해야 했고 대신 빚을 갚아야 했다. 그런 엄마에게 아버지는 적어도 가족을 굶기지 않는, 생활력 강한 사람이었다. 비록 지금도 엄마는 할인마트 계산원으로 일하고 있지만 그럼에도 엄마가 하는 모든 이야기는 결론이 늘 똑같았는데, 너희는 꼭 공부를 잘해서 서울에 있는 대학에 들어가야 한다는 것이었다. 그래야 엄마 아빠처럼 아등바등하면서 살지 않을 수 있다고.

우리에게는 아버지 얼굴보다 아버지가 배달하는

신문과 우유를 마주하는 게 더 자연스러운 일이었다. 여름휴가 때도 우리는 가족 여행을 떠난 적이 없었다. 아버지에게 휴가란 다른 아저씨들이 가족과 즐거운 바캉스를 다녀오는 동안 묵묵히 콜을 받다가 여름 끝물에 혼자 고향 앞바다에 다니러 가는 것이었다. 아버지는 간혹 있는 회사 체육대회나 야유회에도 혼자 참석했다. 우리는 아버지가 가져오는 수건이나 볼펜 따위에 새겨진 기념 문구와 날짜를 보고 행사가 있었구나, 깨달았다. 가족에게 말을 건네는 게 서툴고 어색한, 무뚝뚝한 아버지였으니 내가 아버지를 낯설어하고 어려워하는 것은 어찌 보면 당연했다.

내 기억에 그날은 개교기념일이었다. 같은 재단 중학교에 다니던 형도 학교에 가지 않았다. 그런데 어쩐 일인지 아버지도 배달을 나가지 않았다. 당연히 우리는 말 한마디 나누지 않은 채 나는 주방의 식탁, 아버지는 거실의 텔레비전 앞, 형은 방문이 굳게 닫힌 자기 방에서 각자의 일상을 보냈다. 나는 일일학습지를 펼쳐두고 있었지만 계속해서 아버지를 힐끔거렸다. 엄마 없는 집에 아버지와 우리만 있다는 게 못내 어색했지만, 어쩐지 한편으로는 내가 깨어 있는 동안 아버지가 집에 있다는 사실이 좋기도 했다.

아버지는 거실에 길게 누워 리모컨을 눌러댔다. 나는 아버지 등 뒤에서 이리저리 바뀌는 텔레비전 화면을 쳐다보았다. 다른 채널에서 뭘 하는지 알기 위해 텔레비전을 보는 사람처럼, 아버지는 리모컨으로 채널을 멈추지 않고 바꿨다. 스쳐 지나가는 화면 중에서 이왕이면 만화 채널에 고정해 주었으면, 하고 바랐지만 아무 말도 하지 못하고 애꿎게 손톱만 물어뜯었다.

야구장에 가 본 적 있냐. 처음에는 스포츠 채널을 보던 아버지가 혼잣말을 하는 줄 알았다. 네? 아, 아뇨. 나는 괜히 주눅이 들어 기어들어 가는 목소리로 대답했다. 야구장에 가자. 아버지가 자리에서 일어나며 말했다. 그러고는 안방에 들어가 옷을 챙겨 입고 나왔다. 무릎 나온 청바지에 자주색 티셔츠 그리고 청재킷. 나는 형 방에 붙어 있던 록 밴드의 포스터를 떠올리며 아버지가 꽤 멋지다고 생각했다. 형이랑 겉옷 챙겨 입고 나와라. 나는 형을 부르며 방으로 뛰어 들어갔다. 형, 형. 아빠가 야구장 가재. 얼른 옷 입고 나오래. 형도 놀라긴 마찬가지였다. 야구를 좋아했던 형은 단번에 몸을 일으켰다. 의자가 뒤로 넘어갔지만 신경도 쓰지 않고, 평소 아끼던 두산베어스 야구 점퍼를 걸쳐 입었다.

형과 나는 아버지와 적당한 거리를 두고 걸었다. 처음에 나는 분명 바지 주머니에 두 손을 꽂은 채 걸었는데, 지하철과 버스를 몇 번이나 갈아타고 야구장이 있는 잠실역에 도착했을 때에는 형의 손을 잡고 있었다. 역에서도 한참을 걸어야 했다. 나는 다리가 아프고 힘이 들었다. 하지만 형은 난생처음 야구장에 간다는 사실에 들떠 있었다. 저기 봐라. 아버지가 허공 어딘가를 가리키며 우리에게 말했다. 아버지의 손끝을 따라 시선을 옮기니 저만치에 환하게 불 켜진 야구장이 보였다. 가슴이 벅차올랐다. 형은 내 손을 잡은 채 야구장 입구까지 한걸음에 내달렸다. 야구장 앞은 우리보다 먼저 온 사람들로 북적거렸다. 우리는 입장권을 받아 들고 줄을 섰다.

아무런 예고 방송도 없이 곧바로 입장이 시작되었다. 한 개였던 줄이 순식간에 서너 줄로 넓어지고 줄을 이탈한 사람들이 동시에 들어서며 입구를 가득 메웠다. 갑작스러운 일이었다. 내 키보다 높은 웅성거림 속에서 나는 형의 손을 놓치고 말았다. 대신 아버지의 청재킷을 잡으려 본능적으로 손을 뻗었다. 그러나 역부족이었다. 나는 눈앞에서 아버지와 형을 놓치고 빽빽이 들어찬 사람들 한가운데 서게 되었다. 까치발을 들어도 아버지와 형은 보이지 않았다.

서둘러 자리를 잡으려는 사람들이 우르르 몰려 들어갔고, 무리의 힘에 이끌려 나도 무작정 앞으로 끌려 들어갔다. 옆 사람의 발에 걸려 넘어지려던 나를 뒤에 있던 아저씨가 잡아 주었다. 눈물이 나왔다. 야구장 따위 오는 게 아니었다. 집에 어떻게 가는지 기억조차 나지 않았다. 사람들에게 떠밀려 입구의 좁은 통로를 지났다. 한순간에 시야를 가로막던 사람들이 뿔뿔이 흩어졌다. 뻥 뚫린 야구장이 보였다. 난생처음 본 야구장은 크고 넓고 환했다.

한가운데 서 있는 아버지가 눈에 들어왔다. 아버지를 잃어버린 줄 알고 눈물까지 흘렸던 나와는 달리 아버지는 여느 때와 다름없이 담담한 표정이었다. 통로만 지나면 만나게 되어 있는데, 야구장에 처음 온 나만 그것을 몰랐던 것이다. 형이 내게로 달려왔다. 나는 눈물을 닦으며 형의 손에 이끌려 아버지에게로 갔다. 아버지가 아무 말 없이 내 손을 잡아 자신의 주머니에 넣었다.

삼성라이온즈와 엘지트윈스의 경기는 삼성의 승리로 끝났다. 프로야구 정규 시즌의 마지막 시합이라고 했다. 경기장의 열기는 쉬이 가라앉지 않았다. 롯데 자이언츠 팬이었던 아버지는 두산베어스 점퍼를 입은 형에게 우승팀 삼성라이온즈의 사인 볼 하나를 사 주었다. 야구를 좋아하지만 한 번도 야구장에는 와 보지 못한 형은 지하철역으로 향하는 내내 야구공을 만지작거렸다. 내게 공을 만질 기회도 주지 않았지만, 그것을 원망하거나 아쉬워할 틈도 없이 나는 지하철 환승을 하고 얼마 지나지 않아 잠들었다.

눈을 떠 보니 어느덧 안산역이었다. 열차에 탄 모든 사람들이 내리아 하는 종착역. 나는 잠든 아버지와 형을 흔들어 깨웠다. 플랫폼을 빠져나오니 동네의 익숙한 간판 불빛이 보였다. 늦저녁의 쌀쌀한 바람을 맞으며 우리는 마을버스 줄의 꽁무니에 섰다. 버스에 올라 몇 정거장을 더 간 뒤, 집 근처 정류장에 내려섰다. 늦은 시간까지 불이 켜진 동물병원이 가장 먼저 눈에 들어왔다.

강아지 사 주세요.

용기를 내 아버지에게 말했다. 나의 짧은 생애, 아버지에게 하는 최초의 부탁이었다. 아버지는 아무런 대답도 하지 않았고 형은 여전히 야구공만 만지작거릴 뿐이었다. 하지만 둘은 나를 따라 동물병원 쇼윈도 앞에서 걸음을 멈췄다. 그러곤 내가 손가락으로 가리키는 개를 한참이나 바라보았다.

아버지가 병원 안으로 들어갔다. 나는 차마 안으로 따라 들어가지 못했다. 이 중요한 순간에도 여지없이 잠들어 있던 그 못난 개를 바라보며 초조한 마음으로 밖에 서 있었다. 돈 준다, 형이 말했다. 고개를 들자 지갑에서 몇만 원을 꺼내 간호사에게 건네주는 아버지가 보였다. 몇 분 뒤, 아버지가 개와 개 용품이 가득 든 꾸러미를 안고 병원 문을 열고 나왔다. 나는 냉큼 달려가 개를 받아 안았다. 개는 두 눈만 껌뻑일 뿐 짖지 않았다.

태어나서 처음으로 야구장에 갔던, 아버지와 형과 처음으로 함께 어딘가를 갔던, 아버지가 아버지답고 형이 형답다고 처음으로 생각했던 그날을 떠올리며 나는 지하철에서 내릴 준비를 했다. 문이 열리자 사람들이 쏟아져 내렸다. 나는 그 틈바구니 속에 섞여 간신히 플랫폼에 발을 디뎠다. 에스컬레이터를 타는 대신 계단을 두 칸씩 밟으며 뛰어 올라갔다. 그러면서도 혹시나 하는 마음으로 역사 안을 살폈다.

밤거리는 이미 어둑해져 있었다. 바삐 걷는 사람들 속에서 집 나간 개를 찾는 것은 쉬운 일이 아니었다. 게다가 제법 굵은 빗방울까지 쏟아졌다. 나는 달용이를 찾기 위해 빗속을 뛰어다녔다. 달용아 달용아, 크게 외치며 집으로 향하는 길목 곳곳을 기웃거렸다. 치킨집과 세탁소 사이에서는 더 큰 목소리로 달용이를 불렀다. 그리고 생각했다. 달용이는 왜 집을 나간 걸까. 아무리 생각해도 거실의 터줏대감이었던 달용이가 집을 나갈 이유 따윈 없었다. 달용이에 관해서라면 내가 제일 길 알았다.

달용이를 처음 집에 데려왔을 때는 이렇게 오래 살 수 있으리라 생각지 못했다. 워낙에 비슬거리며 온종일 잠만 자던 녀석이었다. 그러다 점차 사람 손을 타더니 언제 그랬냐는 듯 활개를 쳤다. 달용이는 식탁이며 싱크대까지 훌쩍 뛰어 올라가 엄마가 한 음식의 간을 먼저 보았다. 식탐이 얼마나 강한지 제 집을 두고 부엌 바닥에서 잠을 자며 엄마의 거동을 살폈다. 또한 달용이는 씻는 것을 제일 싫어했다. 목욕하자는 말만 해도 물어뜯을 듯 으르렁대며 누런 이빨을 드러냈다.

평소 나랑 둘만 있던 달용이는 형이나 아버지가 집에 돌아오면 곁을 맴돌면서 흥분해 오줌을 쌌다. 형은 오줌을 밟아 척척해진 양말을 벗으며 에이 씨, 하고 짜증을 냈다. 아버지가 소파에 앉아 있으면 관심을 끌려고 작정이라도 한 듯 시끄럽게 짖었다. 둘은 손사래를 치며 저리 가 혹은 시끄러워, 하고 윽박질렀지만 간혹은 달용이의 긴 허리를 쓰다듬거나 코를 툭툭 건드리며 웃기도 했다. 드물게는 달용이에게 줄 개껌이나 간식을 사 오기도 했다.

달용이 전문가인 나는 깨달았다. 아무도 없는 빈집을 지키며 하루를 보내는 달용이는 하나둘 집으로 돌아오는 가족이 몹시 반가웠던 것이었다. 당시에도 엄마는 엄마대로, 아버지는 아버지대로 그리고 형은 형대로 우리는 각자 사느라 바빴다. 얼굴을 마주하고 밥한 끼 같이할 여유나 하루를 어떻게 보냈는지 안부를 물을 기력조차 없었다. 그저 달용이만이 우리 가족을 한자리에 모이게 했고, 우스꽝스러운 모습과 말도 안 되는 재롱으로 실소를 자아내곤 했다.

사실 달용이의 이름은 원래 달용이가 아니었다. 달용이 따위의 촌스러운 이름을 자신의 반려견에게 붙여 줄 리 없었다. 처음에 나는 다롱이라는 귀여운 이름을 붙여 주었다. 다만 술에 취했을 때만 개를 부르던 아버지가 늘 다롱이를 달용아, 하고 불렀다. 그런데 다롱이라고 부르면 열 번에 한 번 올까 말까 한 바보 같은 개가 달용이라고 부르면 쏜살같이 달려왔다. 아버지한테 늘 옆구리를 차이면서도 그 앞에서 두 발로 서서 재롱부리기를 멈추지 않았다. 잘해 주는 것도 없는데 이상하게 달용이는 아버지를 따랐다. 그러나 함께 있는 시간이 많아지면서 점차 아버지와 달용이 사이에는 알 수 없는 긴장감이 흘렀다. 어쩌면 그래서 달용이가 기출을 했을지도 몰랐다.

형을 사고로 잃은 뒤 우리는 유가족이라는 호칭을 얻었다. 그 단어로 명명되는 내내 우리는 한순간도 자유로울 수 없었다. 온전하다 여겨진 모든 일상이 형과 함께 사라졌다. 엄마와 아버지는 바쁘게 여기저기를 뛰어다녔고 나는 평소처럼 달용이와 집을 지켰다. 학교에 가지 않는 날이 많았지만 아무도 뭐라고 하지 않왔다. 교문 앞에 죽치고 있는 기자들은 무턱대고 나에게 와서 네가 그 학생 동생이지, 하며 말을 걸어왔고 형에 관해 물었다.

장래희망이 무엇이고 취미나 특기가 무엇이었는지, 어떤 과목을 좋아하고 어떤 음식을 즐겨 먹었는지, 친구 관계는 어땠고 혹시 수학여행을 간 아이들 중에 사귀던 여자친구는 있었는지, 평소에는 어떤 형이었고 집에서 둘은 주로 뭘 하며 놀았는지. 쏟아지는 질문에 나는 어떠한 대답도 할 수 없었다. 아무 말도 하지 못하는 내 모습은 형의 사고를 온전히 받아들이지 못하는, 아직 어려서 죽음을 인식하지 못하는, 그래서 더 짠하고 슬픈 동생으로 그려졌다.

나는 형을 어떻게 기억해야 할지 또 어떻게 추모해야 할지 방법을 알지 못했다. 어렸다는 말보다는 어려웠다는 말이 더 합당한 변명이었을 것이다. 우리는 친하지 않았다. 친하지 않았기에 나는 형에 관해 알지 못했다. 어쩌면 그건 엄마나 아버지도 마찬가지였을 것이다. 아버지는 사고 현장에 찾아가서도 형이 몇 학년 몇 반인지 제대로 답하지 못했다. 내 기억이 맞는다면 엄마도 아빠도 형도 나도 우리는 서로에게 한 번도 사랑한다는 말을 해 본 적이 없었다. 나는 형의 죽음 앞에서 솔직해야 한다고, 비겁해선 안 된다고 생각했다. 그러므로 죽은 형에게 느닷없이 친한 척을 할 수 없었다.

생업을 포기하고 오랜 시간 유가족 모임을 쫓아다니던 엄마와 아버지도 결국은 집으로 돌아왔다. 값싼 위로와 무책임한 동정, 지킬 수 없는 약속 그리고 돌아오지 않는 시간 속에서 엄마는 멍하게 창밖을 내다보는 시간이 길어졌다. 만나는 친구나 연락 오는 지인들과도 멀어졌다. 텔레비전을 보며 키득거리다가도 곧잘 눈물을 흘렸다. 엄마는 웃다가도 울다가도 시간이 되면 밥상을 차렸다. 나와 아버지는 각자의 식사 시간에 그것을 먹었다. 우리는 방 밖으로 나가지 않으며 서로의 식사 시간을 불편하지 않게 배려했다. 혼자 밥을 먹는 가족의 곁을 유일하게 지켰던 게 달용이었다.

아버지를 찾는 콜 역시 점차 줄어들더니 어느 순간부터 아예 잠잠해졌다. 집에만 있게 된 아버지는 달용이와 자주 다퉜다. 대부분 아버지와 달용이가 거실을 두고 펼치는 쟁탈전이었다. 달용이는 종일 아버지를 졸졸 따라다니며 짖어댔다. 아버지가 한참 집중해서 텔레비전을 보고 있으면 달용이는 바닥에 놓인 리모컨을 밟아 채널을 다른 데로 돌렸다. 번번이 당하던 아버지는 참지 못하고 달용이를 발로 차고 리모컨을 숨겼다. 그러나 달용이는 슬슬 눈치를 살피며 아버지 주변에서 기어코 리모컨을 찾아냈다.

말이 없던 아버지는 말이 통하지 않는 달용이를 상대하며 말이 많아졌다. 술주정이 잦아졌고 눈물마저 흔해졌다. 아버지의 변화가 회사를 그만두어서인지 형의 부재 때문인지는 정확하지 않았지만, 실제로 아버지는 거실에 앉아 자주 울었다. 스테인리스 대접에 소주를 가득 따르고 그것을 소주잔으로 조금씩 퍼 마시며 아버지는 미친 듯이 울었다. 눈물은 그다지 나오는 것 같지 않았지만 우는 소리만은 곡소리를 하듯 처량했다. 그럴 때면 엄마와 나는 각자의 방에 들어가 문을 닫았다.

밤이 깊도록 계속되는 날이면, 나는 아버지가 눈치채지 못하게 방문을 열고 거실의 상황이 언제 끝나는지 지켜보았다. 아버지는 베란다 밖을 내다보며 들리지도 않는 혼잣말을 중얼거렸다. 그런 아버지의 말에 마치 후렴구라도 넣듯, 아니 맞장구라도 치듯 달용이도 멈추지 않고 짖어댔다. 그러고는 소주잔을 쥔 아버지의 손을 몇 번인가 핥기도 했다. 아버지는 달용이가 귀찮은 듯 손사래 치며 때릴 기세였지만 달용이는 아랑곳하지 않고 아버지 옆에서 떠나지 않았다.

어느 순간 아버지는 다리 사이로 풀썩 고개를 떨어뜨린 채 잠이 들었다. 그러면 나는 아버지를 눕히기 위해 방문을 열고 거실로 나왔다. 예전 같았으면 형이 했을 일이었다. 자신의 방에서 이불과 베개를 가지고 나와 술에 취해 널브러진 아버지를 눕히는 일, 묵묵히 아버지의 겉옷을 벗기고 양말을 벗기고 머리맡에 물을 떠다 놓는 일. 가만히 지켜보는 내게 형은 아무 말도 하지 않았다. 대신 잠든 아버지 발밑에 자리를 잡은 달용이를 보며 매번 똑같은 말을 내뱉었다. 저놈의 개, 차라리 내가 군대 있을 때 죽여 버렸으면 좋겠어. 귓기에 들려오는 형의 혼잣말을 떠올리며 나는 소파 아래에 나뒹구는 소주잔과 몇 알의 초코볼을 손으로 쓸어 담았다.

동네 여기저기를 돌아다녔지만 끝내 달용이를 찾을 순 없었다. 나는 길 건너에서 개가 지나가는 것을 보고 달용이인 줄 알고 무단 횡단까지 했다. 그러나 막상 건너가 보니 개의 그림자조차 보이지 않았다. 환영까지 본 건가? 나는 씁쓸하게 웃으며 고개를 가로저었다. 내일모레가 시험인데 이 시간에 개나 찾고 돌아다녀야 하는 상황이 한심하게 생각되었다. 물론 중학교 졸업장조차 따지 못한 것은 전부 내 탓이었다.

형이 죽었는데 울지도 않네, 하는 소리를 화장실에서 우연히 들은 뒤 나는 드문드문 나갔던 학교를 더 이상 나가지 않았다. 담임은 매일 우리 집에 전화해 결석이 많아 진학을 시킬 수 없다고 했다. 하루는 아프다는 핑계로 방에 틀어박혀 있는데 학교에서 또 전화가 왔다. 집에 있던 아버지가 전화를 받았다. 통화를 하는 건지 마는 건지, 귀를 방문에 대고 집중해 들어봐도 아버지 목소리가 들리지 않았다. 그렇게 몇 분이 지나고 아버지가 입을 열었다. 그냥 자퇴시키고 내일부터 집에 전화하지 말라고.

그 뒤로 나는 학교에 가지 않았다. 당시 아버지가 무슨 마음으로 그렇게 말한 건지는 지금 생각해도 알 수 없었다. 나는 피식 새어 나오는 헛웃음을 지우고 일단 집으로 가야겠다고 생각했다. 그새 달용이가 집에 들어왔을 수도 있었다. 나는 좁고 가파른 골목을 숨차게 걸어 올라갔다. 순간 어디선가 익숙한 목소리가 들렸다. 쓰레기장이 있는 옆 골목에서 나는 소리였다. 나는 골목 끝에 서서 안을 살폈다. 아버지였다. 아버지가 정신 나간 사람처럼 쓰레기통을 뒤지며 달용이를 찾고 있었다.

달용아, 달용아. 아버지는 울먹이고 있었다. 나는 못 본 척 돌아설까 하다 결국 아버지를 불렀다. 아버지. 나를 바라보는 아버지의 눈에 물기가 어려 있었다. 손에 든 건 뭐예요? 아버지의 손에는 구겨진 쇼핑백이 하나 들려 있었다. 아버지는 말없이 쇼핑백에서 옷을 꺼내 보여 주었다. 계절에도 맞지 않는 겨울 점퍼였다.

아버지는 달용이를 찾아 동네를 돌아다니다 거리에 있는 스포츠 상점 쇼윈도에서 세일을 한다는 문구를 발견했나고 했다. 마네킹이 입고 있던 오리털 짐퍼가 두툼하니 참 좋아 보였다고 했다. 오며 가며 거의 한 계절 동안 그 옷을 봤었다고. 그런데 달용이가 없어진 오늘 자기가 이 옷을 왜 샀는지 모르겠다고. 아버지는 무작정 가게에 들어가 비싼 점퍼를 사 들고 나온 자신이 후회되는 모양이었다. 아버지, 잘했어요. 나는 진심으로 말했다. 형이 죽은 뒤, 아버지가 자신을 위해 무언가를 사는 걸 나는 본 적이 없었다.

온 동네를 뒤졌지만 결국 달용이를 찾지 못했다. 밤새 빌라 현관문을 열어 두는 일 외에 할 수 있는 건 없었다. 벽보를 붙이거나 경찰서 같은 곳에 신고를 하지는 않았다. 그냥 기다리기로 했다. 그것이 우리 집 방식이었다. 생각해 보면 달용이가 가출을 한 건지, 외출을 한 건지도 정확하지 않았다. 어쩌면 달용이는 잠시 외출한 것인지 몰랐다. 그저 아직 집에 도착하지 못했는지도. 그날 밤, 달용이를 찾다 저녁 시간을 놓친 아버지와 엄마와 나는 동네 포장마차에 나란히 앉아 우동을 먹었다. 아버지는 자신의 그릇에 있던 어묵을 건져 내가 먹던 우동 그릇에 옮겨 주었다. 초등학교 졸업 이후 처음으로 한 가족 외식이었다. 기분이 묘했다. 이 나이 많은 측은한 남자가 내 아버지구나, 하는 실감이 밀려왔다.

몇 년의 시간이 흐르는 동안 모든 것은 변했다. 우리는 '아직도 울어?'와 '어떻게 웃어?' 사이에서 균형을 잡지 못했고 소문과 악플의 바다에서 허우적댔지만 역시 구조의 손길은 없었다. 주변의 다른 유가족들과 마찬가지로 사람들의 관심 속에서 서서히 잊혀 갔다. 지겹다는 말과 그만하라는 말은 결국 이제 모든 걸 덮자는 말과 다르지 않았다. 어쩌면 이렇게 유명한 죽음과 소문난 사고는 애초에 우리 가족에게 어울리지 않는 일일지 몰랐다.

살아 있었다면 형은 어른이 되었을 거였다. 여전히 우리는 친하지 않을지 모르지만 그럼에도 나는 충분히 슬펐다. 나를 둘러싼 모든 상황에 화가 났다. 막연한 적의로 가슴이 뜨거웠지만 아무에게도 말하지 못했다. 형에 관한 기억 말곤 한순간 모든 걸 잊어버리는 엄마의 슬픔을 알았고, 일상을 포기할 만큼 아프게 자기 자신의 무능과 가난을 탓하는 아버지의 자학을 이해했다. 그들은 그렇게 있는 힘껏 버텨내고 있었다. 우리는 가족과 친해지는 법을 배우지 못한 채 가족을 잃었고, 그 기회는 영영 다시 오지 않을 것이었다.

그리고 끝내 달용이는 집으로 돌아오지 않았다.

부엌에서 잠을 자는 아버지를 처음 발견한 건 나였다. 나는 그날도 여느 때와 다름없이 새벽까지 잠들지 못한 채였다. 이 상태라면 뻔히 학원에 지각할 것을 알면서도 좀처럼 잠들 수 없었다. 부엌으로 가서 불도 켜지 않고 냉장고 손잡이부터 당겼다. 냉각 팬 돌아가는 소리와 시어 빠진 김치 냄새와 찬 기운의 푸른빛이 일제히 새어 나왔다. 주스 병을 꺼내 내용물부터 확인했다. 빛깔이 비슷해 보리차인 줄 알고 마셨다가 엄마가 달인 약초 물을 싱크대에 뱉어 버린 게 한두 번이 아니었다.

마개를 열고 냄새를 맡아 보니 보리차가 확실했다. 나는 고개를 젖히고 물병째로 들고 서서 물을 들이켰다. 너무 많은 양의 물이 한꺼번에 쏟아졌다. 미처 피할 도리도 없이 그대로 차가운 보리차를 얼굴에 끼얹었다. 바닥까지 물이 쏟아지고 말았다. 턱을 타고 흐르는 물기를 티셔츠 소매로 닦으며 나는 벽에 있는 스위치를 눌렀다. 깜빡거리며 형광등이 켜졌다.

놀랍게도 아버지가 부엌 바닥에 누워 있었다. 아버지는 무릎이 가슴에 닿을 정도로 웅크린 채 잠들어 있었다. 나는 아버지를 내려다보며 깨워야 하나 잠시 고민했다. 아버지를 깨워 이 새벽에 어쩌자는 건가. 피곤한 일을 만들고 싶지 않아 그냥 내버려 두기로 했다. 하룻밤 부엌에서 잔다고 큰일이 생기지는 않을 것이었다. 나는 한쪽 발로 걸레를 밟아 바닥에 흘린 물만 대충 닦았다. 불을 끄려고 손을 뻗으며 무심코 안방을 쳐다보았다. 문이 반쯤 열린 안방에서는 엄마가 코 고는 소리가 규칙적으로 들려왔다. 엄마는 배달을 나가지 않는 한가한 아버지에게 더는 이불을 덮어 주지 않았다.

부엌에서 잠들어 있는 아버지는 그 뒤로 수시로 목격되었다. 그 이유에 대해서는 알 수 없었다. 엄마는 갈빗집에 나가 홀 서빙을 했고 나는 검정고시 학원에 다녔다. 우리는 밤이 되어서야 낡은 빌라로 모여들었다. 그러므로 아버지가 낮 동안 무엇을 하는지 알 수 없었다. 각자의 작은 방에서 잠들 무렵, 그때가 되어서야 깨달았다. 아버지가 부엌에서 자는 게 하루 이틀이 아니라는 걸. 아마도 그것이 달용이가 집을 나간 뒤부터 시작되었다는 것을.

아버지는 주로 싱크대 밑에 깔아 놓은 밤 매트 위에서 잔뜩 몸을 움츠린 채 잠이 들었다. 매트는 붉은색 꽃무늬로 고무 재질이었다. 가로 오십 센티미터 세로 일 미터 사이즈 매트 안에 아버지의 마른 몸은 온전히 자리했다. 베개도 이불도 필요 없었다. 그저 매일 입고 있는 황토색 폴리에스테르 실내복이 전부였다. 하지만 아버지는 조금도 불편해하는 기색이 없었다. 태어날 때부터 그 자리에서 잠들었던 사람처럼 너무나 평온하게 쌕쌕 소리 내며 잠을 잤다.

그 외에 평상시와 달라진 것은 없었다. 몇 번인가 술에 취한 아버지가 달용이를 애타게 부르면서 주정했다. 눈물까지 흘리는 그 모습이 정말이지 청승맞아 보였지만, 다음 날이 되면 언제 그랬냐는 듯 평상심을 되찾고 종일 소파에 누워 텔레비전을 보는 데 열중했다. 좀처럼 움직이는 일이 없었다. 엄마가 뭘 좀 해 달라고 간곡히 청해도 묵묵부답으로 일관하며 움직이는 것을 꺼렸다. 아버지가 몸을 움직일 때는 밥을 먹을 때와 화장실을 갈 때뿐이었다. 그야말로 아버지의 하루는 텔레비전을 켜는 것으로 시작해 텔레비전을 끄는 것으로 끝났다.

아버지는 손에 쥔 리모컨을 놓을 줄 몰랐다. 리모컨이 없으면 단 하루도 살 수 없을 것 같았다. 리모컨이 남아날 리 없었다. 몇 번인가 반복해 눌러도 채널이 바뀌지 않았다. 새 건전지를 넣어도 리모컨이 살아날 기미를 보이지 않았다. 아버지는 적잖이 당황한 눈치였다. 하지만 아무도 리모컨을 사 주지 않자 아버지는 채널을 바꾸기 위해 텔레비전까지 슬슬 기어갔다. 아버지가 무릎과 손을 바닥에 대고 기어다니는 일이 퍽 자연스럽기까지 했다. 아버지는 그 뒤로 대부분 일을 모두 기어다니며 해결했다. 그리고 고장 난 텔레비전 리모컨은 영영 어딘가로 사라져 버렸다.

날이 갈수록 아버지의 행색은 엉망이었다. 황토색 폴리에스테르 실내복은 한 달에 한 번 빨까 말까였다. 옷에서 쉰내가 풍겼다. 사실 쉰내가 나는 곳이 실내복인지 아버지의 몸인지는 확실치 않았다. 아버지는 전혀 씻으려 들지 않았다. 왜 그리도 씻는 것을 싫어하게 되었는지, 마치 예전의 달용이를 보는 것 같았다. 엄마가 한 시간이고 두 시간이고 목욕탕에 가둬 두고 문밖을 지켜야 했다. 아버지는 벗은 몸으로 목욕탕 의자에 쪼그리고 앉아 한참을 그대로 있었다. 그러다 엄마가 맛있는 것을 주겠다고 하면 못 이기는 척 샤워기를 틀었다. 아버지가 씻고 나오면 엄마는 상으로 은행이나 잣, 육포 따위를 한 움큼 쥐여 주었다.

아버지는 식탐도 날로 더해졌다. 음식 냄새가 풍기면 부르지 않아도 제일 먼저 식탁에 턱을 받치고 앉았다. 그러다 도마나 식탁 아래로 떨어지는 햄 조각이나 고기 조각을 주워 먹었다. 아버지는 생전 먹지도 않던 초콜릿이나 과자를 옆에 끼고 살았다. 텔레비전을 보면서도 입만은 쉬지 않고 오물거렸다. 과자 부스러기나 초콜릿 껍데기는 그대로 바닥에 버려 두거나 몰래 소파 밑으로 쑤셔 박았다. 이상한 점은 그렇게 먹고 움직이지 않는데도 아버지가 점점 말라 간다는 것이었다. 아버지의 몸은 건드리면 바스러질 것처럼 앙상했다. 아버지가 팔다리를 길게 늘어뜨리고 모로 누워 있으면 굽은 등에 척추뼈가 도드라졌다.

그 모습을 보면서 머리가 비상하고 몸이 재빠른, 능숙한 배달 맨의 과거를 떠올리기란 힘들었다. 그날 만화방에서 날을 새우고 새벽에 집으로 돌아가던 길, 나는 배달을 나가는 아버지와 마주치지 않으려고 빌라 출입구에서 서성이고 있었다. 아버지는 매일 똑같은 시간에 빌라를 나섰다. 역시 우연이라도 마주치는 일은 어색하고 불편했다. 안녕하세요, 하고 인사할 수도 오랜만이네요, 하고 인사할 수도 없는 노릇이었다. 철문 열리는 소리가 나자 곧 아버지의 모습이 보였다. 아버지는 입구에 서서 양쪽으로 목을 꺾으며 고개를 돌리는 것으로 선잠을 달아나게 했다. 맨손체조의 기본 동작 두어 개를 반복하다 손 털기를 끝으로 점퍼의 앞섶을 여몄다. 터덜터덜 걸어가는 아버지의 뒷모습이 조금씩 멀어졌다.

출입문을 열고 들어가 어둡고 좁디좁은 계단에 올라섰다. 한발 한발 오르며 학교 가기 싫다고 혼잣말을 했던 것도 같다. 현관문 비밀번호를 누르려는데 문이 열렸다. 형이었다. 새벽에 어딜 가는 거지? 궁금했지만 물어보지 않았다. 평소와 달리 사복 차림인 형은 빵빵한 백팩을 메고 손가방까지 들고 있었다. 형도 이 새벽에 나와 마주치리라고 생각지 못한 눈치였다. 방에서 자고 있을 줄 알았겠지. 나는 형이 나갈 수 있게 문을 잡고 한쪽으로 비켜섰다. 집으로 들어서려는데, 계단을 내려선 형이 소리쳤다. 언제 형이랑 야구장이나 한번 가자. 머뭇거리는 동안 현관문이 닫혔다.

두고두고 그 목소리가 떠올랐다. 매일 집을 나서며, 집으로 돌아오며, 달용이를 찾아 동네 여기저기를 돌아다녔던 동안에도. 형은 내가 애처로웠던 걸까. 내가 언제? 하고 물었다면 수학여행 다녀와서, 하고 형이 대답해 줬을까. 그러던가, 하고 대충이라도 대답했더라면 내 후회가 지금보다 적었을까. 잘 다녀와, 형. 그 말한마디만 했더라면 좋았을 텐데. 그랬다면 그랬더라면…….

열리지 않는 형의 방문을 앞에 두고 한참을 생각했던 적이 있었다. 분명 저 안에 있어야 할 사람이니까. 옛날엔 매일 안 보고도, 말 한마디 안 나눠도 아무렇지 않았으니까. 그냥 보이지 않을 뿐이라고 믿으면 어떨까. 근데 왜 눈물이 나는 거지. 이 집에서 간혹 형을 떠올리고 그보다 더 자주 현실을 외면하는 일 말고는 여전히 내가 할 수 있는 일은 없었다. 감당할 수 없는 진실과 받아들일 수 없는 진심이 여전히 가라앉은 배와 함께 바닷속에서 잠들어 있었으므로.

문을 닫고 있는데도 방 안으로 고소한 냄새가 풍겨왔다. 부엌으로 가 보니 엄마가 프라이팬에 은행을 볶고 있었다. 황톳빛 껍질이 짙은 갈색으로 익어 갔다. 이게 제대로 구우면 만지기만 해도 껍질이 벗겨진다니까. 엄마는 은행이 타지 않도록 나무 주걱으로 휘저으며 말했다. 은행은 마치 살아 있는 것처럼 무리를 지어 프라이팬 안에서 이리저리 몸을 움직였다. 은행 하나가 땅바닥에 떨어졌다. 바닥에 웅크리고 있던 아버지가 잽싸게 몸을 날려 은행을 주워 먹었다. 엄마는 그 모습이 뭐가 그리도 우스운지 키득거렸다. 아버지는 은행이 또 떨어지길 기다리며 엄마의 발밑에 얌전히 앉아 있었다. 나는 아버지를 보며 생각했다. 더 늦기 전에 아버지에게 리모컨을 사 줘야겠다고. 아버지가 달용이처럼 외출해 버릴까 겁이 난 까닭이었다.

까마귀 소년

붉은색 현수막이 바람에 펄럭였다. 한쪽 매듭이 풀어지며 하늘로 솟구쳐 올랐다. 맞은편 아파트 옥상 난간에 서 있던 나는 고개를 갸우뚱했다. 어떤 글귀였더라, 모든 걸 잊고 잠시 생각에 빠졌다. 축 재개발 확정? 중얼거리다가 휘청 중심을 잃었다. 균형을 잡으려고 두 팔을 버둥댔다. 팔에 매단 거대한 날개가 따라 움직였다. 무릎을 구부리고 자세를 낮췄다. 조악한 날개에서 빠진 검은색 깃털 몇 개가 눈앞에서 멀어졌다. 숨 고르는 소리를 제외하곤 세상의 모든 소리가 사라진 듯 귓가가 고요했다.

고개를 숙여 아래를 내려다봤다. 아득한 거리감이었다. 방심했더라면 정말로 떨어질 뻔했다는 생각에 현기가 일었다. 픽, 둔탁한 소리를 내며 몸뚱이가 바닥에 짐짝같이 내던져졌을 것이었다. 혹은 건물 외벽에 몸이 부딪혀 더 멀리 튕겨 나갔을지도. 어쨌든 궁극엔 검은색 깃털이 사방으로 흩날리고 사람들은 그것을 놀란 눈으로 바라볼 것이었다.

바닥에 놓은 휴대전화에서 문자 수신음이 울렸다. 혹시 은주가 아닐까, 하는 마음으로 버튼을 눌렀다. 이주의 할인 상품. 은주와 함께 장을 보러 가던 동네 마트에서 보낸 광고 문자였다. 수술은 잘 끝난 걸까. 회복실 침대에 누워 눈을 뜬 은주의 모습을 떠올려 봤다. 하지만 은주는 아파트 옥상 난간에 위태롭게 서 있는 내 모습을 떠올리지는 못할 것이었다. 은주도 끝내는 나를 잊고 살아갈까. 부질없는 궁금증 하나가 머릿속을 어지럽혔다.

까마귀 소리를 내고 싶었다. 알에서 갓 깨어난 새끼 까마귀 소리, 가족을 부르는 엄마 까마귀 소리 혹은 까마귀들이 즐겁고 행복할 때 내는 울음소리를. 나를 아는 세상 모두에게 그런 소리를 들려주고 싶었다. 이소베 선생님처럼 누군가 단 한 사람이라도 내 마음을 알아봐 주길 바라며. 하지만 그것은 교실에서 학교에서 현실에서 불가능한 일이었다. 결국 나를 위한 세상은 없었다.

까아아악 까아악. 이제 그것은 죽음을 애도하는 레퀴엠.

낡은 운동화 밑 저 아래, 오후의 시간이 저물어 가고 있었다. 오래전에 지은 아파트, 단지 안에 있는 놀이터와 상가, 관리사무소 그리고 노인정까지. 모든 게 그 자리 그대로였다. 다만 조금 낡고 색이 바랬고 작아 보일 뿐이었다. 눈물이 차올랐다. 열일곱 살이 되도록 행복했던 때가 있었던가. 그게 언제였는지. 흐르는 눈물을 닦는 대신 나는 시간을 거슬러 올라갔다.

초등학생인 나는 건널목 신호가 바뀌자마자 보도에서 내려섰다. 빠르게 좌우를 살피고 어른들 사이를 가로질러 뛰기 시작했다. 일주일에 한 번 아파트 노인정에서 할아버지 선생님과 한문 공부를 하는 날이었다. 할아버지는 수업에 늦게 오는 것을 싫어했다. 보폭을 크게 할수록 크로스로 멘 가방이 덩달아 들썩였다. 가방 안에는 한문 공책과 천으로 만든 필통, 담배 한 갑이 들어 있었다.

담배는 버스 정류장 가판대에서 아버지 심부름이라고 하고 샀다. 심부름도 아니었고 아버지도 없었으니, 담배를 사려고 거짓말을 두 번이나 한 셈이었다. 할아버지, 안녕하세요! 신발을 벗고 실내로 들어섰다. 온몸이 땀에 젖도록 뛰었지만 오 분이나 늦었다. 오냐, 잘 왔느냐. 할아버지는 한문 서책과 서예 도구를 펼쳐 놓은 작은 앉은뱅이책상을 앞에 두고 있었다. 오늘따라 노인정이 조용했다. 다른 할아버지 서넛만 멀찍이 떨어져 장기판을 둘러싸고 있었다. 할아버지, 오늘은 무슨 시 배워요? 나는 숨을 고르며 맞은편에 앉았다. 할아버지는 주로 천자문과 한시를 가르쳐 주었다. 일 년 가까이 학생은 나밖에 없었다.

처음 한문반에 들어왔을 때는 아이들이 많았다. 섬에서 할머니와 살던 내가 서울로 올라온 지 얼마 되지 않은 때였다. 일 년에 한두 번 만나던 엄마를 매일 볼 수 있어 좋았지만, 새벽까지 포장마차 일을 하는 엄마는 나를 돌볼 겨를이 없었다. 할머니가 죽지 않았더라면 나를 데려올 엄두도 내지 못했을 것이었다. 얼굴조차 기억나지 않는 아버지는 나를 낳고 얼마 뒤 집을 나갔다고 했다. 삼 학년으로 진학했지만 섬에서처럼 나는 늘 혼자였다.

학교를 마치면 할 일 없이 동네 여기저기를 기웃대곤 했다. 주변 보습학원에 다닐 형편도 되지 않았으니 시간을 보낼 마땅한 방법이 없었다. 엄마는 그런 내게 길 건너 아파트 노인정으로 한문 공부를 하러 가라고 말했다. 아파트 아이들만 다닐 수 있는 걸, 상가 미용실 원장에게 특별히 부탁해 신청한 거라고. 아파트 사는 아이들과 어울려 공부하는 거니까 빼먹지 말고 열심히 다니라고.

그 뒤로 나는 엄마가 집에 가져오는 신문의 한자를 가끔 읽어내기도 했는데, 엄마는 그럴 때만 나를 쳐다봐 주었다. 나는 그게 좋아 하루도 빠짐없이 수업에 나갔다. 하지만 어느 순간부터 다른 아이들이 수업에 나오지 않았다. 한문 공부가 어렵고 재미없다는 게 이유였다. 할아버지는 나 혼자 앉혀 놓고 수업을 계속했다. 할아버지가 있어 나는 혼자라는 생각이 들지 않았다. 그러나 이제 나는 또다시 혼자가 될 수밖에 없었다. 앞으로 다섯 밤만 지나면 할아버지는 자식이 있는 미국의 어느 작은 도시로 떠날 것이다. 그러니까 그날은 우리의 마지막 수업이었다.

두보의 시, 고안(孤雁)을 보자꾸나. 나는 벼루에 물을 조금씩 부어 가며 익숙하게 먹을 갈았다. 할아버지가 붓을 뉘어 먹을 스미게 한 뒤, 붓 끝을 가지런히 다듬었다. 나는 화선지에 붓이 닿아 첫 먹물이 스며드는 순간을 놓치지 않으려 눈을 크게 떴다. 할아버지가 한자 그리는 걸 보는 게, 나는 좋았다. 孤雁不飮啄(고안불음탁)/飛鳴聲念群(비명성념군). 하나의 획이 다른 획을 부르는 듯, 붓은 끊어지지 않고 유연하게 화선지를 적셨다. 誰憐一片影(수련일편영)/相失萬重雲(상실만중운). 할아버지는 숨도 쉬지 않은 듯 붓을 움직이는 데에만 열중했다. 望盡似猶見(망진사유견)/哀多如更聞(애다여갱문). 하얀 화선지 위에 할아버지가 그림처럼 그리는 한자를 볼 때면 매번 감탄하지 않을 수 없었다. 보는 내내 가슴이 뛰었다. 野鴉無意緖(야아무의서)/鳴噪自紛紛(명조자분분). 언젠가 나도 할아버지처럼 멋지게 붓글씨를 쓸 수 있었으면 좋겠다고 생각했다.

두보도 생각하지 못한 게 있었단다. 할아버지가 붓을 내려놓으며 말했다. 백로는 깨끗해서 하얀 게 아니고 까마귀도 더러워서 까만 게 아니지. 나는 할아버지가 하는 말이 무슨 뜻인지 이해하지 못했다. 몇몇 한자는 읽을 줄 알았지만 전체적으로 그 뜻이 무엇인지는 알 수 없었다. 그저 마지막 수업이라 어려운 걸 가르쳐주는구나, 생각했다. 나는 입을 여는 대신 가만히 고개를 끄덕였다. 할아버지가 그렇다니 그런 줄 알 뿐이었나. 자신 없는 내 표정을 읽은 걸까, 할아버지가 나의 머리를 마구 헤집어 까치집을 만들었다. 자, 읽어 보자. 할아버지와 내가 차례로 독경하는 낮은 목소리가 실내를 가득 메웠다.

할아버지는 방 한쪽으로 앉은뱅이 책상을 옮기고 서책과 서예 도구를 가방에 넣었다. 나는 늘 그랬듯이 할아버지가 짐을 챙길 때까지 문가에 서서 기다렸다. 현관에 놓인 할아버지의 낡은 구두를 돌려 문을 향해 바로 놓았다. 저 구두를 신고 비행기를 타겠지. 문득 궁금해졌다. 할아버지는 그곳에서도 파란 눈을 가진 아이들에게 한시를 가르칠까. 채비를 마친 할아버지가 현관으로 나왔다. 우리는 노인정에서 놀이터까지 말없이 걸었다. 놀이터는 반대 방향에 놓인 각자의 집 중간 지점이었다.

다리를 저는 할아버지 보폭에 맞춰 나는 느리게 걸음을 옮겼다. 이거 받아라. 할아버지가 가방에서 책 한 권을 꺼냈다. 그림이 그려진 동화책이었다. 아까부터 두 손을 가방에 넣고 꺼내지 않던 나는 멀뚱히 할아버지 손에 들린 책을 쳐다보았다. 할아버지는 말했다. 일본 동화작가가 쓴 『까마귀 소년』이란다. 까마귀 소리를 잘 내는 땅꼬마는 아주 멋진 친구지. 기억나니? 까마귀 소년. 까마귀 소년. 속으로 두 번 거듭해 제목을 중얼거렸다. 예전에 할아버지가 이야기해 준 적이 있었다.

외톨이였던 땅꼬마가 새로 부임한 이소베 선생님 덕분에 모두에게 인정받는 까마귀 소년이 된 이야기. 땅꼬마는 학교에서 늘 혼자였다. 공부할 때도 놀 때도 아이들에게 따돌림을 당했지만, 땅꼬마는 날마다 학교에 나가 혼자 주변을 살폈다. 그렇게 육 학년이 되었고 이소베 선생님이 새로 왔다. 선생님과 아이들이 모두 함께 뒷산에 올랐는데, 땅꼬마는 머루가 열리는 곳, 돼지감자가 자라는 곳, 꽃이란 꽃 이름을 전부 알고 있었다. 땅꼬마는 학예회에서 까마귀 울음소리를 냈다. 알에서 갓 깨어난 새끼 까마귀 소리, 아침에 우는 엄마 까마귀 소리, 슬플 때나 행복할 때 내는 까마귀 소리를.

나는 한 손을 꺼내 동화책을 받아 들었다. 그러곤 다른 한 손을 할아버지 앞으로 내밀었다. 내 손에는 담배가 들려 있었다. 할아버지가 담배를 받아 들며 나를 내려다보았다. 내가 한 번도 본 적 없는 복잡한 표정을 한 채였다. 할아버지가 천천히 내게서 몸을 돌렸다. 내가 눈을 깜빡이는 사이, 할아버지 등 뒤로 뉘엿거리는 해가 한순간 사라져 버렸다. 그제야 해가 져 어둑해진 주변이 시야에 들어왔다. 예전 할머니가 서랍장에서 꺼내 보여 줬던 흑백사진처럼 세상이 일시에 늙어 버린 듯했다. 오가는 사람들 사이로 할아버지 뒷모습이 작아져 갔다. 나만이 들을 수 있는 그 낡은 구두 굽 소리가 귓가에서 사라질 때까지 나는 자리를 뜨지 못했다. 왠지 죽은 할머니가 떠올라 동화책을 두 손으로 꼭 쥐고 오랫동안 그 자리 그대로 서 있었다.

코끝과 콧대에 사용하는 보형물이 달라요. 콧대는 보통 실리콘이나 실리텍스로 하고 코끝은 귀 연골, 비중격 연골 등을 사용합니다. 의사는 책상에 놓인 얼굴 모형에서 코를 펜으로 가리키며 말했다. 날렵한 은색 펜을 쥔 의사의 손가락이 지나치게 하얗고 얇아 보였다. 손만 보자면 수술칼을 쥐는 것보다 피아노 건반을 누르는 게 더 어울렸다. 나는 붉게 부어오른 짧은 손가락이 부끄러워져 점퍼 주머니에 손을 넣었다.

닭갈빗집 철판 닦는 일을 하다 보니 손이 늘 엉망이었다. 고무장갑 안에 면장갑을 끼는데도 소용없었다. 습진은 점점 심해졌고 손가락 끝부터 바닥까지 허물이 벗겨지더니 점차 반점이 생기는 것처럼 붉고 거칠어졌다. 그래도 새벽 시간에 혼자 할 수 있는 일이라서 그만둘 수 없었다. 어쨌든 아침엔 학교에 가야 했고 또

낮에는 송장처럼 누워 있는 엄마를 돌봐야 했다. 혼자 둘 수 없으니 다른 대안이 없었다. 다행히 아직은 은주가 나와 손잡는 걸 싫어하지 않았다.

고급스러운 인테리어의 병원과 어울리지 않는 것은 내 손만이 아니었다. 병원의 환한 조명 아래에서 의사를 마주 보고 앉은 은주도 촌스러워 보였다. 반짝거리게 화장한 얼굴도, 허벅지가 드러난 원피스도, 무릎 위에 놓은 핸드백도 싸구려 같아 보였다. 물론 그것은 실제로 값싼 물건일 것이었다. 하지만 화려하게 치장한 은주가 왜 평소 집에서 입던 곰돌이 반소매 티에 쫄바지를 입은 것보다 못해 보이는지 알 수 없었다.

어젯밤 은주는 몇 벌 되지도 않는 옷을 살펴보다가 아저씨들을 만날 때 입던, 몸에 딱 달라붙는 와인색 원피스를 꺼내 들었다. 이 옷이 가장 나이 들어 보이지? 잘나갈 때는 이게 매일 입던 유니폼이었어, 하고 상기된 채 말했다. 나에게 고등학생 티를 내면 안 된다고 단단히 주의를 주며 은주는 잠들기 전까지 아는 언니의 주민등록번호를 계속 되뇌었다.

선생님, 근데 나이 들면 정말 재수술해야 해요? 실리콘만 그런가? 빛 아래서 보면 다 비친대요. 거울을 들여다보던 은주가 심각한 얼굴로 물었다. 의사의 설명을 알아듣지 못하는 나와 달리, 매일같이 성형 관련 사이트를 들여다보며 이런저런 수술 경험담을 주워들은 은주는 의사의 말에 고개를 끄덕이기도 하고 막상 겁이 나는지 얼굴을 찌푸리기도 했다. 그 얼굴을 쳐다보고 있자니 웃음이 나왔다. 내 기억에 은주가 누군가의 말을 이렇게까지 진지하게 들은 적은 없었다. 누구의 말이든 듣기 싫으면 그만하라고, 거두절미 큰 소리로 끊어 버리고 마는 은주였다. 그나마 애인이라고 내 말은 제법 듣는데 그것도 이 정도의 집중력은 아니었다.

뭐 꼭 그런 건 아니고 사람에 따라 경우에 따라 다르죠. 거의 재수술은 코끝 때문인 경우가 많아요. 귀 연골이 물렁물렁해서 코끝을 받쳐 주는 힘이 약해지면 주저앉을 수 있거든. 그래서 우리 병원은 비중격 연골을 이용한 수술을 주로 합니다. 코안에 있는 연골뼈라서 강도가 잘 유지되고 수술 자국도 남지 않아요. 자체 코뼈를 이용하기 때문에 부작용도 거의 없고, 코끝의 모양도 자연스럽고 오뚝하게 나와서 환자분들의 만족도가 매우 높습니다. 의사의 입에서 알아들을 수 없는 말들이 줄줄이 이어져 나왔다.

강약도 억양도 없는 무표정한 문장과 문장의 연속. 무슨 말인지 제대로 이해할 수 없었다. 하지만 내가 굳이 알아야 할 필요가 있는 것도 아니었다. 휴대전화를 만지작거리며 자리에서 일어나 진료실 밖으로 나왔다. 상담이 길어져 슬슬 지겨워지려던 차였다. 내게 중요한 건 가격이 얼마냐는 것과 얼마를 더 할인받을 수 있느냐는 거였다. 코 수술은 내가 은주에게 해 주는 생일 선물이었다.

은주는 어려서 아버지한테 맞아 코뼈가 부러졌다. 제때 치료를 받지 못한 탓에 코뼈가 휘어 삐뚤어진 것이었다. 코뿐만이 아니라고 했다. 갈비뼈나 발목뼈도 몇 번이나 금이 갔고 얼굴이나 몸에도 피멍이 가실 날이 없었다고 했다. 그건 은주 엄마나 동생도 마찬가지였다. 하루는 이렇게 맞으면 죽겠구나 싶어 혼자라도 살려고 집에서 도망쳤다고 했다. 경찰서에 가서 말했지만 다시 집으로 돌려보내졌다고. 그게 말이 되는 거냐고 은주는 엄청나게 억울해했다.

그 뒤로는 계속 가출했다 잡혀 들어가길 반복했다. 몇 개월쯤 가출 팸과 어울려 지내다 성매매 단속에 걸려 뿔뿔이 흩어졌고, 은주는 아무도 모르게 서울로 왔다. 몇 군데 아르바이트를 전전한 끝에 내가 일하던 닭갈빗집에서 서빙을 하며 숙식을 해결했다. 나는 닭갈빗집 영업이 끝난 뒤에야 철판을 닦으러 왔는데, 담배를 피우러 주방 뒷마당으로 나오는 은주와 자주 마주쳤다. 그러던 어느 날 새벽, 은주와 나는 섹스를 했고 그날 이후 은주는 우리 집에서 나와 같이 살기 시작했다.

진료실 밖 소파에는 여자들이 두셋 무리 지어 앉아 있었다. 주위를 둘러봐도 어디 엉덩이 붙일 곳이 마땅치 않았다. 무엇보다 남자인 내가 성형외과에 있다는 사실이 창피했다. 은주가 보호자로서 같이 가야 한다고 난리만 피우지 않았더라면, 같이 안 가면 한 달간 섹스를 해 주지 않겠다고 으름장만 놓지 않았더라면 내가 여기 있을 터이 없었다 사실 내 눈에 은주는 지금도 충분히 예뻤다. 살짝 삐뚠 코 때문에 오른쪽과 왼쪽 얼굴이 다르게 보였는데, 어떤 때는 그게 더 섹시해 보였다. 걱정인 건, 은주가 코만 고치면 자신이 월등한 미녀가 될 줄 알고 있다는 거였다. 내가 보기엔 크게 달라질 것 같지 않았다.

선물로 성형 수술을 시켜 준다고 했을 때 은주는 진짜 기뻐했다. 고개를 숙이고 눈물을 뚝뚝 흘리는 게 왈

가닥 은주답지 않았다. 대신 다시는 조건만남을 하지 않기로 약속했다. 코 수술을 하기 위해 돈을 모아야 한다는 게 조건만남을 하는 이유였으니까. 은주는 내 앞에서 휴대전화에 저장된 여러 명의 남자 번호를 차례로 지웠다. 은주가 나 말고 다른 남자랑 자는 것도 싫었지만, 그보다 또다시 단속에 걸리면 진짜 구속될 수도 있었다.

나는 유효 기간 없는 선물로 내 사랑을 은주에게 증명하고 싶었다. 가방은 잃어버릴 수도 있고, 옷은 입다 보면 낡아지기 마련이었다. 하지만 코는 달랐다. 그래서 은주의 코를 바로 세워 주는 일만은 꼭 내 힘으로 해야 했다. 은주야, 우리 집에서 엄마랑 나랑 셋이 평생 같이 살자. 아직 쑥스러워서 하지 못한 말이었다. 은주의 수술을 위해서는 앞으로 한 달, 딱 사십오만 원만 더 모으면 되었다.

휴대전화를 쥔 손이 떨려 왔다. 잠에서 깨지 않던 몽롱한 정신이 선명해지며 머릿속 뇌가 바짝 쪼그라드는 것만 같았다. 주변을 살폈다. 암막 커튼을 친 방 안은 주말 아침의 빛이 새어 들어오지 못했다. 하지만 익숙한 것들은 어둠 속에서 더 또렷하게 보이기 마련이었다. 커다란 다이아몬드 패턴이 반복되는 누런색 벽지, 초등학교 때부터 사용한 오래된 나무 책장과 책상, 아무렇게나 놓인 이불 그리고 철제 옷걸이에 걸린 몇 벌의 옷가지들.

어제도 그제도 지난주에도 모든 것은 그대로였고 변한 것은 아무것도 없었다. 문 앞에 허물처럼 벗어 놓은 교복까지. 아무도 방문을 열어 보지 않은 게 확실했다. 페인트가 묻은 교복 바지를 은주가 봤더라면 그냥 뒀을 리 없었다. 욕실에 쪼그리고 앉아 손빨래를 하며 미친놈들이라고 시원하게 욕이라도 해 줬을 터였다.

동생을 만나고 오겠다는 은주에게 나는 상황이 여의찮으면 동생을 집으로 데려와도 좋다고 말했다. 은주는 아니라고 잠깐만 보고 빨리 오겠다고, 걱정하지 말고 일 나갔다 오라고 답했다. 나는 수술비를 넣어 둔 흰 봉투에서 삼만 원을 꺼내 은주에게 건넸다. 은주는 두 손으로 그 돈을 받아 쥐고 내 앞에 한참을 서 있다 고마워, 작게 말했다. 그뿐만 아니었다. 우리는 성형외과에서 나와 큰마음 먹고 비싼 초밥집에도 갔었다. 학교에 가는 나 대신 은주가 엄마의 욕창을 들여다봤고 물

수건으로 몸을 씻겼다. 나는 매일 새벽마다 잠든 은주에게 입을 맞추고 철판을 닦으러 나갔다. 분명 그랬다, 우리는. 그런데 은주가 돌아오지 않았다.

학교에서 벽화 그리기 활동이 있던 지난 금요일 오후, 아이들이 내가 벗어 놓은 바지에 페인트칠을 해 놓았다. 그것도 일부러 똥을 싼 것처럼 보이도록 엉덩이에 갈색 유성 페인트로 덕지덕지 붓질했다. 오가는 아이들의 발길에 차여 바닥에 뒹굴고 있던 바지를 주워 들었다. 등 뒤로 웅성거리는 소리와 웃음소리가 뒤섞여 들려왔다. 모두가 내 행동을 지켜보고 있었다. 체육복을 벗고 교복 바지로 갈아입었다. 가방을 들고 말없이 교실 문을 나섰다. 나로서도 무시해 버리면 그뿐이었다. 반복되는 일이었고 그다지 새로울 게 없었다. 다만 바지를 새로 살 돈이 아까웠다.

내가 유일하게 많이 가진 것은 숱하게 널린 나날과 할 일 없는 시간이었다. 나는 학교에 가서 공부하는 대신 신문을 읽거나 도서관에서 대출받은 책을 읽었다. 대부분 시간 동안 교과서를 제외한 모든 문자를 닥치는 대로 읽었고, 눈이 피로하거나 머리가 아프면 잠을 잤다. 때로 신문을 읽는 대신 식물도감을 들고 학교 뒷

산으로 갔다. 그곳에서 온갖 잡풀을 대조하며 혼자만
의 소풍을 즐겼다. 그것 말고 진짜 소풍이나 수학여행
은 가지 않았다. 당연한 일이었다. 나는 외톨이였다.

학교에서는 누구와도 말하지 않았다. 그것은 타의
에 의해 시작되었지만 스스로 결정한 일이기도 했다.
어차피 초등학교 때부터 지금껏 나는 혼자였다. 그 때
문에 종종 문제아 취급을 받기도 했었다. 하지만 문제
아는 결코 혼자서는 될 수 없었다. 문제를 함께 일으킬
친구가 있어야 했다. 선생님들은 하나같이 똑같은 소
리였다. 네가 먼저 마음을 열고 친구에게 다가가는 건
어떻겠니. 하지만 그들의 말은 믿을 게 못 되었다. 세상
에는 믿을 수 없는 선생님이 더 많았다. 그 사실을, 나는
이미 중학교 때 알았다.

제가 왜 전학을 가야 하나요? 내 말에 선생님은 전
학동의서가 켜진 모니터에서 내게로 시선을 옮기며
말했다. 문제를 해결하는 많은 방법 중 최선은 빠른 대
처야. 그리고 모두에게 무리가 가지 않는 수습이지. 그
의 목소리는 망설임이 없었다. 그의 눈은 작은 동요조
차 없었다. 다만 그는 계속해서 왼쪽 다리를 떨고 있었
다. 책상을 통해 전해지는 그 대수롭지 않은 떨림에, 문

득 지고 싶지 않다는 생각을 했다. 마주 앉은 그의 등 너머 창가 블라인드 사이로 햇살 면면이 날카롭게 비쳐 들었다.

여기서 나가면 이제 어떻게 될까. 교실과 불과 몇 미터 떨어진 교무실, 이곳의 문을 열고 선생님 책상 앞에 서기까지 꽤 오랜 시간 주변을 서성였었다. 교무실 문 앞까지 왔던 게 정확히 열여섯 번. 매번 아무 말도 못 하고 아니 문조차 열어 보지 못하고 돌아서며, 열일곱 번째는 무조건 돌진하자고 결심했었다. 십칠 대 일, 혼자만의 최후 결전이었다.

여러 명이 몰려와 반항하지 못하도록 양팔을 붙잡고, 한 여자아이 앞에서 바지와 속옷을 내리지만 않았어도. 이름도 모르고 얼굴도 본 적 없는 그 여자애가 불쌍하다는 표정으로 나를 쳐다보지만 않았어도. 학기가 시작되자 자리에 가만히 앉아 있는 나를 툭툭 건드리고 시비 거는 애들이 많아졌다. 처음에는 무시하면 될 일이라 여겼다. 혼자 다니는 일에 익숙했고 애써 비위를 맞추면서 아이들과 어울리고 싶지 않았다.

하지만 점차 감당하기 어려운 지경에 이르렀다. 내가 지나치게 어두운 표정과 왜소한 체격을 가졌다는 것은, 지하 월세방에서 병든 엄마와 비루한 가난을 끌어안고 살아간다는 것은 나로서도 어쩔 도리가 없었다. 그러니 내가 해결할 수 없는 이유 때문에 전염병을 옮길 것처럼 더러워 보이고, 눈앞에서 사라지길 바랄 만큼 재수 없어 보이고, 하물며 숨 쉬는 것조차 마음에 안 들어 때리고 싶어지는 것은 결코 내 책임이 될 수 없었다.

전학 가지 않겠습니다. 긴 침묵을 깨고 입을 열었다. 정작 하고 싶은 말은 굳이 하지 않았다. 친구들이 괴롭히면 선생님한테 말하라면서요? 신고하라면서요? 도움을 청하라면서요? 생각해 보면 지나치게 상투적인 말들이었다. 그 일을 선생님에게 말하기까지 정말 많이 고민했었다. 내가 선생님한테 고자질하는 것을 반 애들도 다 알게 될 것이었다. 협박은 물론이고, 보복도 더 심해질 터였다. 하지만 더는 물러설 곳이 없었다. 죽은 듯 가만히 있는 것도 한계에 다다랐다. 더욱이 나라는 사람이 모든 문제의 원인 제공자라고 인정할 수 없었다.

전학을 가지 않겠다는 나의 말에 자판을 두드리던 선생님의 손이 멈췄다. 그제야 비로소 안경 너머 나를 향하는 선생님의 시선도 멈칫 흔들렸다. 나의 말이 그에게는 예상치 못한 공격이었을까. 내가 매일같이 당하는 반 아이들의 이유 없는 공격처럼? 쉬는 시간 엎드려 자고 있을 때 어디선가 날아오는 무차별 주먹에, 이렇게 맞다가 죽을 수도 있겠다고 실감했던 때처럼 그도 놀랐을까. 대답을 기다리는 대신 의자에서 몸을 일으켰다. 가 보겠습니다. 허리를 깊게 숙여 담임인 그에게 공손히 인사했다. 그리고 뒤돌아 교무실을 나왔다.

그 뒤로 한동안 아이들은 나를 대놓고 괴롭히지 않았다. 하지만 아무도 괴롭히지 않는 게 누구도 상대해 주지 않는 현실보다 나을 수는 없었다. 단 한 명도 단 하루도 단 한마디도 말을 걸어 주지 않았다. 쟨, 건드리면 무조건 신고하는 애야. 나를 둘러싼 소문은 무성했고 낙인은 문신처럼 지워지지 않았다. 투명인간 취급을 받는, 외롭고 견디기 어려운 나날이 이어졌다. 그러나 다시 선생님을 찾아가는 일 따위는 하지 않았다.

고등학생이 된 뒤에도 꿋꿋하게 학교에 나갔다. 눈에 띄는 일은 절대 해서는 안 되었다. 함부로 몸을 굴리거나 법을 어기는 일 따위도 하지 않았다. 결석을 하거나 문제를 일으키면 학교에서 호출이 올 테고, 그렇게 되면 유일한 보호자가 거동은커녕 아들을 알아볼 의식조차 가지지 못했다는 걸 알게 될 테고, 그렇게 되면 엄마와 이 집에서 생활하기 힘들어질지 몰랐다. 나는 바보가 아니었다. 그리고 이제 은주도 함께였으므로, 나는 내 가정을 지켜야 했다.

은주와의 섹스는 내가 느낀 거의 유일한 따뜻함이었다. 나른한 오후, 의식이 없는 엄마는 천장을 향해 바른 자세로 누워 있었다. 그 옆에 내가 천장을 향해 눕고 내 옆에 은주가 나를 향해 누웠다. 은주는 내 바지에 손을 넣고 자는 걸 좋아했는데, 그것을 잡고 있으면 묘하게 안심이 된다고 했다. 몽롱한 잠결에도 은주의 손길만 닿으면 내 의지와 무관하게 그것은 우주만큼 커졌다. 그럴 때면 엄마와 은주를 향한 나의 공평한 사랑은 깨지고 은주를 향해 돌아누워 은주에게 들어가기 위해 노력했다. 은주의 낡은 브래지어를 끄르는 일은 쉬웠다. 트고 갈라진 내 거친 손안으로 은주의 작고 보드라운 젖가슴이 들어찼다. 걸을 때마다 삐걱거리는 마룻바닥에 모로 누워 우리는 낮잠을 자곤 했었다.

그런데 대체 어떻게 된 일인지. 금요일 학교에 다녀온 뒤로 단 하룻밤 사이, 거짓말처럼 은주가 사라진 것이었다. 신문사 뉴스를 링크한 메시지에는 기자한테 속았어. 제보만 하면 경찰한테 말해서 다 없었던 일로 해 준다고 했는데. 단 두 문장이 쓰여 있었다. 기사를 클릭해 보았다. '식물인간 엄마가 방치된 집에서 동거해 임신까지 한 십 대, 생활고는 성매매로.' 기사의 주인공은 은주였다. 그간의 행적이며 우리 집에서 나와 살았던 일까지 자세히 적혀 있었다. 마지막 비고란에는 이렇게 적혀 있었다.

  *경찰서 사이버팀과 이모 군(19), 허모 양(17)을 취재한 내용을 토대로 허 양 시점에서 재구성한 기사입니다. 경찰은 허 양 등 다섯 명을 성매매 특수강도 공갈 등의 혐의로 구속 송치했습니다.

  며칠째 아무것도 먹지 못해 배가 고팠다. 하필이면 학교에서 돌아오는 길에 매일 들르던 편의점에 삼각김밥이 한 개도 남아 있지 않았다. 분식집에 들르기엔 주머니에 있는 돈이 부족했다. 길거리 포장마차에 있는 어묵이 먹고 싶어 잠시 기웃거렸다. 뜨거운 국물과 간장을 찍은 통통한 어묵 하나를 먹고 싶었다. 하지만 교복 입은 애들이 무리 지어 있었다. 그 사이를 헤치고 들어가 어묵을 먹을 자신은 없었다.

청록색 페인트가 칠해진 대문을 열고 마당에 들어섰다. 주인집 아이들이 타고 노는 장난감이 여기서기 흩어져 있었다. 신경질이 났다. 길목에 놓인 세발자전거를 발로 걷어찼다. 저것들만 치워도 건조대를 바깥에 세우고 빨래를 바싹 말릴 수 있을 터였다. 그랬다면 눅눅한 교복을 입고 학교에 가서 쉰내 난다는 놀림을 받지 않아도 될 텐데. 계단을 내려가 지하 현관문을 열었다. 문을 열자 빛과 함께 일제히 허공으로 날아오른 먼지가 눈에 들어왔다. 집에는 사람의 온기가 전혀 남아 있지 않았다. 그저 누군가 살았던 흔적만 어수선하게 남아 있을 뿐이었다.

견이 뜯긴 이인용 소파에는 옷가지가 쌓여 있었고 바닥에는 먼지와 머리카락이 뭉텅이로 굴러다녔다. 개수대에는 음식물 찌꺼기가 묻은 그릇이 가득했고, 식탁에도 밥을 먹다 떨어뜨린 반찬과 수저 자국이 굳어 있었다. 냉장고를 열어 보니 시어 빠진 김치가 담긴 밀폐 용기만 덩그러니 놓여 있었다. 싱크대 찬장을 열어 보았지만 라면조차 없었다. 좀처럼 허기가 사라지지 않았다.

그 뒤, 은주에게서는 수술하게 될 거라는 문자가 딱 한 번 왔다. 그래도 아빠는 너야. 그동안 고마웠어. 곧바로 전화를 걸었지만 전원은 꺼져 있었다. 그러고는 한 번도 전화는 켜지지 않았다. 은주의 얼굴을 얼마나 못 본 건지 헤아릴 수 없었다. 상황을 바로잡을 새 없이 걷잡을 수 없는 혼란으로 뒤바뀌었다. 모든 게 두려웠다. 금방이라도 누군가 찾아와 은주처럼 나를 어딘가로 데려갈 것 같았다. 은주를 지키지 못했듯 엄마도 지켜내지 못할 것 같았다. 그렇다면 이제 나는 진짜 혼자 남겨질 터였다.

집 밖에 나가지 않고 어두운 방 안에 틀어박혔다. 화장실에 가는 걸 빼곤 나오지 않았다. 온종일 무릎 사이에 고개를 파묻고 지냈다. 소리에 관한 노이로제 증상이 심했다. 초인종도 뜯고 전화선도 잘라 버렸다. 초조하게 손톱을 깨물며 컴퓨터 앞으로 자리를 옮기는 일이 다반사였다. 떨리는 마음으로 본체 전원 버튼을 눌렀다. 기계음이 작동하는 소리에도 머리끝이 주뼛서는 것 같았다. 모니터 화면 절반을 채우고 있는 갖가지 아이콘 중 인터넷 익스플로러를 클릭했다. 마우스를 쥐고 있는 오른손에서 땀이 배어났다. 기사를 몇 번이고 확인해 봤지만 모니터 안의 상황도, 바깥 현실도 달라진 것은 없었다.

누군가 문을 두드리는 소리가 들렸다. 발소리를 죽이고 현관으로 나가 동태를 살폈다. 안에 누구 없어요? 주인 여자였다. 목소리에는 짜증과 근심이 가득했다. 주인 여자는 계속해서 문 주변을 맴돌았다. 며칠 전에도 쿵쿵 소리 내며 냄새를 맡고 간 적이 있었다. 나는 안에 있는 게 들킬까 봐 입을 막고 숨소리조차 낮췄다. 아무래도 이상해. 내일이라도 당장 짐을 빼야겠어. 주인 여자는 단단히 결심이라도 하듯 힘주어 말했다. 슬리퍼 끄는 소리가 사라지자 주변은 다시 조용해졌다.

방으로 돌아왔다. 책상 밑으로 몸을 숨기고 쪼그려 앉아 생각했다. 이제 무엇을 할 수 있을까, 아니 무엇을 해야 할까. 두세 평 남짓 되는 방 안을 둘러보았다. 주인 여자의 말대로라면 내일 이곳의 모든 것은 폐기 처분될지 몰랐다. 은주의 옷가지는 재활용 수거함으로, 쓸만한 가구가 있다면 중고로 팔아 또 다른 집으로, 그 밖의 다른 것들은 누군가의 리어카에 실려 고물상으로 갈 테지. 개개의 특성 따위는 무시된 채 전체의 무게 안에서 값어치가 매겨질 터였다. 주인 여자가 빨리 돌아가기를 바랐지만, 한편으로는 내가 안에 있는 것을 알게 되었으면 하는 마음도 들었다. 서러운 침묵이 한동안 이어졌다.

구석에 놓인, 태어나서 처음 선물로 받은 나의 책에 손을 뻗었다. 은주가 곁에 있어 한동안 잊고 지낼 수 있었던, 땅꼬마라 불리는 겁 많은 작은 아이에 관한 이야기. 엄마가 돌아오지 않던, 끝내 아침이 올 것 같지 않은 밤이면 이불에 들어가 읽고 또 읽다 까마귀 소리를 흉내 내며 잠들곤 했던 나의 이야기. 나는 책을 당겨 가슴에 끌어안고 누렇게 바랜 책장을 넘겼다. 그리고 또박또박 글을 읽어 내려갔다.

그 애를 아는 애가 아무도 없었어요. 우리는 그 애를 땅꼬마라고 불렀어요. 땅꼬마는 아주 작은 아이라는 뜻이었어요. 땅꼬마는 늘 뒤처지고 꼴찌라서, 아무도 거들떠보지 않는 외톨이었어요. (⋯⋯) 이소베 선생님이 땅꼬마가 어떻게 까마귀 소리를 배우게 되었는지 이야기하자 우리들은 모두 울었어요. 길고 긴 육 년 동안 우리가 땅꼬마를 얼마나 못살게 굴었는지 생각하면서요.* 마지막 장을 덮으며 책을 손에서 놓쳤다. 내 안의 무언가 와르르 무너져 내렸다. 책 모서리보다 더

* 야시마 타로, 『까마귀 소년』, 윤구병 옮김, 비룡소, 1996.

뾰족하고 날카로운 어떤 것에 찍혀 살이 벌어진 듯 무릎이 아팠고 힘이 빠졌다. 익숙한 풍경이 갑자기 낯설게 보이는 것처럼 기분이 이상했다.

나는 어느덧 까마귀 소년을 꿈꾸는 어린 소년이 되어 있었다.

자리에서 일어나 방을 어둡게 가리고 있던 암막 커튼을 떼어냈다. 책상 서랍 속을 뒤져 검정 매직과 사인펜을 찾았다. 그리고 내가 처음으로 엄마 생일에 사 준, 아들이 사 준 거라고 아끼기만 하다 사고가 나서 한 번도 사용한 적 없는 검은색 털목도리를 장롱에서 꺼냈다. 현관 신발장 안에 있는 절연 테이프도 챙겼다. 검은색 옷을 위아래로 입고 목 뒤로 커튼을 묶어 망토처럼 걸치자 꽤 그럴싸해 보였다.

목도리를 잘라 깃털을 만들기로 했다. 적어도 날개에는 깃털을 붙여야겠지, 하는 생각이 들었다. 깃털 모양으로 천을 오려 나머지 암막 커튼에 붙였다. 거울 앞에 섰다. 거울 안에는 미완성의 까마귀 소년이 있었다. 눈 주변부터 검은 색칠을 했다. 까마귀답게 눈알만 희고 나머지는 까매야 했다. 펜을 쥔 손은 자유롭게 얼굴의 여백을 메워 나갔다. 최대한 검게 칠한 뒤, 그 위에 몇 개 남겨 두었던 깃털을 붙였다. 거울 속에 있는 나는 서서히 까마귀 소년이 되어 갔다.

비행할 모든 준비가 끝났다. 책상 위에서 불을 밝히고 있던 모니터 앞으로 갔다. 클릭. 기사에 접속했다. 익숙한 화면이 눈앞에 펼쳐졌다. 클릭. 나는 기사 밑에 줄줄이 달린 댓글을 모두 읽어 보았다. 그리고 키보드 위에 손을 올렸다. 그리고 한동안 깜빡이는 커서를 응시했다. '식물인간 엄마가 방치된 집에서 동거해 임신까지 한 십 대, 생활고는 성매매로.' 손가락은 머뭇대기만 할 뿐 갈피를 잡지 못했다. 그저 한참을 서성이기만 할 뿐이었다.

우리가 함께 지낸 따뜻한 시간이 가출한 십 대의 동거라는 한 줄의 말로 요약되었다. 잘 알지도 못하는 사람들이 입에 담지 못할 막말로 우리를 모욕했다. 우리는 둘이 함께 살아서 문제가 아니라, 둘이어서 다행이었다. 둘이 함께하지 못할지도 모른다는 사실이 우리를 지켜 주는 마지막 선이었다. 그런데 왜 아무도 그 사실을 인정해 주지 않는 건지. 슬픈 결말을 알고 시작한 사랑의 눈물겨움을 당신들이 아느냐고 묻고 싶었다.

끝내 단 한 자도 나의 이야기를 쓰지 못했다. 클릭. 화면을 닫았다. 마우스로 시작 메뉴를 찾는 대신 손가락으로 본체 전원 버튼을 눌렀다. 속으로 숫자를 셌다. 십, 구, 팔, 칠, 육……. 경쾌한 작동음이 멈추고 불빛이 사라졌다. 마지막으로 불 꺼진 마루에 홀로 누워 있는 엄마에게 다가갔다. 무릎을 꿇고 앉아 상체를 숙여 어깨를 끌어안았다. 앙상하게 마른 몸이 품 안에서 바스러질 것 같았다. 조금의 온기도 사람의 숨결도 느껴지지 않았다. 움푹 팬 엄마의 뺨에 내 뺨을 비비며 나는 인사했다. 굿바이, 마마.

현관문을 열고 집 밖으로 나갔다. 며칠이 지났는지 일 수 없었다. 동네 재개발이 확정된 아파트로 향했다. 이미 절반 이상이 빈집이었다. 다행히 옥상 문은 열려 있었다. 어지럽게 나뒹구는 술병들과 쓰레기 더미 옆으로 옥상 볕에 말라 가는 검붉은 고추가 보였다. 널찍하게 돗자리를 깔고 고추를 말리는 걸 보니 여전히 누군가는 이곳에서 살아가고 있었다. 남겨지거나 떠나거나, 제값에 팔리거나 헐값에 넘어가거나, 아무튼 분위기는 어수선했고 서로가 서로에게 소홀할 수밖에 없는 시기인 듯했다. 결국은 지난 세월의 모든 기억이 오래된 아파트와 함께 사라질 터였다.

우리의 아기가 언제 은주의 배 속에 자리를 잡았을까. 그날은 은주가 입은 블라우스의 단추를 하나씩 풀 여유가 없어 치마 밑으로 팬티만 내렸을지도 몰랐다. 드물게는 은주가 내 위에서 몸을 움직였던 날도 있었는데, 어쩌면 그런 날일지도 몰랐다. 뭔가 평소와 달랐으니까 특별히 아기가 생긴 게 아닐까, 하는 생각이 들었다. 하지만 역시 일주일에 하루 일을 쉬는 날, 달콤하게 낮잠을 자며 은주를 안았을 그 흔하디흔한 어느 날이었을 것만 같았다. 하나도 이상하지 않고 조금도 소란스럽지 않은 날, 엄마랑 나랑 은주랑 우리 셋이 나란히 누워서 낮잠을 자던 날, 부엌 창문으로 빛이 새어 들어 스멀스멀 피어오르는 먼지를 비추던 날, 나른하고 몽롱하고 포근해서 도저히 눈을 뜰 수 없어 손만 뻗어 은주 몸을 만졌던 날. 아기에게는 그런 날의 평화로움이 더 어울렸다.

깊게 눌러쓴 벙거지를 벗어 하늘을 향해 던졌다. 가벼워서일까, 모자는 곧바로 떨어지지 않고 천천히 내려앉았다. 계절에 맞지 않게 턱까지 올린 검은색 점퍼의 지퍼를 내리고 앞섶을 풀어 헤쳤다. 그리고 사람들 눈을 피해 매일 쓰고 다녔던 검은색 마스크를 풀었다. 언젠가부터 나는 집 밖에 나갈 때 머리부터 발끝까지 온통 검정 옷을 입고 다녔다. 사람들이 내게 다가올 때마다 겁을 주기 위해 불안한 음성의 정체 모를 소리를 중얼댔었다. 그럴 때면 사람들은 의아한 눈으로 나를 쳐다보며 피하곤 했다. 하지만 나는 그 어이없다는 표정 뒤에 숨겨진 그들의 무자비한 공격성을 알고 있었다. 밤이 되면 사람으로 변하는 백조 왕자처럼 어두운 밤 홀로 있는 방에서만, 나는 저주를 풀고 사람이 되었다. 그리고 이제 더 이상 누군가의 손끝에서 쏟아지는 악랄한 문장으로부터 도망칠 필요가 없었다.

크게 심호흡을 하며 공기를 들이마셨다. 속이 시원해질 줄 알았는데, 이유를 알 수 없는 허전함이 밀려들었다. 하늘과 가까운 곳에 있는데도 몸이 땅속 깊숙이 가라앉는 듯했다. 이명 현상이 점점 길어지고 있었다. 텔레비전 화면이 잘 나오지 않을 때 나는 지지직 소리가 오른쪽 귀에서만 들렸다. 바람에 흔들리는 창호지처럼 작은 기압 변화에도 소리가 났다. 그러다가 언제부터인지 시도 때도 없이 조용한 방 안에 가만히 누워 있어도 맥박 뛰는 소리가 점점 크게 들려왔다. 마치 소리로 이루어진 캡슐 안에 갇힌 느낌이었다. 한쪽 턱도 아팠다. 잠을 잘 못 잔 것처럼 어지러움이 일었다. 머릿속 한가운데에서 누군가 두 발을 모으고 쿵쿵 제자리 뛰기를 하는 것 같았다.

소리를 몰아내기 위해 까아악 까악 까마귀 소리를 내며 한 발 두 발 난간으로 다가갔다. 모든 것을 지우려는 듯 고개도 세차게 흔들었다. 나는 멋진 까마귀 울음소리를 내고 싶었다. 하지만 여전히 불안한 울음소리가 입에서 흘러나올 뿐이었다. 날갯짓까지 곁들여 까악 까악 소리를 냈다. 겁이 났다. 까마귀가 날아오르기 직전의 모습이 이토록 초라할 수 있을까. 나는 입을 벌렸다.

까아아아악, 까아아악.

어디선가 소리가 들렸다. 이제 곧 나를 위한 레퀴엠이 연주될 터. 나는 까마귀 소년을 떠올렸다. 아무도 그 아이의 이름을 몰라 땅꼬마라 불렀다. 소년은 언제나 외톨이. 그러든 말든 땅꼬마는 한결같이 학교에 갔다.

학예회 무대에 선 땅꼬마는 까마귀 울음소리를 흉내 냈다. 알에서 갓 깨어난 새끼 까마귀 소리, 아침에 우는 엄마 까마귀 소리, 슬플 때나 행복할 때 내는 까마귀 소리를. 마지막으로 고목나무에 앉아 우는 까마귀 소리를 냈다. 나는 목구멍 깊은 곳에서 별난 소리를 토해내며 까마귀 소년이 되었다.

할머니를 떠올리며 까아악, 할아버지를 떠올리며 까아아악. 엄마와 은주, 마침내 동화 속 이소베 선생님을 떠올리며 더욱 간절하게 입을 벌렸다. 까아아아악. 그 소리에 누군가 나타나 내가 왜 까마귀 소리를 내는지, 나의 이야기에 귀 기울여 주길 바라며 날개를 힘껏 휘저었다. 혀뿌리를 입천장으로 붙였다 떨어뜨렸다. 목 울대가 떨리도록 크게 울림소리를 냈다.

시대 유감

허 희(문학평론가)

1. 문화기획자와 문화창작자

문화계 안팎으로 최지애는 문화기획자로 널리 알려져 있다. 동네 서점 겸 복합문화공간을 운영하고, 책과 문학 관련한 굵직한 프로그램을 맡아 오면서 참신한 아이디어와 빈틈없는 실행 능력을 증명했기 때문이다. 그녀는 문화창작자이기도 하다. 문화기획자라는 포지션에 비하면, 상대적으로 덜 주목받았지만 최지애는 십여 년 동안 소설을 집필해 온 작가이다. 다양한 프로젝트를 병행하면서 그녀는 꾸준히 작품을 써왔다. 문화를 기획하고 창작하는 시각은 비슷하면서도 다르다. 이 책에 실린 여덟 편의 소설을 읽으면서 내가 깨달은 바는 그것이었다. 비슷한 점부터 거론하자. 양자는 현시대가 흘러가는 방향에 대한 관심, 대중의 (무)의식에 관한 통찰을 필요로 한다. 지금 여기에서 가장 두드러진 경향성이 무엇이고, 어떻게 해야 사회적인 호소력을 가질 수 있을까를 고민하는 것이다.

다른 점은 '역사의식'의 유무이다. T. S. 엘리엇은 다음과 같이 쓴 적이 있다. "역사의식에는 과거의 과거성에 대한 인식뿐만 아니라 과거의 현재성에 대한 인식도 포함된다. 역사의식은 한 인간에게 단순히 그의 뼛속에 스며 있는 자기 자신의 세대 감각만을 간직한 채 글을 쓸 것을 요구하지 않는다."[1] 이러한 명제는 문화기획자에게 별다른 유효성을 갖지 않을 수 있다. 문화기획자는 당대성에 집중하여 콘셉트를 정하고, 출연자를 섭외하며, 프로젝트를 효율적으로 조율해야 하는 까닭이다. 반면 문화창작자로서 작가에게는 역사의식이 보다 강력히 요구된다. 최지애는 그 사실을 잘 알고 있다. "어느 한 작가에게 특정한 시간 속 자신의 위치에 대해, 그리고 자신이 처해 있는 시대에 대해 극도로 예민하게 의식케 하는 것이 이 역사의식이기도 하다"[2]는 점에서 특히 그렇다.

그녀의 등단작 「달콤한 픽션」도 마찬가지이다. 이 작품은 심사위원으로부터 "일종의 칙릿, 즉 이삼십 대 도시 여성의 일과 사랑을 다루는 장르의 범주 안에 정확히 들어 있다"[3]는 평을 받았다. 여기서 우리는 칙릿의 스펙트럼을 다층적으로 고려할 필요가 있다. 동시에 이 작품이 칙릿의 범주를 넘어 얼마만큼 진전된 모습을 보이는가에 주목해야 한다. 이를테면 칙릿으로 함께 분류되어 있으나, 헬렌 필딩의 『브리짓 존스의

---

1   T. S. 엘리엇, 「전통과 개인의 재능」, 『성스러운 숲: 시와 비평에 관한 논고』, 장경렬 옮김, 회인북스, 2022, 94쪽.
2   같은 책, 95쪽.
3   오정희·김인숙, 2013년 심훈문학상(소설) 심사평.

일기』와 정이현의『달콤한 나의 도시』에 내포된 문제의식을 동일하게 볼 수는 없다. 전자가 젊은 여성의 욕망―공적 성공과 사적 사랑의 동시적 성취가 가능하다는 메시지를 전한다면, 후자는 이것이 어찌하여 구조적으로 불가능할 수밖에 없는가를 비판적으로 검토한다. 여기에는 메타적 관점이 투영되어 있다.

그러한 입장에서「달콤한 픽션」의 마지막 장면을 작가의 의도로 환원해서는 곤란해진다. "현실보다 달콤한 픽션의 세계에 편입하고 싶은 마음이 간절했다. 맞아. 나도 진심으로 그랬으면 좋겠어. 미주 목소리가 약간은 들뜬 듯 느껴졌다. 혼자만의 느낌일지도 모를 일이지만 그마저도 다행이었다. 어떠한 경우에도 우리의 낭만은 지속되어야 했다."(101쪽)라는 구절은 '나(이선영)'의 발화이지만, 이 작품은 낭만을 유지하는 것이 실패할 수밖에 없음을 내내 역설하기 때문이다. '당신이 원하는 바로 그것을 하라'는 자본주의의 기율을 따르면 따를수록, 원하는 것을 얻을 수 없는 아이러니는 연애가 이데올로기의 독립변수가 아니라 종속변수임을 지시한다. "특정한 시간 속 자신의 위치에 대해, 그리고 자신이 처해 있는 시대에 대해 극도로 예민하게 의식케 하는" 역사의식은 최지애 소설의 인장이다.

2. 사랑해서 위태로운 청춘의 초상

「달콤한 픽션」의 연장선상에서 「팩토리 걸」을 읽을 수 있다. 드러난 요소로만 보면 "이삼십 대 도시 여성의 일과 사랑을 다루는 장르"에 이 작품도 포함되기 때문이다. 그런데 「팩토리 걸」에는 또 다른 서사가 덧씌워진다. 에디 세즈윅의 삶을 다룬 동명 영화가 그것이다. 조지 하이켄루퍼 감독은 앤디 워홀이 꾸린 팩토리에서 동반자로 지낸 그녀를 영상 언어로 조명한 바 있다. 컬처팩토리에서 일하는 소설의 '나'는 그러한 에디 세즈윅에 자신을 동일시한다. 오른쪽 뺨에 점을 그려 넣고, "불안한 표정을 지으며 네 번째 손톱을 잘근깨물고는 그녀를 주인공으로 그린 영화 속 대사를 따라 했다."(42쪽) 그러나 아무리 모방해도 그녀는 에디 세즈윅이 될 수 없다. 스스로도 알고 있다. 오늘날 한국에서 사는 이삼십 대 도시 여성의 일과 사랑은 1960년대 미국에서 활동한 에디 세즈윅과 같은 화려한 불꽃일 수 없다. 그녀는 "나는 한순간도 누군가의 뮤즈가 되지 못한 채, 망가져 버린 팩토리 걸."(67쪽)이라고 자조한다.

중요한 요인은 대다수 청년을 '잉여 인간'으로 내모는 시스템의 속성과 관련이 있다. "취업을 준비할 무렵, 취업 한파에 관한 보도가 연일 사회면을 가득 채웠다. (……) 나 역시 이십 대 구십 퍼센트가 백수라는 뜻의 '이구백'이었다. 취업할 때까지 졸업을 늦춘 'NG족'이었고, 졸업한 뒤 일 년까지는 혼자 공부하고 혼자밥 먹는 '나홀로족'이었다."(45~46쪽) 물론 이것은 신자유주의, 근본적으로는 자본주의가 양산하는 폐해에닿아 있다. 소수의 자본가가 기득권을 차지한 상태에서, 청년의 대부분은 임금 노동자가 되려고 애쓰는 취업 준비생이 된다. 더 큰 문제는 출발선의 차이를 극복할 수 없다는 데 있다. 조그만 식당을 꾸리며 홀로 '나'를 키운 어머니의 경제력은 빤했고, '나'는 학력 자본이라도 늘리기 위하여 대학원에 진학하지만, 학자금대출을 받고 고시원 생활을 하면서 아르바이트를 전전하여 정작 공부할 여력이 없다.

요즘은 여러 이슈에 묻혀 자주 언급되지 않으나, 경제적 형편에 따라 계층이 나뉘고, 한번 속하게 된 계층사이의 이동이 가로막힌 현실은 여전히 공고하다. 가시화되지 않을 뿐이다. "사회 시스템 속에 장착된 구조들은 정의롭지 못한 상태를 유지하는 데 이바지한다. 이들은 불평등한 권력관계와 그 결과로 따라오는 기회의 불평등 상태를 공고히 하지만, 자신의 모습을 겉으로 드러내지는 않는다."[4] 그러나 문화창작자로서 작가는 비가시화된 시스템의 폭력을 감지한다. 그런 면

4   한병철, 「시스템의 폭력」, 『폭력의 위상학』, 김태환 옮김, 김영사, 2020, 121쪽.

에서 최지애는 상투적인 칙릿을 쓰는 소설가가 아니다. '나'라는 인물이 생존을 영위하려고만 할 뿐 아무런 변화를 꾀하지 않는다고 불만을 제기하는 독자도 있을 것 같다. 하나 난관을 타개하려는 섣부른 행동이야말로 근원적인 변혁을 가로막는다. 이 점을 잊어서는 곤란하다. 등장인물의 체념을, 작가의 메시지로 환원시키는 오류도 그러하다.

최지애는 일과 사랑을 분리된 양태가 아니라 동일한 메커니즘에 속한 일상으로 파악한다. 앞에 언급한 소설 외에 「러브 앤 캐시」를 적실한 사례로 들 수 있다. 대부업 사무실에서 근무하는 '나'의 사고방식은 이렇다. "내가 깨달은 건 부모에게 버림받은 자식이 된다는 게 생각보다 충격적이지 않다는 것과 가족이 이별하는 일이 생각보다 대단한 일이 아니라는 거였다. 모든 건 돈 때문이었다. 사랑도 돈이 있어야 지켜진다는 것을 가훈 삼아 몸소 배웠을 뿐이었다. (⋯⋯) 부모의 건강, 자식의 미래, 가정의 행복, 애인의 안위, 친구의 의리 등 이유야 어떻든 누군가의 대출은 연체로, 누군가의 투자는 파산으로 이어졌다. 그러니까 모든 건 돈 때문이었다. 아니, 그것은 은행 대출조차 되지 않는 빈약한 사람들의 분에 넘치는 사랑 때문일지 몰랐다."(185~190쪽)

'나'는 아버지의 사업 실패로 학창 시절 내내 빚 독촉에 시달렸다. 그러기에 그녀에게 일은 자아실현 따위와는 무관하다. 돈 벌려고 일한다. 사랑도 돈이 있어야 할 수 있다. "모든 건 돈 때문이었다." 생산력과 생산관계가 조응하는 경제적 토대가 의식 형태를 규정한다는 유물론의 강령은 21세기 우리나라에 이렇게 뿌리내렸다. 속류화된 주장처럼 들리지만 이와 같은 깨달음은 그녀의 경험에 입각하였으므로 진실한 울림을 얻는다. 이 말이 설득력을 갖는다는 것 자체가 작금의 현실이 얼마나 속물적이고 피폐한가를 방증한다. 살아남으려면 젠더나 나이에 상관없이 누구든 '자기계발 주체'로 변모하지 않으면 안 된다.「패밀리마트」의 '나'도 그러한 사람이다. 이 작품은 아픈 아버지를 돌보는 아들의 분투기를 다룬다. "아버지 병간호를 혼자 하며 그나마 지치지 않았던 건 자기계발의 수많은 명제 덕분이었다. '원하는 것을 얻을 때까지 서슴지 말라!' '지금 당장 실행하라!' '비에도 지지 마라!' 나는 이런 말들을 수시로 곱씹었다."(106쪽)

성공 가이드, 실은 투자(투기)를 통하여 부자가 되는 지름길을 알려 준다고 설파하는 책에 힘입어 '나'는 가상화폐를 사고 부동산 공매에 도전한다. 원하는 대로 결과가 나오지는 않았다. 그의 투자(투기)는 애초에

성공 확률이 희박했으니까. 이와 같은 선택을 한 '나'
를 비난하기는 쉽다. 혹자는 성실한 노동과 소비의 절
약을 통해서 돈을 모으는 거라고 훈계까지 더할지 모
른다. 그런데 '나'에 대한 도덕적 책망은 별반 효과가
없다. 그가 본인에게 닥친 역경을 넘어서기 위한 최대
한의 노력을 기울이려 한 까닭이다. 공무원 시험 합격
은 가망이 없어 포기하고, 편의점 아르바이트로 생계
를 겨우 꾸리는 '나'의 입장에서 현상 유지는 '인생 궁
핍'과 동의어일 수밖에 없다. 게다가 아버지의 건강이
악화하지 않았던가. "'거두절미하고 효도하고 싶다'는
것. 아버지를 편하게 해 주고 싶었다. 그래서 아버지가
그런대로 잘 살다 간다, 하는 마음으로 생을 마무리하
길 바랐다. 우선은 내가 군대 가 있는 동안 지금보다 쾌
적한 공간에서 살게 하고 싶었다. 근데 이렇게 헤서야
되겠냐고."(123쪽) 이러한 심정으로 그는 '인생 역전'
을 꿈꾼다.

　요즘 같은 시대에 효도 운운하는 아들이라니. 가족
이데올로기를 탈피하지 못한 인물을 답답하게 여기는
독자도 있으리라. 하나 보다시피 최지애는 급진적인
윤리를 실험하는 소설을 쓰는 작가가 아니라, 지금 작
동하는 체제 안에서 수혜를 입은 바 없고 오히려 위기
에 내몰린 청년의 생각과 감정을 리얼하게 담은 소설

을 쓰는 작가이다. 일차적으로 이는 풍자의 효과를 자아낸다. "부자 되자!" "성공하자!" "효도하자!"라고 외치지만 '나'의 선언은 실현되지 못할 가능성이 훨씬 큰 까닭이다. 다시 한번 강조할 점은 이것이 그를 향한 비꼼이라기보다는, 그의 열망을 불러일으키는 한편 좌절시켜 버리는 '성과 사회'에 대한 공격이라는 데 있다. 이렇게 보면 최지애는 문학사회학을 소설로 이행하는 작가이다. 그녀는 문학이 개인의 의식과 감성을 표현하는 수단에 그치지 않고, 사회가 개인의 의식과 감성에 영향을 끼치는 양상을 심층적으로 구현할 수 있는 예술이라고 간주하는 쪽에 선다.

3. 견디거나 부서지는 비주류의 인생학

위에서 초점을 맞춘 작품들은 청춘의 초상을 다루었다는 공통점이 있다. 아무리 남루하다 해도 청춘은 그 자체로 독자적인 존재감을 확보할 힘이 있기 마련이다. 구색 맞추기에 불과하다는 지적도 있지만, 청년 담론의 대두에 힘입어 정치권에서 일정한 지분을 획득한 청년 정치인들의 행보를 예로 들 수 있다. 소설집에 실린 나머지 네 편의 작품은 이와는 또 다른 결을 형성한다. 청춘으로 분류될 수 있는 이들도 등장하지만, 청년 담론보다는 이름하여 '비주류의 인생학'이라고 할 만한 사연에 착목하기에 그렇다.

「선인장 화분 죽이기」의 '나'는 어린 손자를 돌보는 할머니이다. 사례가 없지는 않으나 할머니가 주인공으로 나오는 소설이 한국 문학에 흔치 않다. 젊은 작가가 일인칭으로 쓰기에 할머니는 거리감이 있는 캐릭터이고, 할머니를 주인공으로 내세워 빚어낼 수 있는 사건의 밀도와 강도가 별로 크지 않다는 판단이 작용한 결과일 것이다. 한데 최지애는 합리적으로 보이는 선택을 하지 않았다. 그녀는 소설가의 역할 가운데 하나로, 세상에서 한 번도 제대로 주목받지 못한 존재를 비추고, 발언권을 충분히 보장받지 못했던 이들이 가슴 깊숙이 간직한 말들을 털어놓을 수 있도록 한다. 소설집의 모든 작품이 일인칭 주인공 시점인 연유도 이와 연관된다.

청년에게 청년 나름의 고민이 있듯이, 「선인장 화분 죽이기」의 "예순을 훌쩍 넘긴 나"도 고충이 있다. 겉으로 보기에는 평온한 생활을 보내고 있다. 그러나 그녀의 속내도 복잡하다. 어린이집에서 돌아온 네 살배기 손자를 돌보는 중노동에 시달리고, 딸과의 관계는 삐걱거리며, 뇌출혈로 쓰러진 남편과는 마지못해 함께 살고 있다. 더 정확히 말해 남편에 대해서는 증오만 남아 있는 상태이다. 그는 결혼 후 얼마 지나지 않아

외도를 했고, 딸이 초등학교를 졸업하던 즈음에는 가정을 버린 과오를 저질렀다. "책임감 때문인지 월급만은 거르지 않고 꼬박꼬박 보내왔"으나, 그렇다고 남편의 잘못이 사라지는 것은 아니었다. "죽은 듯 집에 틀어박혀 살았다. 지금껏 누구에게도 남편의 외도 사실을 말한 적이 없었다."(17쪽)라고 작가는 적고 있다. 상처 입은 마음을 혼자 끌어안으며 살다 어느덧 노년이 된 것이다.

베란다에서 화분을 들고 아파트 주변을 산책하는 남편의 머리를 겨냥하는 섬뜩함, 백화점 문화센터에서 일본어 강의를 하는 점잖은 할아버지에게 잘 보이고 싶어 헤어보톡스를 매만지는 심경에는 이러한 '나'의 비밀이 자리하고 있다. 그럼에도 그녀의 삶이 극적으로 바뀌지는 않을 것이다. 결단을 내리지 못해서이다. 소설의 결말처럼 '나'는 "정인을 부르지도, 차마 남편이 있는 뒤를 돌아보지도 못하고 우두커니 서 있"(33쪽)으리라. 엉거주춤한 모습이 그녀의 수동성만을 증명하지는 않는다. 그렇게 견디면서 수십 년을 살아왔기 때문이다. 서글픈 노래에 회한이 맴돌지언정 '나'는 비탄에만 영영 빠져 있지 않다. 그녀는 역경에 괴로워하되 끝내 버텨내는 방식으로 본인의 인생학을 정립해 온 사람이다.

「소설가 중섭의 하루」는 「소설가 구보 씨의 일일」
(박태원)이 오버랩되는 작품이다. 마지막 장면에 「소
설가 구보 씨의 일일」의 한 대목이 변주되어 인용되기
도 한다. 버스에 탄 중섭이 라디오에서 들리는 소설 구
절의 주어인 '그'를 '나'로 바꾸어 읊는 부분이다. "일
찍이 나는 고독을 사랑한 일이 있었다. 그러나 고독을
사랑한다는 것은 나의 심경의 바른 표현은 못 될 게다.
나는 결코 고독을 사랑하지 않았는지도 모른다. 아니
도리어 나는 그것을 그지없이 무서워했는지도 모른
다. 그러나 나는 고독과 힘을 겨루어, 결코 그것을 이겨
내지 못하였다. 그런 때, 나는 차라리 고독에 몸을 떠맡
기고, 그리고 스스로 고독을 사랑하는 거라고 꾸며 왔
는지도 모를 일이었다."(172~173쪽)

1930년대 경성을 산책하던 구보나, 2020년대 서울
을 배회하는 중섭이나 고독을 앓는 것은 매한가지다.
예술가라면 응당 맞닥뜨리는 실존적 고독이라고 할
수 있겠지만, 자서전 대필을 하느라 정작 자기 소설을
쓸 동력을 잃어 가는 중섭의 경우는 '소진된 인간'이
되어 간다는 점에서 상황이 더 심각하다. 등단했으나
본인 이름으로는 한 권의 책도 내지 못하고 세간에서
잊힌 비주류 작가. 그렇지만 그는 "비는 그칠 테고 날
이 갠 세상의 모습은 더욱 명료해질 터였다."(173쪽)라

고 의연하게 군다. 자신과 이름이 같은 화가 이중섭이 그린 '소'처럼 묵묵하게 풍파에 맞서며 살아낼 거라고 다짐했기 때문일 것이다. 소설가 중섭은 「선인장 화분 죽이기」 속 할머니의 인생학을 비슷하게 실천하는 사람이다.

「까마귀 소년」의 '나'와 은주도 그럴 수 있을까. 이들은 이른바 정상 체제의 테두리에서 벗어난 청소년이다. '나'는 학교에서 "투명인간 취급을 받는, 외롭고 견디기 어려운 나날"(266쪽)을 보내고 있고, 은주는 가출 팸에서 지내면서 성매매로 생활을 이어 왔다. 두 사람은 아르바이트 가게에서 만나 '나'의 집에서 같이 살기 시작한다. 소년의 엄마는 의식 불명 상태로 집에 누워 있는데, 그래도 '나'는 엄마 그리고 은주와 평생 살 것이라고 결심한다. 그러던 어느 날 은주가 사라져 버린다. 그녀는 성매매 특수강도 공갈 등의 혐의로 구속 송치되었다. '나'와 은주의 사정은 신문에 한 줄로 요약된다. "식물인간 엄마가 방치된 집에서 동거해 임신까지 한 십 대, 생활고는 성매매로."(274쪽)

'나'는 외톨이에서 벗어나 모두에게 인정받는 '까마귀 소년'처럼 되고 싶었다. 하지만 그러지 못한다. 소년의 곁에는 이소베 선생과 같은 조력자가 없기 때문이다. '나'는 옥상에서 비상, 혹은 추락하기 전 까마귀 소리를 낸다. "그 소리에 누군가 나타나 내가 왜 까마귀 소리를 내는지, 나의 이야기에 귀 기울여 주길 바라"(279쪽)는 마음을 담아서. 다들 외면한다면 소년의 인생은 스스로의 인생학을 세우기도 전에 부서질 것이다. 그리하여 최지애는 우리가 듣기의 윤리를 실행에 옮기기를 소설로 호소한다. 허구가 아닌 실제 사건에서도 마찬가지이다.

「달용이의 외출」은 '세월호 참사'를 배면에 깔고 있다. (이 작품은 세월호 추모 문학 12인 공동소설집 『숨어 버린 사람들』에 수록되었다.) 수학여행 중 배가 침몰하면서 세상을 떠난 형의 부재로 가족의 일상도 무너져 내렸다. 반려견 달용이까지 집을 나간 이후 동물화되는 아버지의 형상이 대표적이다. "감당할 수 없는 진실과 받아들일 수 없는 진심이 여전히 가라앉은 배와 함께 바닷속에서 잠들어 있"(242쪽)는 한, 남아 있는 자들의 슬픔은 인간임을 단념하는 방식으로 표출된다. 우리는 세월호 참사를 겪으며 도덕을 상실한 자들이 인간의 존엄을 어떻게 부정했는지 경험한 바 있다. 따라서 아버지의 동물화와 후자의 인간 실격을 동일하게 받아들여서는 안 된다. 슬픔과 혐오가 같은 감정일 수 없기 때문이다.

이처럼 문화기획자로서는 다 할 수 없던, 사회의 참

상과 일상의 균열을 드러내는 이야기를 최지애는 "특정한 시간 속 자신의 위치에 대해, 그리고 자신이 처해 있는 시대에 대해 극도로 예민하게 의식케 하는" 역사의식을 갖춘 문화창작자로서, 소설가로서 구현한다. 여성의 일과 사랑, 청년의 실업과 가난, 노인의 현실과 돌봄, 소년의 일탈과 소외 등 지금의 한국 사회에서 주요하게 다뤄져야 할 수많은 질문에 관해 그녀는 작품을 통해 빠짐없이 묻고 있다. 그래서 그녀가 선보이는 '달콤한 픽션'은 달콤하기보다 쌉싸름하다. 달콤함 속에 세계의 비애가 담겨 있으며, 독자는 그 달콤함을 음미할수록 현실의 비참함을 맛볼 수밖에 없기에. 최지애가 아니라 시대의 책임으로 물어야 한다. 그녀는 다만 픽션으로 이를 포착하고 추궁했을 따름이다.

추천사

세상이 친절하지 않아도,
우리는 서로에게 친절하기를…

최지애의 소설은 날카롭고 정확하며 우아하고 담담하다. 최지애의 소설 속에서 우리 시대의 친근하고 소박하며 안쓰러운 이웃들은 저마다의 하루를 끝내 견뎌내기 위해 고군분투하고 있다. 그들은 영웅적인 선택을 하지도 못하고 엄청난 결단을 내리지도 못하지만, '자신의 가장 소중한 무언가'를 지키기 위해 온 힘을 다해 하루하루를 버텨내고 있다. 나는 가만히 그들에게 다가가서, 그들의 차가운 손을 꼭 잡아 주고 싶어진다. 오늘도 고된 하루를 버텨 온 당신의 노고는 결코 헛되지 않다고. 어제와 똑같아 보이는 단조로운 하루를 어떻게든 더 나은 오늘로 빚어내기 위해 치열하게 삶의 전투를 치르고 있는 당신이 참으로 아름답다고. 이 가혹한 세상에서 그 어떤 뾰족한 무기도 갖지 못한 채 날마다 벼랑 끝의 삶을 버텨내고 있는 주인공들을 향한 최지애 작가의 시선은 한없이 따스하다. 고통받는 주인공들의 어깨를 가만히 토닥토닥 두드려 주는 듯한 작가의 마음으로 인해 작중 인물들은 오늘도 고된 하루를 버텨낼

힘을 얻는다.

지금은 편의점에서 일하지만 언젠가는 큰 부자가 되어 아버지에게 효도하는 것이 유일한 목표인 착한 아들에게, 아버지가 들려주는 말이 오래오래 가슴에 남는다. "이사해도 패밀리마트는 계속 나갈 거냐?" "사람들한테 친절해라. 이름이 패밀리마트일 땐 다들 기대하는 바가 있을 거다." 이제는 '씨유'로 바뀐 편의점 이름을 기어코 패밀리마트라고 부르는 아버지. '씨유'라는 경쾌한 이름 대신 정겹고 예스러운 '패밀리마트'를 고수하는 아버지의 마음속에는 아들이 가족 아닌 타인에게도 가족처럼 친근하고 따스하게 대하기를 바라는 간절한 염원이 들어 있지 않을까. 최지애의 소설 속 인물들처럼, 세상이 우리에게 친절하지 않아도, 우리는 부디 서로에게 친절하기를. 힘든 하루를 견뎌낸 당신에게 따스한 환대와 우정의 미소를 가득 담아 이 책을 선물하고 싶다.

—정여울 작가

지키지 못할 약속의 반복이거나
다 알면서 미리 속는 "달콤한 픽션"

기쁨과 슬픔이 뒤섞인 이 세계에 우두커니 서 있는 한 사람의 마음은 무엇으로 이루어져 있을까. 최지애의 인물들이 처한 현실을 따라가다 보면 삶이란 어릴 적 어머니가 들려주던 자장가와 올 리 없는 사람을 기다리며 서성이던 집 앞에서의 기억이 수시로 교차하는 것이란 걸 깨닫게 된다. 현실의 우리는 막상 그 앞에서 아무것도 할 수 있는 게 없을지도 모른다는 사실도.

살아가는 일의 시작과 끝은 그리 간단하지 않다. 누군가의 길 앞에는 사방에서 전해 받은 어지러움과 자기 자신을 찾아가는 방법은 누가 가르쳐 주지 않는다는 사실만이 있기도 하다. 가족, 사랑, 돈, 믿음과 기억, 그리고 어쩌면 자기 자신마저도 상실해 버린 현실에 노출된 삶을 살아온 소설 속 인물들은 서로에게 묻는다. "행복한 거지?" 그러니 나로서는 그들이 지금, 그저 우두커니 서 있다는 것만으로도 고마운 마음이 드는 수밖에. 삶의 어느 순간에는 빛나는 환상이 기쁨이 되지만 또 어느 순간에는 진짜 현실에 직면하는 것 말고 다른 방도는 전혀 없다는 것을 알고 있기 때문이다.

　나는 이제 각각의 이유로 경계선에 선 삶의 한 시기를 지나는 중인 소설 속 인물들에게 도래할 미래가 결국 자기 자신이라는 존재의 고유성과 주체성이라는 것을 믿어 보려고 한다. 여기 모인 소설들이 그렇게 말하고 있다. 아주 오래된 여름이 반복되는 현실에서는 자신의 욕망을 혼동하거나 스스로 통제할 수 없는 일들에 둘러싸인 무수하면서도 단 하나의 삶이 있다고, 그러니 이 이야기들은 아무것도 기대할 수 없다는 비관과는 다른 이름이라 믿어도 좋을 것이라고. 다만 그것이 지키지 못할 약속과 다짐의 반복이거나 다 알면서 미리 속는 달콤한 픽션이라 할지라도.

—이주란 작가

작가의 말

아버지는 입으로 음식물을 삼키지 못했다. 뱃줄이라 부르는 위루관을 통해 대체식을 곧바로 위로 투입해 끼니를 해결했다. 엄마는 그런 아버지에게 미안해 안방에서 바로 보이는 식탁에서 밥을 먹지 않았다. 거실 소파에 앉아 무릎에 작은 트레이를 올려 두고 하는 식사가 부실하리라는 건 보지 않아도 알 수 있었다. 몇 개의 문장으로 처한 상황을 표현하면 엄청난 절망과 불행을 겪는 것 같았다. 하지만 현실은 꼭 그렇지만도 않았다.

셋이 나란히 누워 마스크 팩을 할 때마다 엄마는 아버지 피부가 정말 좋아졌다며 이래서 사람들이 단식을 하나 봐, 하고 말했다. 역시 남자는 피부지, 대꾸한 뒤 몇 분 지나지 않아 아버지는 먼저 잠들었고 그 수척한 얼굴을 바라보며 엄마, 내가 작가로서 사연이 너무 없다고 말한 걸 하늘이 들은 건가? 하고 물으면 엄마는 야! 부모 아픈 게 무슨 특별한 사연이냐, 남들 다 겪는 일인데? 하고 단숨에 나의 엄살을 제압하며 비로소 크림빵 봉지를 뜯었다.

아무도 잘못하지 않았는데 다 같이 벌 받는 기분이 드는 것, 가족이 아프다는 건 그런 거였다. 하지만 엄마 말이 맞았다. 아버지가 몇 년 새 거동을 못하고 음식을 먹지 못하고 그리하여 결국 요양원에 가거나 피할 수 없는 마지막을 맞이하는 건 나만 겪는 일이 아니었다. 첫 책을 세상에 내놓는 이제 막 나는 고르게 안쓰럽고 짠한 게 누군가의 인생이라는 것쯤을 알았다. 그러니 아직 갈 길이 멀 수밖에. 멋진 말과 맞는 말 사이에서 고민하고 고민해, 고민 끝에 써 내려가는 나의 문장이 나만의 사연이 아닌 우리의 이야기로 기록되길 바라는 마음이다. 지금에서야 조금은 그 희망에 가까워지는 소설을 쓰는 인생을 살고 싶어졌다.

웃기고도 슬픈 현실에 적응하려 스스로 지치지 않을 방법을 찾았다. 힘이 생길 때 높은 산을 넘자고, 높은 산 앞에서 작아지는 나는 어쩌면 당연한 거라고. 크고 무거운 슬픔을 이기는 게 작은 기쁨이라는 걸 알게 된 뒤로는 일부러 삶 곳곳에 여러 기쁨을 징검다리로 놓았다. 의미 부여가 재주라면 정신 승리가 내 특기니까. 그러니 이 책을 읽는 누군가도 씩씩하지 말고 징징거려도 좋으니 살아가기를, 살아남기를.

제법 문학을 안다고 여겼지만 내 책을 세상에 내놓는 일은 안다고 되는 게 아니었다. 차라리 부끄러움을 몰랐어야 했던 게 아닌가 하는 생각을 여러 번 했다. 그럼에도 곁을 내어 주고 격려를 아끼지 않은 소중한 이들을 떠올리면 이 책은 적어도 내게 기념비적인 기쁨이 될 것이다. 드러난 이야기와 숨겨진 이야기를 분주히 오가며 보낸 지난 시간을 무구하게 지켜 준 그들에게 깊은 감사를 전한다.

다행히 여차하면 품에 안겨 엉엉 울 수 있는 안심되는 사람이 내 등 뒤에 있다. 스페어타이어를 싣고 먼 길을 떠나듯 기대어 마음껏 살아야지. 대신 펑크나지 않은 대부분 나날은 내가 잘하겠다고, 일단은 다짐해 본다.

2023년 8월
달콤한 진심을 전하며
최지애

수록 작품 발표 지면

선인장 화분 죽이기

『제4회 천강문학상 수상작품집』 2012년 10월 (천강문학상 우수상 수상작, 발표 당시 제목 「늙은 여자의 노래」)

팩토리 걸

《문장 웹진》 2015년 8월 (2015년 한국문화예술위원회 차세대예술인력 육성사업 문학 분야 최종 선정작)

달콤한 픽션

《아시아》 2014년 봄호 (2013년 심훈문학상 수상작)

패밀리마트

《문학의 오늘》 2021년 가을호

소설가 중섭의 하루

《문학의 오늘》 2015년 여름호

러브 앤 캐시

《내일을 여는 작가》 2018년 상반기호

달용이의 외출

앤솔러지 《숨어 버린 사람들》 2017년 9월

까마귀 소년

《문학의 오늘》 2016년 겨울호

달콤한 픽션

2023년 8월 21일 1판 1쇄 펴냄
2024년 12월 12일 1판 4쇄 펴냄

지은이	최지애
펴낸이	김성규
편집	김안녕 한도연
디자인	신아영 이인영
펴낸곳	걷는사람
주소	경기도 용인시 기흥구 동백중앙로 358-6, 7층 (본사)
	서울 마포구 월드컵로16길 51 서교자이빌 304호 (지사)
전화	031 281 2602 / 02 323 2602
팩스	02 323 2603
등록	2016년 11월 18일 제25100-2016-000083호

ISBN   979-11-92333-99-1 03810

* 이 책은 2022년 아르코문학창작기금을 받아 출간되었습니다.